HEYNE <

Das Buch

Kaylin Delany führt mit ihrem Bruder Eric die irische Bar *Tristans* und einen Nachtclub. Beruflich scheint alles in Ordnung, doch zwischen Kaylin und dem Polizisten Nevin Seymoore hakt es: Die beiden fühlen sich zueinander hingezogen, leben gemeinsam sexuelle Fantasien aus, doch sein Job als Undercoverpolizist steht zwischen einer festen Beziehung. Eines Tages wird Kaylins Bruder erschossen, und ihre Welt steht kopf. Sie findet heraus, dass Eric spielsüchtig war und sich mit den falschen Typen angelegt hatte. Alles scheint den Bach runterzugehen, und Kaylin steht an einem Punkt in ihrem Leben, an dem sie verwundbarer denn je ist. Genau in diesem Moment tritt der ebenso geheimnisvolle wie attraktive Ciarán in ihr Leben, und die eigentlich bodenständige Irin verliert sich zwischen ihrer Liebe zu Nevin und sexueller Hörigkeit zu Ciarán in einem Strudel aus Kriminalität und Gefahr und riskiert dabei sogar ihr eigenes Leben.

Die Autorin

Jazz Winter lebt dort, wo andere Urlaub machen: an der Mosel. Mit ihrem Debütroman *Liebessklavin* gelang ihr auf Anhieb der Durchbruch, es folgten weitere erfolgreiche Erotikromane, und inzwischen zählt Jazz Winter zu den beliebtesten deutschsprachigen Erotikautorinnen.

Lieferbare Titel

Die Zähmung der Wildkatze
Absolute Hingabe

Jazz Winter

Undercover Lover

Erotischer Roman

WILHELM HEYNE VERLAG
MÜNCHEN

MIX
Papier aus verantwortungsvollen Quellen
FSC® C014496

Verlagsgruppe Random House FSC® N001967
Das für dieses Buch verwendete FSC®-zertifizierte
Papier *Salzer Alpin* wird produziert
von UPM, Schongau und geliefert von
Salzer Papier, St. Pölten, Austria.

Originalausgabe 08/2015

Printed in Germany
Redaktion: Susann Rehlein
Umschlaggestaltung: Nele Schütz Design, München
unter Verwendung von Thinkstock/iStock/Belory4ka
Satz: KompetenzCenter, Mönchengladbach
Druck und Bindung: GGP Media GmbH, Pößneck
ISBN 978-3-453-54579-3

www.heyne.de

1

»Geh endlich!«

Eric stand im Türrahmen des kleinen Büros und zwinkerte ihr zu. Kaylin seufzte, fühlte sich erledigt, denn der Tag war lang und anstrengend gewesen. Sie räumte die letzten Gläser von den Tischen und stellte sie auf der Theke ab. Eric folgte ihr, zog sie in seine Arme und küsste ihr schwarzes Haar.

»Hau ab, Schwester! Den Rest schaffen Tara und ich allein.«

Er nahm ihr das Spültuch aus der Hand, legte den Gurt der Handtasche über ihre Schulter und schubste sie Richtung Barausgang. Kaylin blieb an der Tür stehen und betrachtete ihren Bruder und ihre Freundin. Tara tat ganz beschäftigt mit dem Polieren der Weingläser, doch es war offensichtlich, dass sie mit Eric allein sein wollte. Eric gab seiner Schwester unmissverständliche Zeichen mit den Augen. Sie hob entwaffnet ihre Hände und lächelte wissend.

»Schon gut, ich geh schon. Tut nichts, was ich nicht auch tun würde.«

Sie verließ das *Tristans*, das seit Generationen im Besitz ihrer Familie war. Die Delanys hatten es seit jeher verstanden, gutes Essen mit guter Livemusik anzubieten. Doch erst Kaylin und ihr Bruder Eric setzten die lang gehegten Pläne, die Bar um einen Nachtclub zu erweitern, kurz nach dem Tod ihrer Eltern um. Während Eric sich um die finanziellen Belange der Bar kümmerte, stand Kaylin jeden Tag bis in die Nacht hinein hinter der Theke, delegierte die Angestellten, kümmerte sich um die Bands und das Wohl der Gäste. Die Bar war bei jungen und alten, reichen und normalsterblichen Gästen beliebt.

Sie gähnte herzhaft und atmete die frische Nachtluft von Miami ein. Kaum fiel die Tür hinter ihr zu, erlosch auch das Reklameschild, das einst ihr Großvater Tristan Delany eigenhändig an der Stirnseite angebracht hatte.

»Langer Tag?«

Sie wusste, wem die Stimme gehörte. Olec kam jede Nacht um diese Uhrzeit an der Bar vorbei, wenn er die Zeitungen austrug. Kaylin hob lächelnd ihre Hand und machte sich auf den Weg zu ihrem Wagen.

»Wie immer.«

»Na dann, schlaf gut.«

»Und lass du dich nicht von Fremden ansprechen.«

Olec zog die Mütze tiefer in die Stirn, trat in die Pedale und radelte lachend weiter. Kaylin stieg gerade in ihren Van, als sich ihr Handy summend mit einer SMS meldete.

Müde?

Schmunzelnd betrachtete sie dieses eine Wort auf dem Display. Sie antwortete.

Kaum!

Die Fahrt nach Hause ging schnell. Nur wenige Nachtschwärmer schienen noch unterwegs zu sein, und die grüne Welle an den Ampeln kam ihr gerade recht. Sie parkte schließlich vor dem Apartmentkomplex am Rande der Stadt und stieg in den Lift. Als hinter ihr die Wohnungstür zufiel, kickte sie die Schuhe von den Füßen und ließ die Handtasche einfach fallen. Die heiße Dusche spülte den stressigen Tag weg und entspannte ihre verkrampften Muskeln. Barfuß und nur in ein Badetuch gewickelt, ging sie anschließend zum Kühlschrank, holte ein Wasser heraus und trank direkt aus der Flasche. Hinter ihr knackte der Dielenboden, und Kaylin schloss die Augen. Eine Hand legte sich fest auf ihren Mund, und die kalte Klinge an ihrem Hals ließ sie den Atem anhalten.

»Du wirst nicht schreien! Du wirst nicht weglaufen! Du wirst tun, was ich dir sage, verstanden?«

Mit aufgerissenen Augen nickte sie. Ihr Herz schlug schneller, und ein Schauder kribbelte ihren Rücken hinunter. Das Flüstern ganz dicht an ihrer Wange klang düster und bedrohlich. Der Atem floss heiß über ihre Haut.

»Ich werde jetzt meine Hand wegnehmen. Wenn du schreist …«

Er beendete den Satz nicht, sondern hob die glänzende Schneide des Klappmessers an, damit sie es deutlich sehen konnte. Wieder nickte sie, und seine Finger lösten sich langsam von ihrem Mund. Stattdessen packte er ihren Nacken, schob sie vor sich her durch die Tür ihres Schlafzimmers, bis ihre Knie gegen das Bett stießen.

»Leg das Handtuch ab.«

Zögernd hob sie ihre Hände.

»Mach schon.«

Er wurde ungeduldig, und das Badetuch fiel zu Boden. Schweigend betrachtete er sie. Seine Fingerspitzen auf ihrem Rücken verstärkten das Zittern ihres Körpers.

»Du wirst jetzt sehr nett zu mir sein. Wenn nicht, mach ich dich kalt.«

Kaylin spürte seine Nähe, seine Wärme und seine Bedrohung deutlich hinter sich. Jede Faser ihres Körpers war angespannt.

»Versuch nichts Dummes.«

Er legte ihr einen Schal über die Augen und knotete ihn am Hinterkopf fest zu.

»Dreh dich um.«

Ihre Brustwarzen zogen sich zusammen. Die Gänsehaut breitete sich wie ein Lauffeuer aus, und ihre Atmung stockte.

»Hübsch!«

Trotz des Flüsterns klang er höhnisch, überheblich und selbstgefällig. Der kalte Stahl zog eine sanfte Linie zwischen ihren Brüsten bis hinunter zu ihrem Bauchnabel. Er hielt inne, genoss ihren Anblick und trat näher. Seine Fingerspitzen zeichneten ihre Lippen entlang, schoben sich in ihren Mund und glitten darin ein und aus. Die feuchten Kuppen strichen an ihrem Hals hinab und umkreisten ihre linke Brustwarze. Als er hineinkniff, verzog sie vor Schmerz ihr Gesicht. Das Gleiche geschah, als er sich ihrer rechten Knospe widmete. Kaylin biss sich auf die Unterlippe.

»Das gefällt mir. Mal sehen, ob es dir ebenso Spaß macht.«

Sie konnte das Lächeln in seiner Stimme hören. Mit leisem Entsetzen stieß Kaylin einen Laut aus, wagte es jedoch nicht zu widersprechen. Seine Finger glitten tiefer, kraulten ihr gestutztes dunkles Dreieck über dem Schambein. Sie hielt den Atem an und senkte ihren Kopf. Ihr Körper reagierte. Sie bemerkte die Hitze zwischen ihren Schenkeln, und er würde ebenfalls bald wissen, dass sie feucht war. Kaylin wandte beschämt ihren Kopf zur Seite, doch der Mann griff grob nach ihrem Kinn, zog ihn zurück und leckte gierig über ihre halb geöffneten Lippen. Das Pulsieren ihrer Scham nahm zu, je länger er wartete. Die Stille im Raum schien bleischwer.

»Ich weiß, was in dir vorgeht.«

Sein höhnisches Lachen demütigte sie. Ihre Hände zuckten vor, als er seine Finger nur minimal tiefer bewegte, und griffen nach seinem Gelenk.

»Muss ich dich erst fesseln, um dir zu zeigen, wohin deine Hände gehören?«

Kaylin schüttelte den Kopf, keuchte heiser und ließ zögerlich von ihm ab.

»Braves Mädchen.«

Langsam verschränkte sie ihre Arme hinter dem Rücken, umklammerte die eigenen Ellbogen und rang nach Atem. Ein leiser Schrei entfuhr ihrer Kehle, als seine Zähne sich in ihrem Hals vergruben und gleichzeitig seine Fingerkuppen zwischen ihre Schamlippen glitten. Besänftigend leckte seine Zunge die gebissene Stelle entlang, und Kaylin seufzte.

»Du bist erregt, das macht mich an. Ich wusste doch, hier bin ich an der richtigen Adresse.«

Er rieb den feuchten Spalt entlang, entlockte ihr ein weiteres Stöhnen und drang unvermittelt mit zwei Fingern in sie ein. Sein Atem roch nach Pfefferminz, und das Messer in seiner Hand stieß bei jeder Bewegung gegen die Innenseite ihres Schenkels.

»Was würde wohl geschehen, wenn ich die Finger gegen die Klinge tausche? Mh?«

Der Hohn traf sie unvermittelt und tief, schürte ihre Panik davor, dass er seinen Worten Taten folgen lassen würde. Es war absurd, aber die Tatsache, dass er sie erregte, dass der Moment mit ihm hier in ihrer Wohnung ihr Lust verschaffte, war beängstigend und sinnlich zugleich.

»Wenn du brav bist, lass ich dir vielleicht dein Leben.«

Seine Finger bewegten sich langsam und quälend in ihrem Schoß. Sie bemühte sich, nicht zu laut zu stöhnen, doch ihre Hüften drängten sich seinem Fingerspiel lüstern entgegen. Der Mann entzog ihr die Hand, als sie kurz davorstand zu kommen. Enttäuscht keuchte sie, tastete nach seinem Körper, weil ihre Beine sie kaum mehr tragen konnten. Mit ihren Fingerspitzen berührte sie kräftige Brustmuskeln, die sich unter einem dünnen, eng anliegenden Shirt deutlich abzeichneten. Sein muskulöser Arm schlang sich um ihre schlanke Taille, zog sie an sich. Ein gieriges Knurren drang aus seiner Kehle, und sein Kuss brannte auf ihren Lippen. An ihrem Bauch spürte sie seine Erregung.

Hart, zuckend und prall drängte sich sein Schwanz gegen die Enge seiner Hose. Er rieb sich an ihr, keuchte lustvoll.

»Ich will deine Lippen spüren.«

Sie erschauderte, als er sie an den Schultern in die Knie zwang. Sein Gürtel klirrte leise, und Stoff raschelte. Ihres visuellen Sinnes beraubt, schien ihr Gehör noch feiner zu reagieren. Ihre Finger tasteten an den kräftigen Schenkeln empor, bis sie seinen Schaft zu fassen bekam. Er beugte sich über sie, umschloss mit seiner Hand ihr Kinn und hob es zu sich empor.

»Ich warne dich. Wenn du zubeißt, wirst du es bitter bereuen.«

Seine Eichel stieß prall und saftig gegen ihre Lippen und erstickte die Erwiderung, die ihr auf der Zunge lag. Stöhnend drang er in ihre feuchte Mundhöhle ein und umschloss mit beiden Händen ihren Kopf. Ihre Zunge glitt an der Unterseite seines Geschlechts entlang. Sie saugte sacht, und wenn er sich von ihr zurückzog, leckte sie Kreise über seine Spitze. Kaylin schmeckte seine herb-süße Erregung und bemühte sich, ihn immer tiefer in sich aufzunehmen. Behutsam umschloss sie mit ihren Fingern seine Hoden, massierte sie zusätzlich und lauschte seinem lustvollen Stöhnen.

»Das reicht!«

Er schob ihren Kopf zur Seite, doch sie fühlte, dass es ihm unendlich schwerfiel. Hustend umklammerte sie sein Handgelenk, als er ihre Kehle mit einer Hand umschloss und Kaylin emporzog. Er lachte grimmig.

»Und jetzt bist du dran.«

Dann gab er ihr einen heftigen Stoß und ließ Kaylin los. Sie schrie im freien Fall, doch landete weich auf ihrem eigenen Bett. Sofort war er über ihr, zwang ihre Schenkel auseinander, und als sie ihre Hände gegen seine Brust stemmte, hielt er ihr das Messer abermals an den Hals. Sie zitterte am ganzen Leib, rang nach Atem und wandte ihren Kopf ab.

»Bitte nicht.«

Sie erntete nur ein heiseres erregtes Schnauben. Sie wehrte sich, presste ihre Beine fest zusammen, doch er war stärker, drängte seine Knie dazwischen, und die Klinge an ihrer Kehle unterband auch die letzte Gegenwehr in ihr.

»Nein.«

»Oh doch.«

Jeder Muskel in ihrem Körper versteifte sich.

»Entspann dich, Schätzchen, es ist gar nicht so übel.«

Seine Schwanzspitze presste gegen ihre Öffnung, und ihre Nässe ließ ihn ungehindert eindringen. Er keuchte an ihrem Ohr.

»Verdammt, das ist heiß.«

In ihrem Kopf drehte sich alles, und je tiefer er in sie glitt, desto lustvoller füllte er sie, dehnte sie und entlockte ihr ein leises Seufzen.

»Du kannst dich dagegen auflehnen, aber ich weiß genau, was du jetzt brauchst.«

Seine Worte vögelten ihren Verstand, und sein Geschlecht stieß in ihren Schoß. Er nahm sie kraftvoll und hart. Das Bett unter ihnen quietschte und ächzte, das Geräusch mischte sich mit seinem Stöhnen und ihren spitzen lustvollen Schreien. Mit jedem weiteren Stoß wich ihre Gegenwehr, bis sie ihm die Fingernägel leidenschaftlich in den Rücken bohrte und ihn an sich zog. Seine Hand schlang sich abermals um ihren Hals, machte es schwer für sie zu atmen, doch je weiter sie sich ihrem Höhepunkt näherte, desto intensiver wurden die Empfindungen. Kurz bevor sie kam, drückte er zu, bewusst, kontrolliert, und er bewegte sich langsamer in ihr. Sie wusste, er beobachtete sie. Kaylin packte sein Handgelenk und wehrte sich gegen die drohende Erstickung. Sie hörte ihr Blut rauschen, driftete langsam in den Schwebezustand, kurz bevor die Bewusstlosigkeit eintrat.

Er steigerte das Tempo erneut, stieß kraftvoll zu, und sie explodierte unter ihm mit einer solchen Gewalt, dass sie nicht einmal mehr schreien konnte, selbst wenn sie dazu in der Lage gewesen wäre. Es war wie Fliegen, als ob sie über eine Klippe springen würde, ohne zu wissen, wo und wie sie landen würde. So intensiv und berauschend, so spektakulär und beängstigend zugleich, und plötzlich wurde es still, sonderbar wohltuend und sinnlich still. Kaylin lag da, bemerkte die Härte, mit der er sich noch immer in ihr bewegte und sich dann köstlich zuckend in ihr entlud. Sein animalisches Knurren wirkte wie aus der Ferne kommend. Es dauerte eine Weile, bis sie wieder Herrin ihrer Sinne war und lächelte.

»Verdammt!«

Er lag neben ihr und lachte atemlos.

»Du nimmst mir das Wort aus dem Mund. War es so, wie du es dir vorgestellt hast?«

»Besser!«

»Warte, ich helf dir.«

Ihre Hände zitterten zu sehr, um den Knoten an ihrem Hinterkopf selbst zu lösen. Sie blinzelte, als er ihr den Schal von den Augen nahm, und blickte den Mann neben sich an.

»Ich muss los.«

»Noch nicht.«

Kaylin kuschelte sich in seinen Arm und seufzte leise. So war es immer zwischen ihnen. Nevin Seymoore war … Es war schwer zu definieren, was da zwischen ihnen wirklich lief. Es war mehr als Freundschaft, aber eine Beziehung konnte man es auch nicht nennen. In einem Fitnessstudio in der Stadt hatten sie sich kennengelernt, und zwischen ihnen knisterte es zu sehr, um dem Verlangen nicht nachzugeben. Ihr E-Mail-Kontakt war rege und wurde schnell intimer. Sie schrieben sich gegenseitig ihre geheimsten Fantasien, und Nevin reizte die Idee, manches davon real werden zu lassen. Er war dominant, sie gern devot, und im Grunde passte alles, doch sein Job stand einer festen Bindung im Weg. Er war Polizist in einer Sondereinheit, arbeitete hart und erfolgreich. Doch er sprach selten über seine Fälle, vor allem nie über aktuelle Einsätze. Er kam und ging, und sie genoss jeden Moment mit ihm. Wenn er sich tagelang nicht meldete, machte sie sich Sorgen, allerdings tauchte er dann doch wieder auf, überraschte sie, wie heute Nacht, oder stand mit Pizza und Rotwein zum Reden vor der Tür. Über Liebe sprachen sie nie, aber lange konnten sie ohne einander auch nicht sein. Tara nannte es eine Fickfreundschaft. Kaylin gefiel das Wort nicht, auch wenn es in mancher Hinsicht den Nagel auf den Kopf traf.

Sie legte ihr Kinn auf seine Brust und betrachtete sein Gesicht. Eine dicke Narbe schlängelte sich auf der rechten Seite seines Halses bis hinunter zu seiner Schulter. Sie stammte von einer Messerstecherei, die er in seiner Zeit als Streifenpolizist schlichten wollte. Einige alte Schusswunden verteilten sich ebenfalls auf diesem herrlichen durchtrainierten Körper, und jede besaß eine eigene Geschichte. Ebenso die Brandnarbe auf seinem linken Oberschenkel, die daran erinnerte, dass er einem Kind das Leben gerettet hatte. Kaylin seufzte erneut wohlig auf. Da lag ein vierunddreißigjähriger Held in ihrem Bett neben ihr. Einhundertneunzig Zentimeter geballte Männlichkeit mit sexy Dreitagebart und den schönsten grünen Augen, die sie je gesehen hatte und in denen sie sich hoffnungslos verlieren konnte. Kaylin liebte besonders die kleinen Lachfältchen an seinen Augenwinkeln.

»Hast du wenigstens schon etwas gegessen?«

Widerwillig klammerte sie sich an seinem Oberkörper fest, als Nevin es wagte, sich zu bewegen.

»Ich hab dich etwas gefragt, Frau? Du arbeitest zu viel und isst zu wenig. Dabei kenn ich Taras Kochkünste.«

»Ich will einfach nur hier liegen und dich riechen.«

Er lachte leise und schob sie sanft von sich, um aufzustehen.

»Ich muss wirklich los, aber vorher mach ich dir noch ein Sandwich, damit du mir nicht vom Fleisch fällst.«

Sie blieb kraftlos liegen und sah zu, wie er seine dunkle Cargohose wieder schloss, das enge weiße Shirt überzog und in die Küche ging.

»Komm sofort wieder zurück.«

»Ich kann nicht.«

»Hör sofort damit auf, und komm wieder her.«

»Mach es mir nicht so schwer. Ich arbeite an einem Fall.«

»Ich weiß.«

Kaylin drehte sich auf den Rücken und starrte zur Zimmerdecke empor. Sie setzte sich auf, als er mit dem angekündigten Sandwich zurückkehrte. Seine Fürsorge rührte sie.

»Aufessen, verstanden?«

Herzhaft biss sie hinein und nickte gehorsam. Auch wenn er lächelte, er meinte, was er sagte. Nevin beugte sich über sie, küsste ihre rechte Schläfe und drehte sich am Türrahmen noch einmal zu ihr um.

»Schlaf gut.«

Er zwinkerte ihr zu, und Kaylin sah ihm schweigend hinterher, als er ging. Nachdem sie hörte, wie sich die Wohnungstür leise hinter ihm schloss, legte sie das Sandwich beiseite, zog den Laptop unter ihrem Bett hervor und schaltete ihn ein. Summend meldete sich ihr Handy, und auf dem Display las sie die Nachricht.

Schreib mir morgen. Jetzt iss endlich, und geh schlafen. Nevin

Konnte er etwa Gedanken lesen? Schmunzelnd klappte sie den Computer wieder zu.

»Ist ja schon gut.«

2

Der Wecker klingelte gegen zwölf, aber Kaylin lag bereits wach da. Sie starrte auf einen Strauß Margeriten in einer Vase. Die Blumen dekorierten ein Tablett mit Kaffeekanne, Tasse und frischen Croissants. Auf dem Teller lag ein Zettel mit Nevins Handschrift. Seit einer halben Stunde stand sein Guten-Tag-Gruß neben ihr auf dem breiten Bett.

Frühstück ist die wichtigste Mahlzeit am Tag!

Sie konnte sich einfach nicht daran sattsehen und genoss das Gefühl, wie ihr Herz einen Takt schneller schlug. Nevin musste wohl am Morgen noch einmal zurückgekehrt sein, und sie bedauerte, dass er sie nicht geweckt hatte. Er kannte sie gut genug, um zu wissen, dass Frühstück bei ihr stets zu kurz kam. Sie würde aufstehen, duschen und sich für die Arbeit fertig machen. Danach würde sie eine schnelle Tasse Kaffee im Stehen trinken und dann zum *Tristans* fahren. Bei dem Stress auf der Arbeit gab es höchstens mal einen schnellen Snack zwischendurch.

Sie griff nach ihrem Telefon. Es war Zeit, Tara zu wecken, die gern ihren Wecker überhörte.

»Hey, bist du wach?«

»Wer ist da?«

Kaylin legte die Stirn in Falten, denn die Stimme am anderen Ende der Leitung gehörte nicht ihrer besten Freundin.

»Ist das nicht der Anschluss von Tara Harris?«

»Tara wer?«

Die Frau klang außer Atem, und Kaylin wollte gerade auflegen, als Tara sich meldete.

»Sweets, bist du es?«

»Äh, jupp. Störe ich dich gerade?«

Im Hintergrund hörte sie erneut die Frau fragen, wer Tara sei.

»Ich bin Tara, Honey, nicht denken ... weitermachen.«

Kaylin klappte der Mund auf, und sie starrte den Hörer in ihrer Hand an.

»Du hast nicht gerade Sex oder doch?«

»Oh, uh, ja, das ist genau die Stelle, mh ...«

»Tara?«

»Ja?«

»Vergiss es, beeil dich oder ... ach, was auch immer, ich hol dich um eins ab.«

»Mh, ja, so ist es gut ... okay, Sweets, bis nachher ...«

Sie legte auf, schüttelte den Kopf, um das aufkeimende Kopfkino loszuwerden, und sank zurück in die Kissen. Tara hatte ihre bisexuelle Neigung erst vor Kurzem entdeckt, und nun reihten sich neben unzähligen Männern auch noch Frauen in die »Schlampenchronik« ein, wie Tara selbst es gern nannte. Ist der Ruf erst ruiniert, lebt es sich ganz ungeniert. An ihrem achtzehnten Geburtstag hatte sie sich diesem Lebensmotto verschrieben und geschworen, es bis zum Ende ihrer Tage durchzuziehen. Und damit waren garantiert nicht die Wechseljahre gemeint. Nach dem Augenzwinkern ihres Bruders in der Nacht zuvor hatte Kaylin eigentlich damit gerechnet, dass Tara die Nacht mit ihm verbringen würde. Die On/Off-Affäre der beiden lief schon eine geraume Zeit.

Zu Beginn hatte Kaylin einige Probleme gehabt, dass ihr kleiner Bruder mit ihrer besten Freundin schlief, mittlerweile hatte sie sich allerdings damit abgefunden. Mal trieben sie es wie die Karnickel, und dann gab es Zeiten, in denen sie sich gegenseitig nicht mal mehr mit dem Hintern ansahen. Im Grunde waren sie wie Feuer und Wasser, zwei hitzköpfige Iren, bei denen man als Außenstehender glauben könnte, sie hassten sich aus tiefstem Herzen. Doch je leidenschaftlicher sie sich stritten, desto hemmungsloser schien der Sex.

Abermals schüttelte Kaylin den Kopf. Das waren keine guten Morgengedanken. Sie hatte es gar nicht so genau wissen wollen, aber Tara erzählte ständig bis ins kleinste Detail davon, ob man es hören wollte oder nicht.

Sie stand seufzend auf und war gerade auf dem Weg ins Bad, als ihr Telefon läutete.

»Delany.«

»Hast du mich eben gefragt, ob ich gerade Sex habe?«

»Tara, ich will es gar nicht wissen.«

»Susi ist eine Masseuse.«

»Seit wann lässt du dich von einer … nein, das will ich auch nicht wissen. Und heißt das nicht Masseurin? Ist ja auch egal. Erspar mir die Details.«

»Sie hat meinen Rücken bearbeitet. Himmel, für wie sexgierig hältst du mich eigentlich?«

Mit dem schnurlosen Telefon wanderte Kaylin ins Bad, gab Zahnpasta auf ihre Bürste und putzte sich die Zähne.

»Wasch glaubscht du?«

»Okay, ich versteh schon, du hältst mich für ein verdorbenes Luder!«

»Dasch hascht du geschagt.«

Sie verschluckte sich und spuckte hustend aus.

»Dein Bruder ist wirklich nicht übel im Bett. Wusstest du, dass er mit seiner Zunge …«

»TARA!«

»Was denn? Du bist doch sonst nicht so prüde.«

»Eric ist mein Bruder, und ich will nicht hören, was er Akrobatisches mit seiner Zunge anstellen kann, okay?«

»Na gut, aber was ich eigentlich sagen wollte: Er ist wirklich nicht übel, aber so eine kleine saftige Pussy ist was ...«

»Oh bitte, hab Erbarmen. Ich bin gerade erst aufgestanden, und solche Gespräche sind am frühen Morgen einfach Gift für mich.«

Kaylin blieb vor dem Kleiderschrank stehen und suchte sich ein Outfit zusammen.

»Was ist das eigentlich zwischen euch? Sie hassten und sie liebten sich?«

»Ha, klingt wie ein guter Filmtitel, Sweets! Eher Freddy versus Predator ... Ich mag ihn, aber er ist eben, wie kleine Brüder nun mal sein können: Nervensägen. Aber du musst gerade reden, was macht dein Fickfreund?«

Kaylin rollte mit den Augen, schaltete den Lautsprecher des Telefons ein, lege es in Hörweite und zog sich an.

»Nenn ihn nicht so.«

»Wie sonst? Bester Freund mit Extras? Himmel, Sweets, wann kommt der Mann endlich in die Puschen und macht Nägel mit Köpfen?«

Sie gab ihr keine Antwort darauf und kehrte mit dem Telefon ins Bad zurück, um sich zu schminken.

»Diese Reaktion habe ich erwartet. Keine Antwort ist auch eine. Ah, lass mich raten, Nevin hat gestern Nacht ordentlich dein Gedächtnis aufgefrischt, nachdem er sich in den letzten Wochen rar gemacht hat. Ich verstehe.«

»Ja, okay, er war hier.«

Kaylin legte den Eyeliner beiseite und betupfte mit einem dicken Pinsel ihre Wangen mit etwas Rouge.

»Und? Was hat er mit dir angestellt?«

»Kein Kommentar.«

»Oh, war er so gut, ja?«

Taras Lachen schallte in ihrem Ohr und bewog sie dazu, erneut mit den Augen zu rollen.

»Jetzt erzähl schon, ich sag dir ja auch alles.«

»Das ist ja mein Problem. Manchmal kenne ich deine Liebhaber in- und auswendig, ohne ihnen je begegnet zu sein. Das ist nicht normal.«

»Aber lustig.«

»Okay, ich bin in zehn Minuten bei dir. Bis gleich. Und hey? Sei bitte heute einmal nett zu den Gästen.«

»Pah, solange sie die Klappe halten und mein Essen nicht bemängeln.«

Kaylin legte ohne Verabschiedung auf, hielt vor dem hübsch dekorierten Tablett inne und seufzte bedauernd. Jetzt blieb doch nicht mehr genug Zeit. Sie nahm einen Schluck Kaffee zu sich und aß eins der Croissants auf dem Weg aus ihrer Wohnung zum Wagen. Die Fahrt dauerte wieder einmal eine halbe Ewigkeit, der Stadtverkehr war um diese Uhrzeit eine Plage. Als Kaylin vor dem Mietshaus hielt, wartete die Freundin bereits. Tara trug ihr rotblondes Haar zu einem Zopf gebunden und hatte ihre rasanten Kurven wie immer in feminine Kleidung verpackt. Niemals trug sie die teuren Korsetts, die ihre Rundungen noch kurviger machten, unten drunter. Sie fand die Dessous viel zu schade, um sie nicht zu zeigen. Auf dem Weg zum *Tristans* ging Tara laut die heutige Speisekarte durch und erinnerte Kaylin wie versprochen an die Weinlieferung, die am Nachmittag eintreffen sollte. Sie parkte vor der Bar und legte ihre Stirn in Falten. Es war ungewöhnlich, denn um diese Uhrzeit war Eric normalerweise längst anwesend und die Türen geöffnet. Doch heute nicht. Tara hatte vor zwei Jahren im Pokern gegen Eric gewonnen und ihn dazu verdonnert, die täglichen Einkäufe für die Küche vom Frühmarkt zu besorgen. Stirnrunzelnd schloss Kaylin die Tür auf und schaltete das Licht an. Sie erwiderte Taras Blick, die ihre Schultern hob.

»Vielleicht ist er noch mal los, weil er was vergessen hat.«

»Kann sein.«

Ein seltsames Gefühl beschlich Kaylin. Eric war zuverlässig. Er hätte angerufen oder eine Nachricht hinterlassen, wenn er zu spät aufgestanden oder noch einmal losgefahren wäre. Tara fluchte in der Küche.

»Er war gar nicht auf dem Markt, verdammt. Wo steckt der Kerl?«

Sofort wählte Kaylin seine Handynummer, erreichte aber nur die Mailbox.

»Sein Handy ist nicht eingeschaltet.«

»Jetzt mach aus der Mücke keinen Elefanten. Sicher liegt er noch im Bett und hat verpennt. Kann ich ihm auch nicht verübeln, ich bin schließlich ein anspruchsvolles Weibchen.«

Kaylin hob sofort ihre Hände. Tara lachte leise.

»Schon gut, schon gut, keine Details. Gib mir die Autoschlüssel. Ich fahr zum Markt, und du machst die Bar auf. Wird eben etwas später gefuttert heute.«

»Okay, bis nachher.«

Kaum war Tara aus der Tür, machte Kaylin sich auf den Weg in Erics Büro, wählte erneut seine Handynummer. Wieder nur die Mailbox.

»Eric? Ich bin's, Kay. Wo steckst du? Ruf mich bitte an, wenn du das abhörst.«

In seinem Terminkalender auf dem Schreibtisch war ein Termin eingetragen, doch aus den Kürzeln wurde sie nicht schlau. Sie vermied es, nach einem Anhaltspunkt in den Unterlagen zu suchen, denn Eric hasste es, wenn man seine Ordnung durcheinanderbrachte. Vielleicht war der Termin wichtig, und er war deswegen nicht hier. Aber warum wusste sie nichts davon?

»Hallo, Chefin!«

»Hi, Jenny.«

Die Thekenhilfe band sich die grüne Schürze um, nachdem sie Erics Büro betreten hatte.

»Mel ist krank und hat mich gebeten, dir Bescheid zu sagen.«

»Okay. Ist Tim schon da?«

»Ja, im Gastraum.«

»Gut, dann müssen wir die Tische heute eben splitten. Du die ungeraden, Tim die geraden Nummern, und ich wuppe die Theke.«

»Aye, aye.«

»Wo zum Teufel steckt Lenny?«

»Hi, Chefin!«

»Sorry, hab dich nicht gesehen. Du musst heute in der Küche helfen. Tara ist zum Markt gefahren, also setz du die Fonds auf, und bereite schon mal alles vor.«

»Aye, aye … Ähm, kann ich heute vielleicht etwas früher …«

Sie schüttelte den Kopf und lächelte.

»Nope, keine Chance. Mel ist krank, und wir haben heute volles Haus.«

»Du musst dringend neue Leute einstellen.«

»Wenn du auf die Hälfte deines Stundenlohns verzichtest, könnte ich darüber nachdenken.«

»Wusstest du, dass ich Iren nicht mag?«

»Du verdammter Schotte, mach dich in die Küche. Komm du noch mal Guinness an meiner Theke trinken.«

Sie ließ das Küchentuch lachend nach seinem Hintern flitschen, und Lenny gab theatralisch einen wehleidigen Schrei von sich.

»Das ist sexuelle Belästigung am Arbeitsplatz.«

»Zeig mich an, du angehender Anwalt.«

Kaylin hatte im Lauf des Tages wenig Zeit, sich Sorgen darüber zu machen, wo Eric steckte, doch in jeder freien Minute prüfte sie ihr Handydisplay auf einen verpassten Anruf. Die

Gäste kamen und gingen, und am späten Nachmittag baute die heutige Band ihre Instrumente auf der kleinen Bühne auf, sodass Kaylin alle Hände voll zu tun hatte. Als gute Wirtin plauderte sie freundlich mit den Gästen, mixte Cocktails und half den beiden Bedienungen an den Tischen aus.

Gegen Abend betraten zwei uniformierte Polizisten die Bar und blieben an der Theke stehen. Ihr rutschte das Herz bei ihrem Anblick eine Etage tiefer, und sofort dachte sie sowohl an Nevin als auch an Eric. Sie lächelte tapfer, beugte sich über den Tresen.

»Hallo, meine Herren, was kann ich Ihnen Gutes tun?«

»Sorry Ma'am, sind Sie Kaylin Delany?«

»Ja, leibhaftig und in Farbe.«

Sie zwinkerte den beiden gut gelaunt zu, überspielte jedoch damit nur ihre Nervosität. Die Furcht davor, es könnte einem der beiden Männer in ihrem Leben etwas zugestoßen sein, schob sie von sich, aber ganz gelang es ihr nicht.

»Ich bin Corporal Waters, das ist mein Partner Williams. Können wir uns vielleicht irgendwo ungestört unterhalten?«

Kaylin schloss für einen Moment die Augen und schickte in Gedanken ein Gebet los. Unter ihrer Kopfhaut kribbelte die Angst. Sie nickte, öffnete die Schwingtür der Theke und ging den kurzen Flur an der Küche vorbei zu Erics Büro voraus. Kaylin ließ den beiden Polizisten den Vortritt und umklammerte krampfhaft die Türklinke.

»Bitte nehmen Sie doch Platz.«

Sie musste sich dazu zwingen, sich den beiden wieder zuzuwenden, nachdem sie die Bürotür hinter ihnen geschlossen hatte.

»Also, was kann ich für Sie tun?«

Waters rang mit den Worten, und sie sah ihm an, dass die Nachrichten, die er für sie bereithielt, nichts Gutes verhießen.

»Ms. Delany, es tut mir leid, Ihnen mitteilen zu müssen, dass wir heute Morgen die Leiche Ihres Bruders gefunden haben.«

Ihr wurde heiß und kalt zugleich, schwankend griff sie nach der Lehne des am nächsten stehenden Stuhles und kämpfte gegen die Übelkeit.

»Wie?«

Sie sank auf den Sitz und starrte den Beamten fassungslos an.

»Wir gehen davon aus, dass Ihr Bruder ermordet wurde.«

»Was? Sind Sie sicher, dass es sich um meinen Bruder handelt?«

»Er wurde in seinem Apartment von einem Nachbarn tot aufgefunden. Laut seiner Aussage muss die Wohnungstür offen gestanden haben, als er gerade zur Arbeit wollte. Es gab leider keine Zeugen, niemand scheint den Schuss gehört zu haben. In seiner Brieftasche war sein Ausweis, und wir haben seine Fingerabdrücke abgeglichen. Es tut mir leid, aber wir müssen Sie bitten, ihn persönlich in der Pathologie zu identifizieren.«

Er reichte ihr die Karte mit der Adresse des Krankenhauses, in dem Erics Leiche sich befand.

»Wer?«

Diesmal antwortete der bärtige Kollege. Williams sah ihr bedauernd ins Gesicht.

»Das wissen wir noch nicht, Ms. Delany. Aber ich verspreche Ihnen, dass wir alles tun werden, um seinen Mörder zu finden.«

»Wie ist er ermordet worden?«

»Er wurde erschossen.«

Erschossen! Das Wort hallte wie ein Echo in ihrem Kopf nach, während sie auf die Karte mit der Adresse des Krankenhauses in ihrer Hand starrte, und sie konnte sich einfach nicht rühren. In ihren Gedanken sah sie Eric lächeln, als stünde er direkt vor ihr. Seine gesamte Kindheit zog wie ein Film in ihren Gedanken an ihr vorbei, als wäre es erst gestern gewesen. Das konnte nicht wirklich sein. Nicht ihr kleiner Bruder! Kaylin war nicht mehr in der Lage, weitere Fragen über Eric zu beantworten. Sie verstand kein einziges Wort von dem, was die Beamten sagten, und konnte sich später auch nicht mehr daran erinnern, ob sie sich verabschiedet hatten.

Irgendwann öffnete sich schwungvoll die Bürotür.

»Kay?«

Sie blickte in vertraute grüne Augen, berührte das besorgte Gesicht.

»Es tut mir leid, dass ich nicht eher hier sein konnte. Ich hab's gerade über Funk gehört.«

»Nevin? Was machst du hier? Ich dachte, du arbeitest an einem wichtigen Fall.«

Sie stand völlig unter Schock, und er zog sie wortlos an seine Brust. Tara fluchte in der Küche, stürmte geradewegs ins Büro.

»Hey, könnt ihr die Knutscherei bitte auf den Feierabend verlegen, die Gäste sind durstig, und die Chefin gönnt sich ...«

Sie hielt inne, als Nevin sie ernst ansah und den Kopf schüttelte.

»Ich glaube, es ist besser, wenn ihr für heute Schluss macht.«

»Was ist passiert?«

»Kay, ich bin gleich wieder da.«

Sie nickte geistesabwesend und bleich. Nevin schob Tara aus dem Büro und schloss die Tür hinter sich. Nachdem er ihr die Kurzversion erzählt hatte, schrie sie erstickt auf.

»Oh mein Gott.«

»Es tut mir leid, Tara.«

Er meinte es aufrichtig, sah ihr an, dass sie es zu schätzen wusste. Nevin kannte Taras Bedenken über seine Absichten Kaylin gegenüber und war nie freundlich zu ihr gewesen. Sie wischte sich die Tränen von den Wangen und nickte.

»Ich kümmere mich um die Bar.«

Nevin strich Tara sanft über die Schulter.

»Ich werde Kay in die Pathologie begleiten.«

»Ist das wirklich nötig?«

»Leider ja, Eric muss von einem Verwandten identifiziert werden. Das ist Vorschrift.«

Kurze Zeit später verließ er mit Kaylin am Arm das *Tristans* und machte sich mit ihr auf den Weg ins Krankenhaus. Erst als der Pathologe das Leichentuch vom Gesicht ihres Bruders faltete, brach sie weinend zusammen. Er hatte sie darauf vorbereitet, aber der Anblick war schlimmer als alles, was sie sich hätte vorstellen können. Die linke Hälfte seines hübschen Gesichtes war zerstört, während die andere unversehrt geblieben war. Kaylin schrie sich den Schmerz von der Seele und hieb hilflos mit den Fäusten auf Nevins breite Brust ein. Er zog sie fest an sich, hielt sie, wiegte sie tröstend und setzte sich mit ihr auf den Boden, bis sie sich wieder beruhigt hatte.

»Es tut mir so leid, Kay.«

Er hob sanft ihr verweintes Gesicht, um ihren Blick einzufangen.

»Meine Kollegen werden alles Erdenkliche tun, um das Schwein zu fassen.«

»Wer tut so was? Er war überall beliebt. Jeder mochte ihn. In seiner Jugend hat er ein paar Dummheiten gemacht, aber er hat sich gefangen und sein Leben wieder in die Hand genommen.«

»Ich weiß.«

»Eric ist vor zwei Wochen erst achtundzwanzig geworden. Er hatte sein ganzes Leben noch vor sich.«

Neue Tränen rollten über ihre Wangen. Nevin nickte hilflos.

»Ich weiß.«

»Er war alles, was mir noch geblieben ist. Jetzt bin ich ganz allein.«

»Du bist nicht allein. Du hast Tara, du hast mich … du hast eine Menge Freunde, die dich lieben.«

Ein weiterer Weinkrampf erschütterte ihren Körper, und sie wirkte so fragil und zerbrechlich, dass Nevin kaum wagte, sie an sich zu ziehen.

»Was mache ich denn jetzt?«

Sie sah ihn verzweifelt an, und er half ihr aufzustehen. Er hasste es, sie so zu sehen und nichts dagegen tun zu können.

»Ich bring dich erst einmal nach Hause.«

Kaylin erinnerte sich später nicht mehr, dass sie in seinen Wagen gestiegen war, an die Fahrt nach Hause oder daran, dass sie gemeinsam den Lift betreten hatten. Nevin zog ihr die Schuhe von den Füßen und deckte sie in ihrem Bett behutsam zu. Als er zum Telefonieren kurz ins Nebenzimmer gehen wollte, griff sie nach seinem Handgelenk.

»Geh nicht weg.«

»Versprochen.«

Er setzte sich neben sie, lehnte sich gegen das Kopfteil und hielt sie fest im Arm.

»Hi, ich bin's, gibt es was Neues?«

Er sprach mit seinem Partner, erzählte ihm, was geschehen war, und bat ihn, die Stellung zu halten.

»Musst du zurück?«

»Tara wird bald hier sein, und ich komme wieder, sobald ich kann.«

Kaylin vergrub ihr Gesicht an seinen Oberschenkeln und schluchzte erneut. Zärtlich streichelte er ihr übers Haar, während sie sich in den Schlaf weinte.

3

Die pathologische Untersuchung lieferte der Polizei keine weiteren Hinweise auf den Mörder, und Erics Körper wurde auf Nevins Druck sehr schnell freigegeben. Am Tag der Beerdigung wirkte Kaylin angespannt, blass und zerbrechlich, doch sie hielt sich gut. Hand in Hand mit Tara, die sich kaum beruhigen konnte, folgten sie dem Leichenwagen durch die Innenstadt auf dem Weg zum Krematorium. Seinem letzten Wunsch entsprechend, wurde Erics Leiche eingeäschert. Der irische Pfarrer kannte Eric und erzählte in einer herzzerreißenden Zeremonie viele wunderbare Dinge über ihn.

Es war erstaunlich, wie viele Menschen ihn gekannt hatten und ihm nun die letzte Ehre erwiesen. Doch nach der Zeremonie blieben nur die engsten Freunde übrig, die darauf warteten, dass Kaylin mit der Asche zurückkehrte. Sie hatte sich etwas Besonderes einfallen lassen: Sie brachte ihn nach Hause. Durch die Straßen von Miami kehrte der kleiner gewordene Trauerzug zum *Tristans* zurück, angeführt von Lenny, der in kompletter Schottenuniform seinen Dudelsack ertönen ließ und Kaylin zu Tränen rührte.

An der Eingangstür des Restaurants hing ein Schild mit der Aufschrift »Geschlossene Gesellschaft«. Eine befreundete Coverband baute ihre Instrumente auf der kleinen Bühne auf, während Kaylin die Urne ihres Bruders auf einen erhöhten runden Tisch stellte und mit kleinen Whiskeygläsern einrahmte. Die Angestellten und Freunde von Eric nahmen so auf ihre Weise

Abschied. Kaylin füllte die Gläser mit echtem irischem Whiskey, griff nach einem der Drinks und drehte sich zu den Umstehenden.

»Ich weiß nicht, was ich sagen soll. Aber es hätte ihm gefallen, dass ihr alle gekommen seid. Ich kann noch immer nicht glauben, dass er nicht mehr durch diese Tür gehen wird. Ich vermisse sein Lachen und sein freches, aufmüpfiges Gesicht. *Er* wird mir fehlen, und es tut furchtbar weh. Eric hat das Leben geliebt, und genau deswegen sollten wir ihn nicht betrauern, sondern sein Leben feiern.«

Viele nickten, leise Zustimmung kam aus den hinteren Reihen, als sie sich zur Urne drehte.

»Ich liebe dich, kleiner Bruder! Slàinte!«

Sie leerte das Glas in einem Zug, verzog das Gesicht, denn der Whiskey schmeckte stark und herb. Nacheinander nahm jeder von ihnen eins der gefüllten Gläser und erzählte eine Geschichte über Eric. Manche lustig, andere traurig, doch alle wussten etwas über ihn zu sagen. Die Band spielte einige Songs aus der irischen Heimat, die weder Kaylin noch Eric je besucht hatten. Sie waren beide in den Staaten geboren und aufgewachsen, doch die Erzählungen der Großeltern und Eltern hatten ihnen die irische Tradition und Lebensart lebendig gehalten.

Kaylin suchte unter den Gästen ihre Freundin. Sie war die Einzige, die bisher noch nicht auf Erics Leben getrunken hatte. Schließlich fand sie Tara tränenüberströmt in der Küche.

»Tara, was machst du denn hier?«

Tara schniefte, ohne aufzusehen, und schnitt weiter ihre Zwiebeln.

»Du musst jetzt nicht kochen. Komm schon.«

Sie wehrte sich dagegen, dass Kaylin ihr das Messer aus der Hand nehmen wollte.

»Mir geht es gut, und ich bin sicher, die Leute sind hungrig.«

»Wir können doch etwas bestellen.«

Die Worte ließen Taras Kopf emporzucken, und sie funkelte Kaylin an. Die letzten Tage waren schwer für sie beide gewesen, doch diese Reaktion war ein gutes Zeichen.

»In meine Küche willst du fremdes Essen bringen? Vergiss es! Nur über meine Leiche!«

Die plötzliche Stille in der Küche wirkte bleischwer. Die beiden Frauen starrten sich an.

»Das …«

Kaylin schüttelte den Kopf, breitete ihre Arme aus und lächelte unter neuen Tränen. Sie wusste, dass Tara es nicht so gemeint hatte. Die Freundin stürzte in ihre Arme und klammerte sich an sie wie eine Ertrinkende. Gemeinsam zu weinen wirkte wie eine Befreiung.

»Ich hätte bei ihm bleiben sollen.«

»Schhh. Es ist nicht deine Schuld.«

»Aber wenn ich dageblieben wäre, dann …«

Kaylin nahm Taras Gesicht in beide Hände und hob es an, damit sie ihr in die Augen sehen konnte.

»Dann wärst du vielleicht jetzt auch tot.«

»Er fehlt mir so.«

»Ich weiß, mir auch.«

Tara löste sich aus der Umarmung, strich ihre Schürze glatt und ging zurück in den Gastraum. Kaylin folgte ihr zum Urnentisch. Mit zitternder Hand ergriff Tara das letzte noch gefüllte Glas, hob es in die Runde und wartete, bis sie die Aufmerksamkeit aller Anwesenden hatte. Die Musik verstummte.

Die kleine Irin strich sich eine rotblonde Strähne hinter ihr linkes Ohr, schniefte und lächelte tapfer.

»Er war als Kind ’ne absolute Nervensäge. Ständig lief er Kay und mir hinterher und wollte immer alles wissen. Himmel, er konnte den Leuten Löcher in den Bauch fragen. Er war aber auch sehr süß, sanft und liebenswert. Wenn ich mir einen Bruder hätte wünschen können, dann wäre er so wie Eric gewesen.«

Ein leises Lachen schwoll an, denn jeder der Menschen hier wusste, was zwischen den beiden mal und auch mal nicht gelaufen war. Sie hob entwaffnet die Hände und lachte auf.

»Schon gut, nicht ganz so wie Eric.«

Sie räusperte sich.

»Dazu wollte ich ja noch kommen. Aus ihm wurde ein toller Mann, und ich konnte ihm einfach nicht widerstehen. Und wenn ich so in die verschämten Mienen von einigen Frauen hier sehe, war ich wohl nicht die Einzige.«

Erneut brandete Lachen auf.

»Er war eben ein Frauenheld, und alles, was bei drei nicht auf den Bäumen war und in einen Rock passte, landete am Ende doch in seinem Bett.«

Sie seufzte leise, hing für einen Moment ihren Erinnerungen nach und straffte dann ihre Schultern. Zur Urne gewandt, hob sie abermals ihr Glas.

»Ich hab dich wirklich geliebt, du verrückter Ire. Und ich werde dich niemals vergessen. Slàinte! Auf dich, mein Schöner.«

»AUF ERIC!«

Immer wieder machte der Whiskey die Runde, und es wurde auf Eric angestoßen. Die Band spielte einige Coversongs von Spandau Ballett, die ihren Höhepunkt in den Achtzigerjahren gehabt hatten, aber immer noch gern gehört wurden. Kaylin saß auf der blank polierten Theke und beobachtete die feiernden Menschen. Sie tanzten und lachten, prosteten mit ihren Gläsern immer wieder in Richtung der Urne. Sie spürte, dass bei ihr der Alkohol langsam seine Wirkung zeigte. Sie füllte sich selbst nach, hielt die Flasche fest umschlungen und lachte in sich hinein. Sich hoffnungslos zu betrinken würde es nicht besser machen, aber für heute würde es helfen. Die Polizei hatte ihr die Nachricht zukommen lassen, dass Erics Wohnung freigegeben war, und der Vermieter wurde ungeduldig. Bisher fehlte ihr einfach der Mut, seine Privatsphäre zu betreten und zu wissen, dass er dort in seinem Bett gefunden worden war. Daran wollte sie jetzt nicht denken. Und nicht daran, dass sie seine vier Wände ausräumen und seinen Haushalt auflösen musste. Auch nicht daran, dass danach jemand anderer in seine Wohnung einziehen und dort nichts mehr an Eric erinnern würde.

Sie trank den nächsten großen Schluck, diesmal direkt aus der Flasche, als jemand danach griff und sie ihr wegnahm.

»Ich glaube, du hast genug für heute.«

Als Kaylin aufblickte, sah sie Nevins verschwommenes Gesicht vor sich und spürte erst jetzt, wie angetrunken sie bereits war. Sie kicherte, schnappte nach der Flasche, doch er stellte sie weit genug von ihr fort.

»Komm! Ich bring dich besser nach Hause.«

Sie schlang ihre Arme fest um seinen Nacken, als er sie von der Theke hob und auf die Füße stellte. Er griff nach ihrer Hand, um das *Tristans* mit ihr zu verlassen, als die Band einen ihrer Lieblingssongs anstimmte, *Through the Barricades*; der Sänger besaß genau die richtige Stimme für dieses stimmungsvolle Lied. Sie zwang Nevin stehen zu bleiben, zog ihn zu sich zurück.

»Tanz mit mir!«

Er wehrte sich, schüttelte den Kopf und blieb vor ihr stehen.

»Ich bin kein guter Tänzer!«

»Ach komm schon … nur dieses eine Lied.«

Sie fühlte sich so betrunken und gleichzeitig berauscht. Er konnte ihr nicht widerstehen. Kaylin schmiegte sich an seine Brust und umschlang seine schlanke Taille. Sie flüsterte die Lyrics tonlos mit und schloss ihre Augen, während er sich sanft wiegend mit ihr bewegte. Nevin war wie ein schützender Mantel aus Geborgenheit und Wärme, als er seine Arme um sie legte und sie fest an sich presste. Seine Lippen berührten ihr Haar. Wieder rollten Tränen über ihre Wangen, doch sie merkte es nicht einmal. Noch bevor das Lied sich dem Ende zuneigte, verließ sie Arm in Arm mit ihm die Bar. Zu Fuß und schweigend brachte er sie den langen Weg zu ihrem Apartmenthaus. Die Stille zwischen ihnen wirkte nicht unangenehm und doch bedrückt. Vor der Haustür blieben sie stehen, und Kaylin hob ihr Gesicht. Sanft strich er mit den Fingern ihr Haar beiseite. Sie konnte ihm deutlich ansehen, wie weh es ihm tat, sie anzuschauen und machtlos gegen ihren Schmerz zu sein. Lächelnd griff Kaylin nach seiner Hand und zog ihn mit sich. Wortlos folgte er ihr zu ihrer Wohnung.

Dort angekommen, kickte sie schwankend die Schuhe von ihren Füßen, ging barfuß hinüber zu ihrem Barschrank und griff nach einer angebrochenen Flasche Rotwein. Bevor sie sich jedoch ein bauchiges Glas füllen konnte, hielt Nevin sie auf.

»Du hast genug getrunken.«

Sie lachte beschwipst.

»Noch nicht annähernd genug.«

Sie zog die Flasche aus seiner Hand, doch er griff erneut danach, nahm sie ihr weg und schloss das Barfach. Sie boxte ihn.

»Hör auf, dich wie mein Vater aufzuführen. Ich bin ein großes Mädchen, und ich bin eine verdammte Irin. Ich kann was vertragen.«

»Kay, es ist genug!«

Die Strenge in seiner Stimme ließ sie auflachen. Kichernd ließ sie sich in den Sessel fallen und summte leise ein Lied vor sich hin. Er kniete sich vor sie, legte seine warmen Hände auf ihre Oberschenkel.

»Du solltest dich hinlegen.«

Er klang so süß und besorgt, dass sie nach seinem Gesicht greifen musste, doch er wich ihrem Kussversuch aus.

»Das ist jetzt keine gute Idee.«

Es fiel ihm schwer, ihr zu widerstehen, das konnte sie ihm deutlich ansehen – ein Grund mehr, ihre Bemühungen zu steigern. Kaylin raffte ihren knöchellangen schwarzen Rock, bis ihre Schenkel entblößt waren, öffnete ihre Beine und beugte sich zu ihm vor.

»Ich finde, es ist eine verdammt gute Idee.«

Sie biss sich auf die Unterlippe, malte mit den Fingerspitzen die feinen Linien seiner Lachfältchen entlang. Sie kräuselten sich, wenn er seinen strengen Blick aufsetzte. Behutsam nahm er ihre Hand und hielt sie fest. Er schüttelte seinen Kopf.

»Du bist nicht in der Verfassung, das zu genießen, Kay, und ich würde mich danach schäbig fühlen.«

Sie hielt ihn auf, als er sich wieder erheben wollte. Kaylin umschlang mit ihren Fingern seinen Nacken und zog sein Gesicht zu sich. Sie wollte ihn küssen, wenn nötig sogar dazu zwingen, sich auf ihr Angebot einzulassen. Alles war besser, als diese Leere in ihrem Inneren ungefüllt zu lassen. Nevin wehrte sich standhaft gegen sie.

»Kay, hör auf damit. Das ist nicht gut.«

Doch sie erkannte, dass seine Gegenwehr am seidenen Faden hing. Er atmete schwer und seufzte leise. Ihre Lippen zitterten, als sie seinen Mund suchte, und ihre Beine hielten ihn gefangen. Nevin knurrte vor Verzweiflung, was in ihren Ohren sinnlich und erotisch klang.

»Bitte, Kay, tu das nicht.«

Ihre Zunge leckte über seinen Mund, ihre Fingerspitzen gruben sich in sein Haar, und ihre Schenkel pressten sich fest in seine Seiten. Sie küsste ihn hart und voller Sehnsucht, sodass er sichtlich mit seiner Beherrschung kämpfte.

»Warum bist du hier, Nevin?«

»Ich bin als Freund hier, Kay.«

Sie lächelte ihn angetrunken an.

»Aber ich brauche jetzt keinen Freund. Ich will dich.«

»Nein, Kay, das willst du nicht wirklich. Du wirst es morgen bereuen.«

Sie knallte ihm eine, ohne Vorwarnung, und lachte leise. Abermals grub sie ihre Hände in sein Haar und zog so fest dran, dass er vor Schmerz aufkeuchte. Wieder presste sie ihre Lippen auf seinen Mund, und ihre Zungenspitze bohrte sich zwischen seine Zähne. Nevin schnaubte wütend, packte ihre Handgelenke, drückte sie gegen ihren Brustkorb und sah sie zornig an.

»Schluss damit! Ich weiß, du bist traurig. Ich weiß, du willst vergessen. Aber morgen, wenn du aufwachst, wird Eric immer noch …«

Ihre Hände zuckten empor, doch er hielt sie weiter fest. Sie wollte auf ihn einschlagen, ihrer verzweifelten Wut ein Ventil geben, doch er hielt sie davon ab.

»Hör mir zu, Kay. Ich bin hier, weil du einen Freund brauchst.«

Eine Träne löste sich aus ihrem Augenwinkel.

»Ich brauche dich.«

Sie schüttelte seine Hände ab, warf sich in seine Arme und schluchzte leise. Er streichelte ihr zärtlich über den Kopf, schlang die Arme um sie.

»Ich brauche dich, Nevin.«

Ihre Lippen berührten seinen Hals, und ein heißer Schauer rieselte durch ihren Körper. Als sie an seinem Ohrläppchen zu saugen begann, wollte er sich von ihr lösen.

»Kay, bitte …«

Er klang genervt, aber nicht so überzeugend wie zuvor. Mit Schwung warf sie ihn um und landete mit ihm auf dem Boden. Über ihn gebeugt, sah sie ihm direkt ins Gesicht. Lüstern leckte sie sich über die Lippen, und das Funkeln in seinen Augen verriet ihr deutlich, wie empfänglich er für sie war. Mit beiden Händen rieb er sich verzweifelt über das Gesicht und stöhnte resigniert.

»Ich brauche dich jetzt, Nevin. Hör auf, dich beherrschen zu wollen.«

Mit wenigen Griffen breitete sie den Rock über seinem Schoß aus, griff ihm zwischen die Beine und rieb ihre Handfläche gegen sein Geschlecht. Sie lächelte, als sie das erregte Zucken fühlen konnte.

»Sag mir nicht, dass du es nicht auch willst.«

»Kay, ich …«

Kaylin erstickte seinen letzten Widerstand mit einem leidenschaftlichen Kuss, öffnete seine Jeans und rieb seinen Schwanz, bis er prall und hart in ihrer Hand lag. Nevin stöhnte unter ihrer Massage, wollte seinen Kopf immer wieder von ihrem Gesicht wegdrehen.

»Ich will, dass du mir das Hirn rausvögelst. Ich will nicht mehr nachdenken, und ich will mich nicht erinnern.«

»Oh Gott, Frau.«

Ihre Fingerspitzen tanzten über seine Eichel. Jeder Muskel in seinem Körper war angespannt, und seine Bedenken schmolzen sichtlich dahin.

»Nimm mich! Ich will, dass du mich bis zur Besinnungslosigkeit fickst.«

»Shit!«

Er krallte seine Hände in ihre Schenkel, stöhnte auf und biss die Zähne fest zusammen. Sie wusste genau, was diese Art von Worten bei ihm auslöste, und sie rechnete damit, dass es ihn die Kontrolle verlieren ließ. Kaylin zog ihren Slip beiseite und rieb ihren nassen Spalt an seinem prallen Schaft entlang, bis sie selbst das heiße Schaudern empfand. Sie flüsterte ihm voller Gier schmutzige Worte zu, beschrieb ihre Lust in einem sinnlicherregenden Tonfall. Sie wusste, er würde nicht mehr lange standhalten können. Jedes obszöne Wort, das ihre Lippen verließ, sorgte für ein erregtes Zucken in seinem Schwanz. Kaylin biss ihm in die Halsseite und saugte daran, als könne sie sein Blut schmecken. Ihr gieriges Keuchen hallte im Raum wider. Ihre Nägel krallten sich in seine Brust, qualvoll und süß zugleich keuchte Nevin über den Schmerz, den sie verursachte.

»Ich will, dass du mich hart nimmst, ohne Rücksicht auf Verluste. Ich weiß genau, dass du dir das schon immer gewünscht hast. Tu es einfach. Denk nicht darüber nach, Nevin. Bitte.«

Sie redete sich selbst in Rage und ließ ihn die heiße Nässe ihres Geschlechts spüren. Ihr Schoß schob sich auf seinem pochenden Schwanz rücksichtslos vor und zurück. In seiner Mimik veränderte sich etwas, das dunkel und gefährlich wirkte. Er packte grob zu und drehte sie mit einem unheilvollen Knurren auf den Rücken. Mit den Hüften drängte er sich zwischen ihre Schenkel und griff zwischen ihre Körper, nach seinem Schaft. Er dirigierte seine Spitze in die richtige Position und rammte sich stöhnend in sie hinein. Mit einer Mischung aus schmerzvollem Aufbegehren und einem erstickten Lachen nahm sie ihn in Empfang, schlang ihre Arme fest um seinen Nacken und spreizte ihre Beine ein Stück mehr. Sie hatte gewonnen und rang aus süßem Schmerz nach Atem.

»Gib's mir.«

»Hör auf, so zu reden.«

»Hindere mich doch daran. Fick mich.«

Ihre Stimme klang voller Gier, und sie konnte sehen, wie wütend er auf sie war, zornig darüber, dass sie ihn seine Beherrschung gekostet und es geschafft hatte, ihn doch zu verführen.

»Stoß zu!«

Er gab ihr, wonach sie verlangte, hart und kraftvoll, bis Kaylin ein gequältes Keuchen von sich gab, das ihn jedoch nicht mehr aufhalten konnte. Sie hatte es nicht anders gewollt und gierte nach dieser dunklen Macht, die in ihm schlummerte, nach seiner Gewalt, die in seinen Tiefen lag.

»Härter!«

»Shit, Kay!«

Nevin stützte sich rechts neben ihrem Kopf auf einer Hand auf und presste die andere auf ihren Mund. Wenn sie weiterhin so redete, würde er völlig die Kontrolle verlieren, das wusste sie. Sie räkelte sich unter ihm, während sein Geschlecht heftig und tief in sie eindrang. Ihre unterdrückten Laute reizten seine Lust nur noch mehr, was ihre volle Absicht war. Mit gesteigertem Tempo verlor er den Kampf, stieß immer kräftiger in sie hinein, und sie fühlte deutlich die aufbrausende Wut, mit der er sich in ihr austobte. Schweiß tropfte von seiner Stirn auf sie hinab, und jeder Stoß wurde von einem zornigen Knurren begleitet. Die Gewalt, mit der er sie nahm, steigerte Kaylins Verlangen nur noch mehr. Kaylin wusste, er hatte längst den Punkt überschritten, an dem er sich nicht mehr stoppen konnte, selbst wenn er es gewollt hätte, und sie genoss jeden Augenblick davon. Verzweifelt rammte Nevin sich in ihren Schoß, packte ihre Handgelenke mit der anderen Hand und hielt sie über ihrem Kopf fest. Ausgeliefert, hemmungslos erregt und der Sprache beraubt, lag sie da. Nur die gepressten Laute, die sie unter seiner Handfläche ausstieß, mischten sich mit den obszönen Geräuschen ihrer Körper. Zwischen seinen Fingern schrie sie auf, als sie heftig und zuckend unter ihm kam, doch Nevin hatte noch nicht genug. Er nahm seine Hand von ihren Lippen, löste seinen Griff um ihre Handgelenke, stützte sich auf und steigerte seine Stöße noch mehr. Ihre spitzen Schreie begleiteten seine Gier, und als sich ihre Fingernägel schmerzhaft tief in seinen Rücken bohrten, brüllte er wütend seine Erlösung aus sich heraus. Der Höhepunkt erschütterte seinen Körper und schien kein Ende zu nehmen.

Still lag sie unter ihm, fühlte sein Gewicht auf ihrem Körper, der noch immer zitterte wie Espenlaub. Wieder füllten Tränen ihre Augen, und sie klammerte sich an seinen Nacken. Sie presste ihn fest an sich, hoffte, der Schmerz in ihrem Innern würde dadurch endlich vergehen.

»Es tut mir so leid!«

Nevin erstarrte in ihren Armen bei diesen Worten. Langsam hob er seinen Kopf, um ihr ins Gesicht zu sehen. Sie wusste, was sie ihm angetan hatte. Er hatte ihr von seiner Angst erzählt, die Kontrolle völlig zu verlieren, weil er nicht wusste, wie weit er dann gehen würde. Sie hatte ihn dazu gebracht, sich zu vergessen, und nun schämte sie sich dafür.

»Ich bin egoistisch und …«

»Shhh. Schon gut.«

Er küsste sie, doch es linderte nicht das schlechte Gewissen. Er wollte ein Freund für sie sein, doch sie hatte ihn dazu gedrängt, wissend, wie schlecht er sich hinterher fühlen würde. Kaylin kannte seine dunklen Seiten, wusste von seinen tief schlummernden Fantasien, die sie teilte. Darüber zu reden, als Freunde, intime Freunde, war erregend, doch sie hatte die Grenze diesmal deutlich überschritten. Auch wenn es das war, was sie gebraucht hatte, gab ihr das nicht das Recht, ihn für ihre Zwecke zu benutzen.

»Shhh. Es ist okay.«

Nevin betrachtete sie zärtlich, rieb ihre Tränen mit den Daumenkuppen von ihren Schläfen. Kaylin konnte nicht anders, sie lächelte und bewegte ihre Hüften unter ihm. Sein Geschlecht steckte noch in ihr, und die sanften Wellenbewegungen ihrer intimen Muskeln erregten ihn erneut. Mit festem Blick in ihre Augen spannte Nevin sich an und folgte ihrem sachten Rhythmus. Kaylin sah ihn an, spürte, wie ihr Herz zu zerspringen drohte.

»Ich …«

Gerade noch rechtzeitig konnte sie sich selbst bremsen. Über Liebe zu sprechen hatten sie immer vermieden, und sie war sich nicht sicher, ob es nur die Trauer war, die sie so intensiv für ihn empfinden ließ. Kaylin zog Nevin am Nacken zu sich hinunter, presste ihre Lippen fest auf seinen Mund und hörte nicht auf, ihn zu küssen, bis die sanfte Art, wie sie sich liebten, ihren Körper mit dem nächsten Orgasmus erschütterte.

Nevin zog sich auf dem Weg zurück ins Wohnzimmer an und fand dort Tara zusammengerollt schlafend auf dem Sofa. Sie musste die Wohnung betreten haben, ohne dass Kaylin oder er es gemerkt hatten. Die roten Ränder unter den Augen der rotblonden Irin zeugten davon, dass sie viel geweint hatte. Der Schlaf schien wie eine Erlösung für sie zu sein. Nevin griff nach der Wolldecke, die über dem Sessel hing, und breitete sie über Tara aus. Sanft streichelte er der Köchin über den Kopf. Auch für sie war Erics Tod ein Schock gewesen.

Leise verließ er Kaylins Apartment und fuhr mit dem Lift hinunter. Nachdem er die Straße überquert und seinen Wagen in der Sackgasse, wo er ihn sicherheitshalber geparkt hatte, erreicht hatte, meldete sich sein Handy.

»Wo zum Teufel steckst du? Ich warte seit Ewigkeiten auf dich.«

Sein Partner klang angesäuert, und Nevin konnte es verstehen.

»Bin gleich da.«

Er fuhr zu dem verlassenen Lagerhaus, dem Treffpunkt, den sie ausgemacht hatten. Während der Einsätze gab es keinerlei Kontakt zu den Kollegen, bis auf den Supervisor der Aktion, und die Treffpunkte änderten sich stetig. Jason Wong erwartete ihn mit den Händen in die Seiten gestemmt und fixierte Nevin, zuerst ohne ein Wort zu sagen. Der großgewachsene Halbjapaner schüttelte den Kopf. Nevin hob die Hände, bevor er mit seiner Moralpredigt über Pünktlichkeit beginnen konnte. Doch Jason verzog verärgert sein Gesicht.

»Vergiss es, Seymoore, du wirst mir jetzt gut zuhören. Wir haben zu lange und zu hart dafür gearbeitet, dass du jetzt alles riskierst. Was denkst du dir eigentlich dabei, dich in diese Mordsache einzumischen? Du riskierst damit, dass deine Tarnung auffliegt. Bist du von allen guten Geistern verlassen? Der Delany-Mordfall hat nichts mit unserem Job zu tun. Halt dich da raus, und lass die Jungs ihre Arbeit machen.«

Nevin schnaubte abfällig.

»Waters und Williams? Die beiden sind Stümper, und das weißt du.«

»Es ist nicht deine Aufgabe, den Mord am Bruder deiner kleinen Bettgefährtin aufzuklären.«

»Hey!«

»Schon gut, tut mir leid. Aber versteh mich bitte auch. Wir sind nicht nur Partner, wir sind wie Brüder, und dieser Job ist verdammt gefährlich. Ein falscher Schritt, ein falsches Wort, und du bist tot.«

Nevin sah die Besorgnis in den Augen seines Partners und nickte. Er hatte recht, mit seiner Einmischung riskierte er verdammt viel.

Jason kam auf ihn zu, legte ihm beide Hände auf die Schultern und sah ihm direkt ins Gesicht.

»Ich muss dir deinen Job nicht erklären, Seymoore, aber du kennst ja auch das Gefühl, außen zu stehen und nicht eingreifen zu können, wenn es hart auf hart kommt. Ich würde mit dir tauschen, wenn ich könnte.«

Von dem letzten Undercoverjob hatte Jason ein Andenken zurückbehalten, weshalb er noch immer auf eine Gehhilfe angewiesen war und für Nevin dieses Mal den Supervisor spielte. Er hasste es, seinem Partner keine direkte Rückendeckung leisten zu können; Nevin würde es ebenso gehen, wäre er an Jasons Stelle.

»Okay, du hast recht. Ich halte mich aus dem Fall raus.«

Jason nickte zufrieden.

»Das wollte ich hören. Hast du schon etwas Neues für mich?«

»Nein, aber irgendwas liegt in der Luft, die Crew ist in Habtachtstellung. Ich finde schon noch heraus, worum es geht.«

»Gut, halt mich auf dem Laufenden, und hol dir eine Mütze voll Schlaf ab. Du siehst wie ein frisch gevögeltes Eichhörnchen aus.«

Lachend verabschiedete sich Nevin von ihm und sah zu, wie er sich von der verlassenen Lagerhalle entfernte, in seinen Mercedes stieg und davonfuhr. Er blieb allein zurück, dachte an Kaylin. Jedes Mal wenn er sie aufsuchte, riskierte er nicht nur, seine Tarnung auffliegen zu lassen, sondern auch sein Leben. Doch während dieser Jobs war sie diejenige, die ihn auf dem Boden hielt. Alle seine Spezialeinsätze hatten Spuren an und in ihm hinterlassen, hatten ihn in vielerlei Hinsicht abgestumpft, aber Kaylin berührte etwas in ihm, das noch nicht von all dem Abschaum und dem Dreck, den er tagtäglich erlebte, angetastet war. Die Intimität mit ihr in dieser Nacht hatte ihn jedoch eine mentale Grenze überschreiten lassen, vor der er sich gefürchtet hatte. Er hatte sie mit roher Gewalt genommen, nur vom reinen stumpfen Instinkt getrieben, und dunkle Gedanken waren an die Oberfläche geraten, die er zutiefst verabscheute. Verstand Kaylin das ganze Ausmaß seiner Angst, zu weit zu gehen? Er hoffte auf jeden Fall, sie würde diesen Tabubruch zwischen ihnen nicht bereuen, und er musste aufhören, sie während der Jobs zu sehen. Es stand zu viel auf dem Spiel.

Doch würde er sein Vorhaben auch umsetzen können?

4

Die Arme weit von sich gestreckt, wachte Kaylin in einem völlig zerwühlten Bett auf und seufzte. Ihr Kopf schmerzte, und die Reue über ihren Alkoholkonsum folgte sofort. Auf dem Bauch liegend, strich sie sich das zerzauste Haar aus dem Gesicht und blickte sich in ihrem Schlafzimmer um. Schlagartig wurde ihr bewusst, was gestern geschehen war, und für einen Moment kämpfte sie mit Gewissensbissen. Nevin lag nicht neben ihr. Es war erstaunlich, wie erleichtert sie sich fühlte, wenigstens diese skurrile Normalität wie ein Geschenk zu betrachten. Seit Erics Ermordung verlief alles für sie wie in Zeitlupe und als könne sie nicht daran teilhaben. Es fühlte sich so falsch an, befremdlich und irreal.

Als Kaylin ihre Füße aus dem Bett schwang, trat sie auf ein Stück Papier. Es musste runtergerutscht sein und wirkte leer. Sie hob es auf, drehte es um und lachte auf. Scheinbar war ihm diesmal nicht viel eingefallen, was er ihr hätte sagen können. Ein Smiley mit breitem Grinsen zwinkerte ihr entgegen.

Bereu es nicht, wir reden später! Nevin

Reue empfand sie nicht wegen dem, was zwischen ihnen in der Nacht geschehen war. Kaylin fühlte sich noch immer wund von seiner gewaltigen sexuellen Wut. Doch das Ziehen summte köstlich in ihrem Körper und überzog sie mit einer wohligen Gänsehaut. Das schlechte Gewissen allerdings nagte sofort wieder an ihr. Es gab kaum etwas, was sie nicht voneinander wussten. Ihre Freundschaft war sehr schnell sehr intim geworden.

Das Knistern zwischen ihnen war zu verführerisch, um ihm nicht nachzugeben, und seit ihrer ersten Nacht erzählten sie sich ihre geheimsten und dunkelsten Fantasien. Allerdings bestand eine feine Linie, eine Grenze, bei der sie sich einig waren, dass sie sie nie überqueren würden.

Erneut betrachtete sie das Smiley und schüttelte den Kopf.

»Ich bereue es nicht!«

Kaylin atmete tief ein, legte die Nachricht beiseite, stand auf und stieg unter die Dusche, um sich für die Arbeit vorzubereiten. Als sie zur Tür hinauswollte, entdeckte sie die unordentliche Wolldecke auf ihrem Sofa und einen weiteren Zettel auf dem Tisch. Hatte Nevin die Nacht auf der Couch verbracht? Die Nachricht war von Tara, sie erkannte die Schrift ihrer besten Freundin sofort. *Bin noch mal zurück in mein Apartment, um mich umzuziehen. Wir sehen uns in der Bar. Tara*

Kaylin betrat zögernd die Bar, und alles schien wie immer. Die Angestellten bereiteten alles vor, plauderten und scherzten miteinander. Tara warf gleich drei Schmerztabletten in das sprudelnde Glas Wasser vor sich und rieb sich stöhnend die Schläfen.

»Ich werde nie wieder einen Tropfen trinken.«

Lenny, der gerade die letzten Spuren der Feier beseitigte, lachte auf.

»Das sagst du jedes Mal.«

»Aber diesmal meine ich es.«

Als Kaylin sich bemerkbar machte, verstummten abrupt die Gespräche, und das Lachen erstickte. Die Angestellten sahen ihre Chefin verwundert an, als wäre sie völlig fehl am Platz.

»Was ist? Bin ich grün im Gesicht? Hab ich ein Stück Klopapier im Rock hängen?«

Der Scherz wirkte nicht, statt Gelächter sah sie in Augen voller Bedauern und Mitleid.

»Oh, kommt schon, Leute, tut mir das jetzt nicht an. Es ist schwer genug, damit fertigzuwerden. Wenn ihr mich wie ein rohes Ei behandelt, dann fühle ich mich wirklich schlecht.«

Mel kam auf sie zu, umarmte sie.

»Sorry, dass ich gestern nicht dabei sein konnte.«

»Du warst krank.«

»Trotzdem fühl ich mich schlecht.«

Kaylin hob beide Hände.

»OKAY! Alle mal herhören. Eric ist tot, und er wird uns unsagbar fehlen. Aber die Welt bleibt deswegen nicht einfach stehen, auch wenn es sich so anfühlt. Er hätte gewollt, dass wir weitermachen und uns darauf konzentrieren, dass alles so läuft wie immer. Ich brauche das jetzt. Ich brauche diese Normalität, sonst verliere ich den Boden unter den Füßen. Ich hab es satt, alle fünf Minuten in Tränen auszubrechen, nur weil ich etwas sehe, was mich an ihn erinnert. Ich möchte eure fröhlichen, lachenden Gesichter wiedersehen.«

Sie hielt inne und starrte auf die gegenüberliegende Wand hinter der Theke. Erics Urne stand dort, neben einem Foto von ihm. Ein tiefer Atemzug half ihr dabei, gegen die aufsteigenden Tränen anzukämpfen. Lenny blieb hinter ihr stehen, knetete sanft ihre Schultern und lächelte auf seine typisch schottische Art.

»Ich dachte, da wäre ein guter Platz. Wenn es dir nicht gefällt …«

Weiter kam er nicht. Sie fiel ihm um den Hals und drückte ihn dankbar an sich. Gerührt von so viel impulsiver Heftigkeit, schluckte er. Kaylin trat einen Schritt zurück, straffte ihre Schultern und wischte sich mit den Handballen über die Wangen.

»Okay, das war es, was ich euch sagen wollte. Es wäre schön, wenn ihr einfach dabei helft. Es wäre in seinem Sinne.«

Hinter der Tür des Büros polterte es leise. Kaylin hatte es nicht mehr betreten, seit die beiden Polizisten ihr die Nachricht von Erics Tod überbracht hatten. Tara schob den Kopf unter der Durchreiche der Küche durch.

»Die beiden Bullen sind wieder aufgekreuzt und durchsuchen das Büro. Ich glaube, du solltest lieber nicht da reingehen.«

Sie tat es dennoch und öffnete die Tür. Fassungslos über das Chaos, das Waters und Williams in Erics Büro verbreitet hatten, ballte sie die Fäuste. Eric hatte Unordnung gehasst, und das hier wirkte wie mutwillige Zerstörung. Kaylin stand kurz davor, laut loszuschreien. Waters sah von einem Aktenstapel hoch und kam direkt auf sie zu.

»Ms. Delany, verzeihen Sie diese Unordnung, aber ich hätte da noch ein paar Fragen an Sie.«

Tara stand in der Tür und prallte zurück, als Kaylins wütender Blick sie traf.

»Wie konntet ihr das zulassen?«

»Sie haben einen Durchsuchungsbefehl. Sorry, Sweets, wir haben nicht damit gerechnet, dass du heute überhaupt herkommen würdest.«

»Das ist meine verdammte Bar, und das hier ist Erics Reich.«

»Ms. Delany, ich sagte schon, es tut mir aufrichtig leid, aber wir tun alles in unserer Macht Stehende, um den Mörder Ihres Bruders zu finden.«

»Warum durchsuchen Sie dann das Büro?«

»Wir werden uns nicht länger als nötig hier aufhalten. Würden Sie sich bitte setzen?«

Während Williams weiter die Akten durchforstete, was Kaylin noch immer nervös machte, setzte Waters sich ihr gegenüber in den Sessel, der Eric gehört hatte. Sie funkelte ihn wütend an, doch er überging ihren bösen Blick.

»Ms. Delany, wir haben etwas gefunden.«

Sie horchte sofort auf, in der Hoffnung endlich zu erfahren, wer der Mörder sein könnte.

»Haben Sie an Ihrem Bruder in der letzten Zeit Veränderungen festgestellt?«

»Wie meinen Sie das?«

»Wirkte er nervös, gehetzt oder unkonzentriert?«

Sie schüttelte den Kopf, versuchte gedanklich, irgendeinen Sinn in der Fragestellung zu finden.

»Hatte Ihr Bruder finanzielle Probleme?«

Als Kaylin ihn schweigend anstarrte, lehnte er sich vor und senkte seinen Kopf.

»Ms. Delany, mir ist bewusst, dass Sie eine schwere Zeit haben. Die Trauer um Ihren Bruder …«

»Würden Sie zum Punkt kommen, Corporal Waters?«

Sie fiel ihm unhöflich ins Wort und überkreuzte abwehrend ihre Arme vor dem Körper.

»Worauf wollen Sie hinaus? Dass er sich mit ein paar schrägen Typen eingelassen hat? Mein Bruder war ein anständiger Mann. Er hat vierzehn Stunden am Tag hier gesessen und gearbeitet. Jeder mochte ihn, und ich kenne niemanden, der ihm nach dem Leben getrachtet hat. Haben Sie nichts Besseres zu tun, als irgendwelchen Dreck aufzuwühlen?«

Waters bemühte sich sichtlich um Fassung, denn ihre Worte klangen giftig und provokant.

»Ms. Delany, wussten Sie, dass Ihr Bruder spielt?«

Die Überraschung legte ihre Stirn in Falten. Ihr Verstand weigerte sich strikt, den Namen ihres Bruders mit einer Spielleidenschaft zu verbinden.

»Spielt?«

»Wir haben Beweise, dass Ihr Bruder bei illegalen Pokerturnieren mitgemacht und dabei große Summen Geld verloren hat.«

Die Farbe wich aus ihrem Gesicht.

»Glauben Sie, das hat etwas mit dem Mord zu tun?«

Waters nickte betrübt.

»Leider müssen wir davon ausgehen, dass er jemandem eine große Menge Geld schuldet. Ms. Delany, sein Konto ist leer, und wir haben Kontoauszüge gefunden, die beweisen, dass er auch Geld aus der Bar entnommen hat.«

»Wie viel?«

»Das können wir noch nicht genau sagen. Aber es handelt sich um eine beträchtliche Summe.«

Er reichte ihr einige Dokumente, und sie erkannte die regelmäßigen Buchungen einiger sehr hoher Beträge. Ihre Mimik schien Waters zu bestätigen, dass sie nichts davon gewusst hatte. Der Corporal erhob sich und nickte seinem Partner zu.

»Ms. Delany, wir müssen diese Unterlagen mitnehmen und näher prüfen.«

Er hielt ihr den Durchsuchungsbefehl entgegen, doch sie starrte nur auf die Zahlen des Bankkontos. Abrupt stand sie auf, umrundete den Eichenschreibtisch ihres Großvaters und hob das Ölgemälde ihrer Eltern von der Wand. Dahinter verbarg sich der Zahlentresor. Gedanklich entschuldigte sie sich, denn sie war verdammt wütend auf Eric, und ihr Bauchgefühl sagte ihr, dass es noch schlimmer wurde. Hätte er jetzt vor ihr gestanden, hätte sie auf ihn eingeschlagen vor Zorn. Sie tippte den Code ein und öffnete das Schloss. Bis auf die Kassenbücher und eine leere Uhrenhülle enthielt er nichts. Kaylin stolperte rückwärts, hob fassungslos ihre Hand an die Lippen. Ihre Rücklagen für die Bar und für Notfälle sowie Großvaters Taschenuhr, die seit vielen Generationen in der Familie weitergegeben wurde, Mutters Hochzeitsschmuck, selbst Vaters silberne Manschettenknöpfe, alles war weg. Eine Gänsehaut bildete sich auf ihren Armen und kribbelte in ihrem Nacken.

Besorgt griff Williams nach ihr, als sie taumelte. Alles in ihrem Kopf drehte sich, und der Beamte setzte sie auf einen Stuhl.

»Ist alles in Ordnung?«

Sie sah ihm zwar ins Gesicht, doch sie blickte wie durch ihn hindurch.

»Ma'am, brauchen Sie einen Arzt?«

Das wütende Knurren, mit dem sie sich plötzlich erhob, ließ ihn zurückweichen. Er starrte sie erschrocken an.

»Dieser verdammte, verlogene Mistkerl.«

Sie fasste sich an die Stirn, fühlte die Hitze in ihrem Gesicht und bereute den Gefühlsausbruch aus tiefstem Herzen.

»Warum hat er mir nichts erzählt?«

Die Frage warf sie in den Raum, ohne jemand Bestimmtes anzusprechen. Waters und Williams zuckten hilflos und synchron mit den Schultern.

»Wenn wir noch Fragen haben, melden wir uns. Und wenn Ihnen noch etwas einfällt, zögern Sie nicht, und rufen Sie mich an.«

Waters legte seine Visitenkarte auf den chaotischen Schreibtisch. Er und Williams griffen nach den gefüllten Kisten mit dem Abzeichen der Miami Dade Police und verließen gemeinsam den Raum.

Tara stürzte in das Büro.

»Was ist passiert? Was ist los? Gibt es etwas Neues?«

Während der normale Gastbetrieb um sie herum weiterging, setzten sich die beiden Frauen an einen Tisch. Kaylin füllte zwei große Gläser mit Whiskey. Tara hatte es diesmal ernst gemeint, vom irischen Feuerwasser abzuschwören, doch Kaylin machte ihr klar, dass sie den Drink benötigen würde. Nachdem sie in einem Zug das Glas vor sich geleert hatte, erzählte sie Tara, was sie gerade über ihren Bruder erfahren hatte.

»Es ist alles weg?«

Kaylin nickte und nahm einen tiefen Atemzug.

»Alles.«

Tara riss die Augen auf, blickte auf den Claddagh-Ring, den

Kaylin ihr zur Erinnerung an Eric geschenkt hatte. Ihr Großvater hatte ihn einst getragen und vor seinem Tod an Eric gegeben. Kaylin lachte kalt auf.

»Dass er den nicht auch noch verhökert hat, wundert mich.«

Sie betrachtete das Gegenstück an ihrem Mittelfinger, den einstigen Ehering ihrer Großmutter. Zwei Hände, die ein gekröntes Herz hielten. Das Herz, Symbol für die Liebe, bestand aus einem lupenreinen Smaragd. Die Hände standen für Vertrauen und die Krone für Treue und Loyalität. Diese Ringe waren sehr alt, sehr wertvoll und wurden gemäß der irischen Tradition von Generation zu Generation weitergegeben. Kaylin sah ihrer Freundin an, dass sie einlenken wollte.

»Ich weiß, über Tote spricht man nicht schlecht.«

Sie warf die Hände in die Luft und seufzte.

»Was mach ich jetzt? Wir sind praktisch pleite. Eric hat alles verkauft, was wir besessen haben. Ich kann froh sein, dass er noch nicht auf die Idee gekommen ist, die Bar zu veräußern. Tara, ich kann mir nicht einmal die Löhne für Mel, Lenny und Jenny leisten. Geschweige denn, dass ich dich bezahlen kann. Aber was mich richtig trifft, ist, dass er verdammt noch mal nichts gesagt hat! Wir hätten doch eine Lösung finden können. Wir hätten ihm helfen können.«

Kaylins Blick wanderte durch die Gaststube.

»Wir haben erst vor zwei Jahren den Nachtclub dazugebaut. Den stottern wir noch immer ab. Wenn ich die Raten nicht an die Bank bezahle, dann …«

Tara nickte, drehte den Ring an ihrem Daumen.

»Die sind wertvoll, hast du gesagt.«

Sie hob ihren Blick und sah Kaylin direkt an, zog den Claddagh-Ring von ihrem Finger und legte ihn vor ihrer Freundin auf den Tisch.

»Dein Großvater wollte, dass die Bar in der Familie bleibt.

Wenn das die Erinnerungen kostet, scheiß drauf. Das hier ist unser Zuhause. Ich würde sogar umsonst hier arbeiten, und das geht den anderen genauso. Mach dir um die Löhne keine Gedanken, wir kommen schon klar.«

Tara stand auf, küsste die Schläfe ihrer Freundin und ließ den Ring zurück, bevor sie in die Küche zurückkehrte. Sie hatte es nicht direkt ausgesprochen, aber die einzige Möglichkeit, die Bar zu behalten und an Geld zu kommen, lag auf dem Tisch. Kaylin fuhr ein Stich ins Herz. Sie legte ihren Claddagh-Ring nie ab und fühlte sich nackt, als sie ihn nun von ihrem Finger zog und neben den des Großvaters legte. Wut mischte sich mit Hilflosigkeit. Es war die einzige Möglichkeit.

5

Pizza und Rotwein auf dem Flachdach von Kaylins Apartmenthaus waren genau das, was er an diesem lauen Sommerabend brauchte. Nevin biss herzhaft in eine Pizzaecke und lehnte sich zurück. Von hier aus konnte man bei klarem Wetter bis zum Meer sehen, doch dafür war es jetzt schon zu dunkel. Die Lichter von Miami breiteten sich unter ihnen aus, und aus einem der offenen Fenster des Gebäudes drang Violinenmusik zu ihnen empor. Kaylin grinste und lehnte sich ebenfalls auf der Zweisitzerbank zurück, die schon hier oben gestanden hatte, als sie eingezogen war, wie sie ihm einmal erzählt hatte.

»Wenn es nicht so kitschig wäre, würde ich behaupten, das ist romantisch.«

Er lachte leise und trank einen Schluck aus der Flasche.

»Besser als ein Drei-Sterne-Menü im Ritz.«

Kaylin zog sich ein Stück Pizza aus der Schachtel, die auf Nevins Beinen lag, und betrachtete das Pizzastück eingehend.

»Dafür hasst dich Tara von Herzen.«

»Ah, die kleine Küchenschabe ist eine verflucht gute Köchin, das muss ich ihr lassen, aber sie wird mich nicht davon abbringen, Alfredos Pizza zu essen. Diese Diskussion verliert sie immer wieder.«

»Dass du mich immer wieder zu Fastfood verführst, findet sie noch schlimmer.«

»Pizza ist kein Fastfood, sondern Soulfood für Weiße.«

Er stahl ihr lachend die Pizzaecke aus der Hand und biss hinein.

»Wenn du sie nicht magst, kann ich sie auch allein aufessen.«

Sie kicherte, rangelte mit ihm um das letzte Stück und siegte. Er ließ sie gewinnen. Sie aß für seinen Geschmack sowieso viel zu wenig bei ihrem stressigen Alltag, und seit Erics Ermordung sorgte er sich noch mehr um ihre Gesundheit als sonst schon.

Kaylin lehnte ihren Kopf an seine Schulter.

»Wir sollten darüber reden.«

»Gibt es wirklich etwas zu bereden?«

Nevin legte den Arm um sie und zog sie zu sich. Seine Lippen schmiegten sich an ihre Stirn.

»Ich wollte dich nicht so weit treiben. Ich habe nicht nachgedacht.«

»Lass es gut sein, Kay. Es ist passiert, und solange wir beide damit umgehen können, ist alles gut.«

Er hatte gehofft, dass sie sich nicht zu viele Gedanken darüber machen würde, wusste es allerdings besser. Dafür kannte er sie zu gut.

»Ich hätte auch Nein sagen können.«

»Hättest du?«

Sie sah ihn lächelnd an, und ihre rechte Augenbraue zuckte empor. Nevin schüttelte den Kopf.

»Du hast recht, ich hatte keine Chance.«

Er beobachtete, wie sie ständig an ihrem rechten Mittelfinger rieb. Er nahm ihre Hand, betrachtete die helle Linie an ihren sonst gebräunten Fingern.

»Wo ist dein Ring?«

Seufzend löste sie sich von ihm und griff nach der Weinflasche.

»Verkauft.«

Bevor er fragen konnte, erzählte sie ihm von ihrem ganzen Tag, von all den verdammten Dingen, die auf einmal wie ein Kartenhaus über ihr zusammengefallen waren. Ihr nüchterner Tonfall schien sie selbst zu überraschen.

»Es ist nur ein Ring, auch wenn er mir viel bedeutet hat. Der Händler wollte mich noch übers Ohr hauen. Er sagte, die Gravierungen in Großmutters Ring würden den Preis drücken. Ich hab ihm Prügel angedroht, falls er weiter versucht, mich zu verarschen.«

Nevin lachte freudlos auf, denn die Vorstellung, wie diese kleine zierliche Irin drohend vor dem Schmuckhändler stand, wirkte amüsant. Der Grund jedoch war weniger zum Lachen. Kaylin liebte diesen Ring, nahm ihn niemals von ihrem Finger, und ihn jetzt nicht mehr dort sehen zu können, wohin er gehörte, machte ihn nachdenklich. Sie wirkte dennoch fröhlich, auch wenn er wusste, wie schwer ihr diese Trennung gefallen sein musste.

»Das nächste Mal wird er sich zweimal überlegen, eine Irin aufs Kreuz legen zu wollen.«

»Ja, das wird er wohl.«

Sie trank einen Schluck, stopfte den Korken wieder in die Öffnung und stellte die Flasche auf den Boden. Nevins Blick haftete noch immer auf ihrem ringlosen Finger.

»Wenn du Geld brauchst …«

Vehement schüttelte Kaylin den Kopf.

»Nein, es wird schon gehen. Das Geld für die Ringe wird uns eine Weile über Wasser halten, bis ich einen anderen Weg gefunden habe. Ich will kein Geld von dir.«

»Ich habe einige Ersparnisse, und ich würde es gern tun. Ich weiß, wie viel dir die Bar bedeutet.«

»Danke, aber nein!«

Sie vergrub ihr Gesicht in den Händen und knurrte leise.

»Ich bin so wütend auf ihn, und gleichzeitig fühle ich mich mies deswegen. Ich möchte ihn anschreien und auf ihn eindreschen, weil er nichts gesagt hat. Aber Tote kann man nicht schlagen, und ich hasse es, wütend auf ihn zu sein. Oh Gott, das klingt verrückt, oder?«

»Nein, das klingt sehr normal.«

Nevin lächelte aufmunternd, auch wenn er in Gedanken bereits seit seiner Ankunft mit sich rang. In Wirklichkeit war er nicht nur wegen eines freundschaftlichen Abendessens auf dem Dach hergekommen.

»Ich muss für einige Tage weg. Der Fall, an dem ich arbeite, wird mir kaum Zeit lassen.«

Kaylin nickte, den Blick auf die Stadt gerichtet, und plötzlich lachte sie auf.

»Ich kenne alle deine intimsten Fantasien. Du hast mir sogar von den peinlichsten Jugendsünden erzählt. Wie kommt es, dass ich überhaupt nichts über deinen Job weiß?«

Ihr Gesicht wandte sich ihm zu, und sie sah ihn fragend an.

»Du bist Polizist, aber welche Abteilung? Was genau machst du?«

Nevin rieb sich über die Bartstoppeln und lehnte seine Ellbogen entspannt auf seine Schenkel. Das Schweigen war nicht unangenehm, dennoch erwartete sie eine Antwort.

»Ich würde dir gerne mehr darüber erzählen, aber ich kann nicht.«

Wissend, dass diese Antwort ihre Neugier nur noch mehr schüren würde, seufzte Nevin. Sie schmunzelte ihn an.

»Kannst du nicht, oder willst du nicht?«

»Ich darf nicht, trifft es besser. Ich arbeite in einer Sondereinheit.«

»Sniper?«

»Du meinst die Scharfschützen? Nein. Ich bin zwar der beste Schütze meiner Einheit, aber zum Sniper hat es bei mir dann doch nicht gereicht. Ich steh auf klein und handlich.«

Mit den Worten klopfte er sich unter die Brust. Seine Lederjacke verbarg das Schulterholster mit seiner Dienstwaffe, die er stets bei sich trug.

»Dann bist du ein …«

Der Satz klang eher wie eine Frage, und sie hob dabei die Augenbrauen, wohl in der Hoffnung, er würde den Satz mit einer Antwort beenden. Doch Nevin schüttelte den Kopf.

»Kay, bitte frag nicht weiter. Ich darf dir nichts erzählen. Es ist nicht nur wegen der Vorschriften, es ist zu deiner eigenen Sicherheit.«

»Wow.«

Sie sank mit dem Rücken zurück gegen die Lehne. Die Neugier brannte in ihrem Innern, das konnte er ihr deutlich ansehen. Natürlich musste das für sie gefährlich, atemberaubend und mysteriös klingen, was hatte er anderes erwartet? Er griff nach der Flasche.

»Eigentlich dürfte ich nicht einmal hier sein.«

Kaylin wusste nicht, was er aufs Spiel setzte, um hier bei ihr zu sein. Aber sie war wie ein Anker in diesem verfluchten Job. Sie war echt, die Realität und Balsam für all die Dinge, denen er tagtäglich draußen begegnete.

Undercover zu arbeiten war nicht nur lebensgefährlich, es war verdammt nah am Abgrund. Nicht wenige seiner Kollegen wurden selbst kriminell. Das schnelle Geld und der rasante, berauschende Lebensstil ihrer Observationsobjekte war verführerisch.

Undercoverpolizisten wie er waren wie Schafe im Wolfspelz, standen mit einem Bein selbst im Knast, während sie versuchten, gesetzestreu die großen Haie aus dem Untergrund zu fischen.

Nevin hatte schon viel gesehen, zu viel, um nicht selbst hart zu werden. Kaylin hielt ihn im Hier und Jetzt. Jeder Augenblick, den er mit ihr teilte, gab ihm die Kraft für seinen Job, gab ihm einen Grund dafür, warum er es tat.

»Alles okay? Du siehst aus, als grübelst du über etwas Gruseliges nach.«

Er wischte sich seufzend mit beiden Händen über das Gesicht.

»Ich liebe diese lauen Nächte. Es ist so friedlich hier oben.«

»Ja … das ist es wirklich.«

Für eine Weile saßen sie schweigend nebeneinander, und selbst diese Stille zwischen ihnen war angenehm, vertraut und intim. Nevin liebte diese ruhigen Momente mit ihr. Sie gaben ihm das Gefühl, alles wäre gut, es gäbe nichts, worüber man sich Sorgen machen musste, und die Welt war perfekt. Natürlich wusste er es besser, aber dennoch würde er diese Augenblicke für nichts in der Welt eintauschen wollen.

Er brachte sie zurück zu ihrer Wohnung und lehnte sich gegen den Türrahmen.

»Wenn etwas ist, du hast meine Handynummer, und über E-Mail bin ich ebenfalls erreichbar.«

Sonst war er nie so besorgt und wusste doch, dass er es nicht extra erwähnen musste. Sie nickte und lächelte ihn an. Ihr Anblick ließ ihn für einen Moment erstarren. Ihn befiel dieses übermächtige Verlangen, sie an sich zu ziehen, leidenschaftlich zu küssen und nie wieder loszulassen. Es fühlte sich an wie ein Abschied, und das gefiel ihm nicht. Dennoch gab er dem Drang nicht nach und lächelte, als Kaylin ihm den Zeigefinger gegen die Brust bohrte.

»Pass auf dich auf, Bulle.«

Er hob amüsiert die rechte Augenbraue und wandte sich zum Gehen um.

»Und vergiss nicht, ordentlich zu essen.«

Kaylin rollte mit den Augen, das wusste er.

»Ich weiß, was du gerade mit deinen Augen machst. Lass das, Frau.«

Sie lachte. Nevin drehte sich nicht noch einmal um, hob aber zum Abschied seine Hand und spürte ihren Blick in seinem Rücken.

Erst als er hinter der Treppenbiegung verschwand, hörte er, wie sie die Tür hinter sich schloss.

6

Im *Tristans* lief alles wie immer. Die Gäste strömten in den Gastraum, genossen Taras irische Küche, und die Stammgäste tranken an der Bar. Manchmal blickte Kaylin aus alter Gewohnheit zur Eingangstür, hoffte, dass Eric mit seinem Gewinnerlächeln hereinkommen würde. Natürlich geschah das nicht, und jeden Tag wurde sie daran erinnert. Viele langjährige Bargäste sprachen über ihn, prosteten der Urne hinter der Theke wehmütig zu, und ihre Beileidsbekundungen rissen nicht ab. Alles in dieser Bar erinnerte an ihn, dennoch riss Kaylin sich zusammen. Das Leben ging weiter, wenn auch ohne ihn, und fürs Erste hatte sie die finanziellen Schwierigkeiten abwenden können. Die Arbeit half ihr dennoch, je beschäftigter Kaylin war, desto weniger drehten sich ihre Gedanken um Erics Tod.

Kaylin blickte sich in dem Gastraum um und beobachtete die wenigen zufriedenen Kunden, die noch an einigen Tischen saßen. Es war schon recht spät am Abend. Tara stellte die letzten beiden Teller auf die Wärmeplatte und betätigte den Klingelknopf.

»Service, bitte!«

Mel huschte sofort heran, griff nach den Tellern und drehte sich um, als plötzlich schwungvoll die Eingangstür aufgerissen wurde. Zwei Männer in schwarzen Anzügen betraten die Bar. Die beiden waren definitiv nicht hergekommen, um zu essen oder zu trinken. Mel fiel vor Schreck eines der Essen aus der Hand. Das Porzellan zersprang auf dem Boden, und das Irish Stew richtete eine Sauerei an.

»Mist, sorry, Tara!«

Auch die Köchin starrte die zwei gorillaähnlichen Männer an, die sich der Theke näherten. Kaylin spürte, dass das nicht gut enden würde, setzte jedoch ihr Gastgeberlächeln auf und nickte den beiden zu.

»Guten Abend, willkommen im *Tristans*. Was kann ich Ihnen Gutes tun?«

Mit aufgesetzt freundlicher Mimik sah sie die Männer abwechselnd an. Breite, braun gebrannte Pranken legten sich auf die blank polierte Theke, und als einer der Kerle sich vorbeugte, entblößte er eine winzige Lücke zwischen den Schneidezähnen.

»Bist du die Besitzerin?«

»Ich bin Kaylin Delany.«

Noch immer rang sie innerlich dagegen an, nicht in Panik auszubrechen. Die Männer wirkten unheimlich und bösartig.

»Mein Boss hat ein großes Problem, Schätzchen.«

Kaylin sah aus dem Augenwinkel zu, wie sich hinter dem Gorilla Lenny leise in eine Ecke des Gastraumes verkroch und sein Handy aus der Schürze zog. Um nicht die Aufmerksamkeit auf den Schotten zu lenken, blickte sie dem Mann erneut direkt ins Gesicht.

»Und Sie sind hier, um das zu klären?«

»Ganz genau, Herzchen.«

»Nun, ich bin weder Ihr Schätzchen, noch bin ich ein Herzchen. Was für ein Problem auch immer Ihr Boss haben sollte, ich denke, Sie haben sich in der Adresse geirrt.«

Während der andere Typ sich am Eingang postierte und sich dort noch breiter machte, lehnte sich der Mann mit der Zahnlücke weiter über die Theke und schob seine Sonnenbrille ein Stück den Nasenrücken hinab. Es sollte wohl wie eine lässige Geste wirken. Kaylin fand es einfach nur albern und unterdrückte den Wunsch, ihn auszulachen, auch wenn es mehr aus aufsteigender Hysterie geschehen würde. Seine kräftigen Muskeln zuckten unter der Anzugjacke und mahnten sie, nichts Falsches zu tun. Sein höhnisch grinsendes Gesicht sprach Bände. Der Kerl würde nicht zögern, die Bar zu Kleinholz zu verarbeiten.

»Baby, du bist wirklich hübsch, und damit das so bleibt, würde ich vorschlagen, dass du mir jetzt ganz genau zuhörst.«

Kaylin blickte über seine Schulter hinweg zu Lenny, der in einem unbeobachteten Moment seinen Daumen kurz anhob. Die Polizei war auf dem Weg. Sie nickte.

»Okay, ich höre.«

»Dein Bruder schuldet meinem Boss eine Menge Zaster. Pokern war wohl nicht ganz sein Ding, aber er konnte es ja nicht lassen, mit den großen Jungs spielen zu wollen.«

»Er ist tot.«

»Das ist mir durchaus bewusst. Ich sehe vielleicht deiner Meinung nach nicht so aus, aber ich lese Zeitung. Den Tod deines Bruders bedauere ich sehr. Du hast mein tiefstes Mitgefühl.«

Sein Lächeln sagte etwas anderes.

»Auch mein Boss bedauert sein Ableben, allerdings ändert es nichts an der Tatsache, dass du uns jetzt das Geld schuldest.«

Ihre Augen weiteten sich.

»Bevor du Einwände erhebst … Ich und mein Freund werden Ende der Woche wiederkommen. Ich erwarte von dir fünfzigtausend Dollar, cash.«

Kaylin überkreuzte die Arme vor der Brust und starrte ihn an.

»Und wenn ich das Geld nicht habe?«

Seine Hand schoss vor und umschloss ihr Kinn. Gläser flogen von der Spüle, als er sie dicht zu sich zog und sie fast den Boden unter den Füßen verlor. Sein Griff an ihr Gesicht schmerzte, und sie wimmerte gequält auf.

»Es gibt viele Methoden, die ich anwenden kann, damit du

mir das Geld freiwillig übergibst. Ich weiß, wie sehr du an dieser Bude hängst. Deine Angestellten lieben es, hier zu arbeiten. Ebenso ist mir bekannt, wann du nachts die Bar abschließt.«

Der Mann leckte sich über die Lippen und musterte sie eindringlich.

»Es würde dir nicht gefallen, was ich mit dir anstellen kann.«

Wo zum Teufel waren Waters und Williams, wenn sie gebraucht wurden? In der Ferne heulte eine Sirene auf. Der Kopf des Mannes wandte sich wütend um. Er betrachtete die verängstigen Gäste, schließlich blieb sein Blick an Lenny hängen, der sein Handy noch in der Hand hielt. Mit wenigen Schritten überbrückte der Typ die Distanz, packte den Schotten am Kragen. Brüllend hieb Lenny auf den Muskelberg ein, traf ihn hart im Gesicht, doch der wütende Blick des Mannes sagte ihm ohne Worte, welcher Fehler das gewesen war. Mit einem Fausthieb streckte der Geldeintreiber Lenny nieder, kniete sich zu ihm hinab und drosch weiterhin auf ihn ein, bis er regungslos am Boden liegen blieb. Kaylin erschauderte. Der Typ erhob sich, wischte die blutige Faust an einem Tischtuch ab und lächelte bösartig.

»Freitag! Fünfzigtausend! Oder dein kleiner irischer Arsch gehört mir.«

Er verließ mit seinem Freund das *Tristans,* und wenige Augenblicke später erschienen zwei Uniformierte gefolgt von Waters und Williams. Lenny wurde mit der Ambulanz ins nächstgelegene Krankenhaus gebracht, und Kaylin sah die beiden Mordkommissare wütend an.

»Wo zum Teufel waren Sie?«

Waters versuchte erst gar nicht, eine Ausrede zu erfinden. Er war selbst wütend, dass sie nicht rechtzeitig hier gewesen waren, und sicherte ihr Schutz zu. Nachdem die Täterbeschreibung festgehalten und alle Aussagen aufgenommen worden waren, verabschiedeten sie sich, während die uniformierten Cops vor Ort blieben. Einer von ihnen brachte Kaylin nach Barschließung nach Hause.

»Gute Nacht, Ms. Delany.«

Er hatte ihr erklärt, dass auf der gegenüberliegenden Straßenseite ein Wagen stand, der die Nacht über Wache hielt. Sie blickte in die Richtung, und die beiden in Zivil gekleideten Männer nickten ihr zu. Warum fühlte es sich trotzdem nicht sicher an? Noch immer steckte der Schock in ihren Knochen, sodass sie die Wohnungstür hinter sich abschloss und den Riegel vorlegte, was sie sonst nie tat.

Fünfzigtausend Dollar!

Ein tiefer Atemzug füllte ihre Lungen, und sie schüttelte den Kopf. Bäuchlings ließ sie sich vollständig angezogen auf ihr Bett fallen. Die Laken waren noch zerwühlt vom Morgen. Kaylin dachte an Nevin. Mit ihm würde sie sich wirklich sicher fühlen. Wenn er doch nur hier wäre. Für einen Augenblick spielte sie mit dem Gedanken, ihn auf dem Handy anzurufen, allerdings machte er sich schon genügend Gedanken um sie und benötigte seine Konzentration für die Arbeit. Damit musste sie einfach allein fertigwerden.

Als sie nach einer nicht ganz so entspannenden Dusche zu Bett ging, verriegelte sie sogar ihre Schlafzimmertür. Jetzt war es amtlich: Eric hatte sich nicht nur einfach mit ein paar schrägen Vögeln eingelassen, sondern mit richtig üblen Kriminellen. Kaylin wusste nicht, was mehr wog: ihre Wut darüber, dass er nichts gesagt hatte, oder die Tatsache, dass er sie und jeden im *Tristans* mit hineingezogen hatte. Eric hatte für seine Dummheit bereits einen hohen Preis gezahlt, und diese Typen schreckten vor nichts zurück. Zum ersten Mal in ihrem Leben empfand sie wirklich Angst. Und dieses Gefühl verstärkte sich mit jedem weiteren Tag, der verstrich.

Der Freitag rückte schnell näher, schneller als gedacht, und der Tag verlief sonderbar. Jede Minute befürchtete Kaylin, dass die Typen tatsächlich wiederkehrten. Die beiden in Zivil gekleideten Beamten an der Bar und deren vier im Raum an Tischen verteilten Kollegen machten sie nur noch nervöser.

Jedes Mal wenn sich die Eingangstür öffnete, schien die Belegschaft kollektiv den Atem anzuhalten, und die Anspannung knisterte im Raum. Kaylin befolgte Taras Rat, den Nachtclub ausnahmsweise nicht zu öffnen. Es schien logisch, denn die Gefahr, dass den Gästen, die sich auf der Tanzfläche tummeln würden, etwas Schreckliches passieren könnte, war einfach zu hoch. Die Stunden verstrichen, und nichts passierte. Hatten die Kerle vielleicht Wind davon bekommen, dass die Polizei anwesend war? Gegen Mitternacht erhob sich Officer Daton an der Bar von seinem Hocker und sah auf seine Armbanduhr.

»Sieht so aus, als hätten die Typen es sich anders überlegt. Wir ziehen ab.«

Letzteres war an seine Männer gerichtet, und Mel brach in Panik aus, sprach aus, was alle der Angestellten im *Tristans* dachten.

»Und was, wenn sie später kommen?«

Daton schmunzelte herablassend.

»Die kommen nicht mehr.«

Kaylin mischte sich ein und starrte den Polizisten zornig an.

»Was, wenn doch? Sie ziehen sich hier aus der Verantwortung! Aber wenn die Kerle meine Bar abfackeln oder Schlimmeres, mach ich Sie persönlich dafür haftbar.«

Sie mochte Daton einfach nicht. Schon seine Ankunft, die Art, wie er jeden musterte, zeigte seine Arroganz. Seine überhebliche Selbstgefälligkeit drehte ihr den Magen um. Daton war der lebende Beweis dafür, warum viele Menschen in Miami keine sehr hohe Meinung von der öffentlichen Sicherheit hatten.

»Machen Sie sich mal nicht in Ihr Höschen. Wenn ich sage, diese Typen kreuzen hier nicht mehr auf, dann ist das so. Vertrauen Sie mir. Ich kenne diese Sorte Mistkerle.«

Weil du einer bist. Gleiches erkennt Gleiches, wie? Ihr giftiger Blick blieb ihm nicht verborgen, doch er grinste nur. Zum völligen Abschuss seiner Sympathie musterte er sie mit einem eindeutigen Ausdruck im Gesicht. Am liebsten hätte sie ihm gleich hier und jetzt vor die Füße gekotzt und ihn achtkantig rausgeschmissen. Er hob seine Hand und verließ mit seinen Männern die Bar. Mel starrte noch immer zur Eingangstür, und ihr stand die Furcht deutlich ins Gesicht geschrieben.

»Scheiße. Geht es nur mir so, oder war dieser Typ ein einziges Brechmittel?«

Jemand betrat die Bar. Kaylin dachte, Daton wäre noch einmal zurückgekehrt. Stattdessen blickte sie in das Gesicht eines attraktiven dunkelblonden Mannes. Fast hätte sie ihm die verbale Klatsche verpasst, die für den hochnäsigen Beamten reserviert war, doch gerade noch rechtzeitig hielt sie inne. Sein Lächeln strahlte über sein markantes glattrasiertes Gesicht, erreichte seine blaugrünen ausdrucksstarken Augen, und ihr Blick haftete wie gefesselt an diesen herrlich geformten Lippen.

»Heiliger!«

Eigentlich hatte sie nur den angehaltenen Atem für die vorbereitete Ansprache gegen Daton ausstoßen wollen, aber bei dem Anblick dieses attraktiven Mannes floss ihr ungewollt die Bewunderung aus dem Mund. Der Fremde lachte laut auf.

»Also man hat mich schon vieles genannt, aber das ist neu. Meine Freunde nennen mich für gewöhnlich Scheißkerl oder Teufel, aber nennen Sie mich doch einfach Ciarán.«

Sein Haar fiel ihm in die Stirn, und er strich es mit einer eleganten Bewegung zurück. Seine Stimme kroch ihr wohlig unter die Haut. Tief, ein bisschen rau und sinnlich. Kaylin schüttelte die Starre aus ihrem Körper und räusperte sich.

»Entschuldigung, ähm, willkommen im *Tristans*.«

»Jetzt habe ich mich schon vorgestellt, darf ich den Namen meiner charmanten Gastgeberin erfahren?«

»Kaylin.«

»Kaylin! Hübscher Name.«

Er setzte sich an die Bar, bestellte ein Guinness, und so langsam kehrte das Leben in die restlichen Angestellten zurück. Dennoch wanderte Kaylins Blick weiterhin immer wieder zur Tür, wenn sie sich öffnete. Daton sollte recht behalten, die Kerle tauchten nicht mehr auf. Sie spürte stattdessen Ciaráns Blick auf sich ruhen, als wolle er sie genau studieren. Schweigend trank er sein Bier, lauschte der Band, die an diesem Abend spielte, und sein Lächeln blieb. Seinen schwarzen Wollmantel zog er erst nach einer Weile aus. Darunter trug er einen eng anliegenden dünnen Pullover, unter dem sich seine durchtrainierte Brustmuskulatur abzeichnete. Leger schob er die Ärmel bis zu den Ellbogen empor.

Wenn Kaylin ihn direkt ansah, wurde sein Lächeln breiter, strahlender, und stets folgte ein freches Augenzwinkern. Es war eindeutig, Ciarán flirtete mit ihr, und seine Nähe wirkte entspannend auf sie. Es war seltsam, aber seine Anwesenheit schien ein völlig anderes Knistern in der Luft zu verursachen.

Langsam leerte sich die Bar. Mel und Jenny wischten die leeren Tische ab und stellten bereits die Stühle hoch. Ciarán wirkte, als wollte er nicht gehen.

»Ich will nicht aufdringlich sein, aber meine Begleitung hat mich scheinbar einfach sitzen lassen. Ich sollte sie hier treffen.«

»Vielleicht ist Ihrer Freundin etwas dazwischengekommen?«

Sogar sein Lachen wirkte sexy und charmant.

»Oh, es handelt sich dabei nicht um *meine* Freundin. Ich

sollte die Frau meines Chefs zu einer Jahresfeier begleiten. Leider habe ich jetzt die Einladung, aber mir fehlt eine Begleitung. Hätten Sie nicht Lust, mit mir dort hinzugehen?«

Ihr kam nicht einmal in den Sinn, Nein zu sagen. Ciarán sah sie hingerissen an, und Kaylin blinzelte, um nicht völlig in diesem strahlenden Meer aus Grün und Blau zu versinken.

»Was ist das denn für eine Jahresfeier?«

»Ist Ihnen vielleicht das *Private Room* ein Begriff?«

Ein Begriff? Machte der Kerl Scherze? Das Erotikrestaurant war letztes Jahr eröffnet worden und über Nacht zu einer *der* Adressen in Miami geworden. Jedes Mal wenn Tara und sie durch die Stadt bummelten und daran vorbeigingen, blieb die Köchin seufzend stehen. Einmal in diesem Restaurant kochen dürfen. Es war Taras großer Traum, neben dem hübschen Drei-Sterne-Koch für dieses exklusive Publikum in der Küche stehen zu dürfen.

»Nun, das *Tristans* mag vielleicht keine wirkliche Konkurrenz für Simon DiLuccas Erotikseparees sein, aber ich wäre keine gute Geschäftsfrau, wenn ich meine Mitstreiter nicht kennen würde.«

»Dann waren Sie schon einmal dort?«

Ihr Mund öffnete sich zu einer Erwiderung, doch sie hielt inne. Seine Mimik ließ die Frage zweideutiger wirken, als er sie ausgesprochen hatte.

»Nein, das Vergnügen hatte ich leider noch nicht.«

Sie lachte leise, mehr über sich selbst als über die ebenso zweideutig klingende Antwort von ihr. Kaylin war überrascht, wie leicht es ihm fiel, sie zu einem Flirt zu bewegen.

»Dann wird es doch Zeit, dass Sie Ihren Konkurrenten einmal ausspionieren.«

Kopfschüttelnd spülte sie weiter die Gläser, und er wirkte enttäuscht.

»Sagen Sie nicht Nein. Bitte, ich hasse es, allein zu solchen Promipartys gehen zu müssen. Und Sie würden meine Nacht wirklich bereichern.«

Gütiger, die Art, wie er redete, sie ansah – wie sollte man da widerstehen?

»Neugierig bin ich schon. Es gibt so viele Gerüchte um dieses Restaurant.«

»Also?«

Selbstsicher glitt er von dem Barhocker, griff nach seinem Mantel und hielt ihr die Hand hin. Kaylin sah an sich hinab und legte die Stirn in Falten. Innerlich rang sie noch immer mit sich. Dieser umwerfend aussehende Mann wollte mit ihr ausgehen, und die Ablenkung würde ihr sicher guttun. Der Tag hatte beschissen begonnen, und die Anspannung wegen der Schlägertypen wich nur langsam. Die Verlockung, ein Mal in diesem Nobelrestaurant neben Prominenten und Stadtgrößen zu feiern, war groß. Warum eigentlich nicht?

»So kann ich da aber nicht hingehen.«

»Mein Wagen steht draußen.«

Noch immer zögerte sie, bis Tara ihr das Spültuch aus der Hand nahm.

»Schwarz kommt immer sehr gut an.«

Sie entknotete ihr die grüne Schürze und schubste sie in Richtung Ausgang.

»Ich will morgen einen vollständigen Bericht und jedes schmutzige Detail.«

»Und was ist mit der Bar?«

Tara verzog die Lippen und rollte mit den Augen, dann wandte sie sich mit einem zuckersüßen Lächeln an Ciarán.

»Wenn nötig, müssen Sie sie zu ihrem Glück zwingen.«

Ein eigenartiger Glanz leuchtete in seinen Augen, als er seinen Blick wieder auf Kaylin richtete.

»Sie haben es gehört. Ich habe die Erlaubnis Ihrer Köchin.«

Ciarán blieb so dicht vor ihr stehen, dass sie seinen Körperduft wahrnahm. Sandelholz und Moschus, köstlich, sinnlich und hypnotisch. Kaylin hob resignierend die Hände.

»Keine Gewalt! Ich gehe freiwillig mit.«

Er beugte sich noch näher zu ihr, und für den Bruchteil eines Augenblicks wich das strahlende Lächeln einem lüsternen Ausdruck.

»Schade.«

Sie starrte ihm nach, als er vorausging, drehte ihren Kopf zu Tara, die ihr ein Zeichen gab, ihm zu folgen. Hatte er wirklich gerade *Schade* gesagt? Die Gänsehaut auf ihrem Körper intensivierte sich und erreichte ihre Brustspitzen, die sich unter ihrer Bluse aufrichteten. Verwirrt verließ sie die Bar und hatte das Gefühl, völlig unter Strom zu stehen.

7

Nachdem Ciarán sie nach Hause gebracht hatte, damit sie sich umziehen konnte, wartete er wie ein Gentleman geduldig im Wohnzimmer und genoss ein Glas Rotwein. Es kam ihr nicht einmal in den Sinn, diesen mysteriösen Fremden zu bitten, vor der Tür zu warten, nach allem, was in den letzten Tagen geschehen war. Kaylin duschte eilig, legte frisches Make-up auf und stand dann ratlos im Schlafzimmer vor ihrem Schrank. Die Minuten verstrichen, und das Ticken ihres Weckers schien immer lauter zu werden. Hitze stieg ihr ins Gesicht. Es war bereits nach ein Uhr, und auch wenn Ciarán ihr versicherte, dass die eigentliche Party erst später in der Nacht gefeiert wurde, fühlte sie sich unter Druck gesetzt. Der Gedanke, welche Markengarderobe die prominenten Damen tragen würden, ließ sie seufzen. Für Prada, Gucci und Co. besaß sie nicht das nötige Kleingeld. Dass sie einmal auf eine solche Veranstaltung eingeladen würde, hätte sie sich nicht einmal im Traum einfallen lassen.

Schwarz! Taras Rat zielte auf das schwarze kurze Etuikleid, das in ihrem Schrank hing. Bisher hatte es nie eine Gelegenheit gegeben, es auszuführen. Es wirkte schlicht, war einfach geschnitten und doch elegant. Der Stoff schmiegte sich weich an ihre schlanken Kurven und saß perfekt. Kaylin drehte sich vor dem Innenspiegel des Kleiderschranks, betrachtete sich skeptisch von allen Seiten. Den ganz großen Auftritt versprach es nicht, aber es musste reichen. Mit den Händen hob sie ihr schwarzes Haar empor, überlegte, es hochzustecken, was gut zu dem Kleid passen würde.

»Lass es so, du siehst bezaubernd aus.«

Ciarán stand mitten im Raum. Sie hatte ihn gar nicht reinkommen hören und zuckte zusammen. Wie lange er wohl bereits da stand? Sein Blick streichelte aus der Ferne ihren Körper. Er trat näher, blieb hinter ihr stehen und schmunzelte. Seine Handflächen wirkten elektrisierend, obwohl er sie kaum berührte, als er ihre Arme entlangfuhr. Die Härchen darauf stellten sich unweigerlich auf, und ein sinnliches Kribbeln summte tief in ihrem Magen. Es war nicht möglich zu verhindern, dass sich ihre Brustwarzen erneut aufrichteten und deutlich unter dem Stoff abzeichneten. Sein Atem floss über ihre rechte Wange.

»Wenn ich nicht versprochen hätte, dort aufzutauchen, dann würde ich jetzt gerne hierbleiben und dir zeigen, wie sehr du mir gefällst.«

Der neckische Unterton in seiner Stimme klang unverschämt und sexy zugleich. Ihre Knie wurden weich und drohten nachzugeben. Plötzlich brannten ihre Wangen, und ihr wurde das heillose Durcheinander in ihrem Schlafzimmer bewusst.

»Ich, äh … bin noch nicht dazu gekommen aufzuräumen.«

Er lachte auf und schüttelte den Kopf, griff nach ihrer Hand, als sie das Laken auf ihrem Bett glätten wollte.

»Ich habe kein Hausmütterchen im Sinn, wenn ich dich ansehe.«

Sie widerstand der Versuchung nachzuhaken, was er wirklich in ihr sah, und entzog ihm sanft ihre Finger. Seine Hände schienen wie unter Strom zu stehen, und die direkte Berührung durchfuhr sie wie ein Blitz. Er war gefährlich, sinnlich gefährlich, was ihr augenblicklich bewusst wurde, doch ihm zu widerstehen war nicht möglich. Kaylin unterdrückte die aufflammenden sündigen Ideen in ihrem Kopf und wich absichtlich seinen fixierenden, heißen Blicken aus. Sie konnte sich nicht daran erinnern, dass sie jemals einem solchen Mann begegnet war. Allein seine Ausstrahlung und Anwesenheit brachten sie dazu, an wirklich vulgäre Dinge zu denken, von denen sie sich wünschte, er würde sie real werden lassen. Ihr entfuhr ein leises Seufzen. Er zwinkerte ihr mit einem schelmischen Lächeln zu.

»Wie ich sehe, geht es dir wie mir. Das freut mich.«

Oh bitte, hab Mitleid! Dieser Mann war die Sünde pur und schien es zu genießen, wie offensichtlich sie sich danach sehnte, mit ihm das Bett noch mehr zu zerwühlen.

»Gehen wir?«

Sie lächelte ihn dankbar an, dass er derjenige war, der diesen überaus sinnlichen Moment unterbrach. Er bot ihr seinen Arm an, den sie jedoch ignorierte. Zu groß war die Gefahr, dass sie ihn dann nicht mehr losließe und sie beide nicht einmal den Weg aus der Tür schafften.

Das große Presseaufgebot zur Jahresfeier des *Private Room* schien bereits vorbei, als sie an dem Erotikrestaurant ankamen. Galant öffnete Ciarán ihr die Beifahrertür und übergab den Zündschlüssel an einen Pagen. Diesmal ergriff er ihre Hand unvermittelt, und ihr Körper reagierte erneut und prompt auf seine Berührung. Am Eingang überreichte er dem Sicherheitsmann seine Einladung und führte Kaylin durch den Korridor zur Eingangshalle. Staunend ließ sie ihren Blick zum Deckenmosaik gleiten. Auf den Bildern in der Klatschpresse hatte alles so pompös und übertrieben gewirkt, doch die Wahrheit war einfach nur beeindruckend. Plötzlich fühlte sie sich klein und deplatziert, doch Ciarán verstand es wunderbar, dieses Gefühl zu zerstreuen. Er bewegte sich elegant und geschmeidig durch die vielen Räume, selbstbewusst und als würde er dazugehören. Mit der Zeit färbte sein Verhalten tatsächlich auch auf Kaylin ab. Für einen kurzen Moment konnte sie sogar einen Blick auf den Inhaber des *Private Room* werfen. In Wirklichkeit sah Simon DiLucca sogar noch attraktiver aus als auf den Fotos, die Kaylin aus den Zeitungen kannte. Der Selfmade-Millionär war zum Leidwesen von Tara mit einer äußerst hübschen Frau namens Erica verheiratet, die, wie Kaylin aus einem Bericht wusste, für die geschmackvolle und sinnliche Innenausstattung des Restaurants verantwortlich war. Sie konnte sich kaum an diesem perfekten Promipaar sattsehen, doch Ciarán zog sie weiter und führte sie durch die verschiedenen Mottoräume.

»Und? Wie steht es jetzt mit den Gerüchten um das frivole Restaurant?«

»Ich …«

Sie lachte über sich selbst und ihre Sprachlosigkeit und senkte ihren Blick. Kaylin musste auf diesen Mann doch wirken wie ein Schulmädchen im Bonbonladen. Er reichte ihr ein Glas Champagner und prostete ihr zu. Das Augenzwinkern schien er wirklich perfektioniert zu haben.

»Ich finde, es macht Lust.«

Sein frecher Blick glitt zu einem großen breiten Bett, von dem es in jedem der Räume eins gab. Seine Hand in ihrem Rücken schien sich durch den Stoff brennen zu wollen. Kaylin räusperte sich, nahm einen Schluck aus dem Glas und sah in eine andere Richtung.

»Reizt es dich nicht, einen dieser Räume einmal auszuprobieren?«

»Ist das nicht ein bisschen zu direkt? Es ist doch sehr offensichtlich, was hier im Mittelpunkt steht.«

»Was steht denn hier im Mittelpunkt?«

Mit einem tiefen Atemzug trat sie einen Schritt von ihm weg. Die Temperatur schien sich um einige Grad zu erhöhen, und sein schelmisches Schmunzeln verstärkte das Beben in ihrem Inneren. Ciarán schien ihr Unbehagen zu spüren und führte sie weiter, ohne sie zu bedrängen. Der Ausflug in die dekadente

Welt der Reichen und Schönen wirkte ansteckend. Jeder plauderte mit jedem, als würden sie sich alle untereinander kennen. Bald fand sie sich in ein Gespräch mit einem bekannten Musiker verwickelt, der sich als Fan von irischer Folkmusik outete, obwohl er der Rockszene angehörte.

Ciarán hörte ihnen schweigend zu, stellte jedoch mit der Hand an ihrer Taille sicher, dass jeder bemerkte: Sie gehörte zu ihm. Kein unangenehmes Gefühl, wie sie fand. Nach einer Weile verabschiedete sie sich kurz, um den Waschraum aufzusuchen. Zwei Frauen unterhielten sich an den Schminktischen, während sie ihr Make-up auffrischten. Kaylin hielt ihre Handgelenke unter Wasser und genoss die Kälte, die ebenso ihr Gemüt ein wenig besänftigte. Sie lächelte den beiden Damen zu, als sie den Raum verließen. Für einen Augenblick schloss sie die Augen, kostete die Stille fernab des Partytrubels aus und sinnierte über diese eigenartig sinnliche Begegnung mit diesem mysteriösen Mann. Das leise Klicken der Tür ließ sie aufhorchen.

Ciarán stand mit dem Rücken gegen die Tür gelehnt da und musterte sie. Der Ausdruck auf seinem Gesicht war eindeutig, und ihr Herz schlug bis zu ihrem Hals empor. Die Gier in seinen Augen wirkte betörend und verführerisch. Die Tatsache, dass jederzeit jemand reinkommen könnte, wirkte wie ein Aphrodisiakum und pochte wild in ihr. Mit schnellen Schritten überwand er die Distanz zwischen ihnen, griff nach ihrem Gesicht und presste sie mit dem Rücken gegen die Wand. Der Kuss brannte auf ihren Lippen, und seine Zunge schob sich begierig zwischen ihre Zähne. Seine heftige Leidenschaft, der Ausbruch seiner Lust überraschte sie. Kaum eines klaren Gedankens fähig, ließ sie sich unter heißen Küssen von ihm in eine der Toilettenkabinen schieben. Ciarán löste nur minimal seine Lippen von ihrem Mund.

»Verhütest du?«

Kaylin nickte und gierte weiter nach seinen Küssen. Er lächelte.

»Ich bin getestet und du?«

»Alle sechs Monate.«

»Gut.«

Er schloss die Tür hinter sich ab, drehte Kaylin herum, zog sie sofort wieder an sich und drängte seinen herrlichen durchtrainierten Körper gegen ihre schlanken Rundungen. Seine Hände schienen überall zugleich zu sein, als besäße er mehr als nur zwei davon. Im nächsten Moment kneteten seine Finger ihre Brüste durch den weichen Stoff, und bald darauf schoben sie den Saum ihres Kleides über ihre Hüften. Es geschah alles so schnell, dass Kaylin nicht eine Sekunde Zeit hatte, um denken zu können. Ungeduldig und heiser keuchend, zerriss er ihr Höschen und brachte sie zum Stöhnen, als sich seine Fingerkuppen zwischen ihre Schamlippen gruben. Mit der anderen Hand nestelte er an seiner Anzughose. Sie konnte hören, wie die Gürtelschnalle leise hinter ihr klirrte.

Mit einem Fuß auf der Kloschüssel, die Hände rechts und links an die Wände gepresst, biss sie sich fest auf die Unterlippe, um nicht laut aufzuschreien, als er tief in sie eindrang. Seine kurzen Fingernägel gruben sich fest in ihre Hüften, und er stieß zu. Die Erregung erschütterte sie heftig, und die Leidenschaft seiner Stöße fegte ihren Kopf völlig leer. Ihr verbotenes Treiben auf der Toilette eines noblen Restaurants, die Gefahr, jeden Moment entdeckt zu werden, brodelte wie Hitzewellen unter ihrer Haut. Spitze Schreie drangen aus ihrer Kehle, denn die köstliche Dehnung in ihrem Schoß ließ alle Hemmungen von ihr abfallen.

Ciarán presste seine Hand auf ihren Mund, um ihre lustvollen Laute zu dämpfen. Just in dem Augenblick öffnete sich erneut die Tür zum Waschraum, und er hielt inne. Sein lüsternes leises Lachen in ihren Ohren brachte sie an den Rand der Verzweiflung. Er nahm die Bewegungen wieder auf, langsam, beherrscht, und unterdrückte dabei nicht einmal sein Stöhnen. Gott steh ihr bei, aber dieser Kerl genoss die Gefahr, erwischt zu werden, und schien sich an ihrer sinnlichen Verzweiflung zu ergötzen.

Eine Gruppe Frauen schwatzte vergnügt im Vorraum und lobte die gelungene Feier, während Ciarán Kaylin im Stehen weiter nahm und sich wieder und wieder tief in ihr Geschlecht pumpte. Als hätte pures Feuer ihre Wangen geküsste, brannte die Scham auf ihrem Gesicht. Ihr Körper gierte nach der Erlösung, und das gierige Stöhnen in seine Handfläche hallte in ihren eigenen Ohren wider. Keine der Frauen schien auch nur im Ansatz zu ahnen, was wenige Schritte von ihnen entfernt geschah.

Ciarán steigerte das Tempo, bis ihre Leiber geräuschvoll gegeneinanderstießen. Es schien ihm nicht das Ggeringste auszumachen, ob man sie hören konnte, und seine Hemmungslosigkeit trieb Kaylin immer näher auf ihren Höhepunkt zu. Als sich die Tür neben ihnen öffnete und wieder schloss, hielt er erneut inne. Ciarán glitt aus ihrem Schoß und drehte sie zu sich um. Kaylin rang nach Atem, bemüht, nicht zu laut zu sein. Ihr Blick wanderte an seinem Körper hinunter. Sein Schwanz ragte prall empor und glänzte von ihrer eigenen Lust, und sie konnte sogar das Pulsieren in den Adern seines Schaftes erkennen.

Die Erregung und die Gier standen ihm ins Gesicht geschrieben. Lautlos klappte er den Toilettendeckel runter und setzte sich mit gespreizten Beinen darauf. Er griff nach ihren Hüften und zog sie zu sich auf den Schoß. Hilflos in ihrer Begierde gefangen, ließ Kaylin sich auf ihm nieder, dirigierte selbst seine Schwanzspitze zu ihrer nassen, heißen Öffnung. Abermals presste er seine Hand auf ihre Lippen, als sie das heisere Keuchen nicht unterdrücken konnte, mit dem sie ihn tief in sich empfing. Ciarán vergrub sein Gesicht zwischen ihren stoffbedeckten Brüsten und biss hinein, um das eigene Stöhnen zu dämpfen.

Die Frau in der Nebenkabine sprach noch immer mit ihren Freundinnen und schwärmte von einem Filmemacher, mit dem sie geflirtet hatte. Kaylin vergrub ihre Fingerspitzen in seinem Haar und bog den Kopf weit in den Nacken, während sie den Mann langsam ritt, den sie erst vor wenigen Stunden kennengelernt hatte. Ihre Hüften schoben sich auf Ciaráns Schoß vor und zurück. Die Reibung gegen ihren Schamhügel fühlte sich noch köstlicher an. Sein krauses Schamhaar drückte sich herrlich reizend gegen ihre geschwollene Klitoris und trug sie immer weiter dem ersehnten Finale entgegen.

»Kommst du?«

Eine der Damen rief nach der Frau in der Nebenkabine, und Ciarán knurrte leise, während Kaylin ein ersticktes lüsternes Lachen von sich gab. Ihr Ritt auf seinem Schoß wurde energischer.

»Komme gleich!«

Die Fremde nahm Kaylin sprichwörtlich die Worte aus dem Mund. Ein letztes Mal senkte sie ihren Schoß auf seinen herrlichen Schwanz und explodierte dann in heftigen Spasmen über ihm. Wenn er ihren Mund nicht zugehalten hätte, wären Kaylins Schreie garantiert im gesamten Restaurant zu hören gewesen. Sein Keuchen wurde von dem Stoff ihres Kleides zwischen seinen Zähnen gedämpft, und er pumpte von unten noch immer in ihr köstlich zuckendes heißes Fleisch. Die Frauen verließen gemeinsam den Raum, und als die Tür sich hinter ihnen schloss, packte Ciarán ihre Hüften, hob sie an und stieß sein Geschlecht so heftig in sie, dass ihr die Besinnungslosigkeit drohte. Hemmungslos laut stöhnte er an ihrem Hals, als er kam, und es schien ihm gleichgültig, ob jemand es hören könnte. Eng umschlungen, drückte er ihren Körper an sich und entlud sich zuckend tief in ihr.

Amüsiert lehnte er seinen Hinterkopf gegen die Wand und sah sie noch immer mit gierigen Augen an.

»Ich glaube, es wird Zeit, dass wir gehen.«

Seine Hände umschlossen ihre Brüste.

»Ich will dich nackt und hemmungslos laut schreiend in deinem Bett erleben.«

Himmel, war dieser Mann eigentlich echt? Nicht nur, dass er über eine hypnotische Wirkung verfügte, sondern auch noch über eine außerirdische Ausdauer. So wie Ciarán sie musterte, schien er noch lange nicht satt zu sein, und der Hunger in seinen Augen hatte rein gar nichts mit Essen zu tun. Er schob sie sanft von seinem Schoß, hob ihr Kinn an, um sie zu küssen.

»Ich warte draußen auf dich.«

Mit zitternden Knien und einem köstlich heißen Kribbeln zwischen den Schenkeln sah sie zu, wie er die Kabine verließ. Bevor er durch die Tür des Waschraums trat, richtete er seine Kleidung und strich sich das Haar glatt. Kaylin brauchte einen Augenblick länger, um sich wieder zu fassen, und folgte ihm dann.

Auf der Fahrt zu ihrer Wohnung rutschte sie ungeduldig auf dem Beifahrersitz hin und her, und kaum dass die Wohnungstür hinter ihnen ins Schloss fiel, riss Ciarán ihr buchstäblich die Kleider vom Leib. Im Schlafzimmer angekommen, war sie nur noch mit ihrem BH bekleidet und landete mit Schwung auf ihrem Bett. Er spreizte ihre Schenkel und vergrub ohne Vorwarnung sein Gesicht in ihrem Schoß. Sie schrie auf, presste ihren Handrücken auf den Mund, als seine Zunge fordernd ihren nassen Spalt entlangleckte. Kaylin wusste, dass er nicht nur sie, sondern auch sich selbst schmecken konnte. Mit zwei Fingern nahm er sie abermals in Besitz, reizte sanft den erhitzten Eingang und saugte an ihrer Lustperle, bis Kaylin sich völlig in ihrer Begierde verlor. Als bestünde sie nur noch aus reinem Verlangen, rekelte sie sich unter seinem Zungenspiel, drängte ihre Hüften seinen saugenden Lippen entgegen und stöhnte.

In dieser Nacht verlor sie den Überblick, wie oft und in welchen Stellungen Ciarán sie nahm und sein unglaubliches Verlangen an ihr stillte. Irgendwann schien ein Höhepunkt in den nächsten überzugehen, bis ihre Kraft sie verließ und sie nur noch still dalag und sich fühlte wie ein Stück lüsternes Fleisch in den fähigen und geübten Händen eines Sexgottes. Ihre lustvollen Schreie strapazierten ihre Stimmbänder, bis sie nur noch zu heiserem Stöhnen fähig war.

Als sie in den frühen Morgenstunden erwachte, fühlte sie sich wund und völlig schlapp, aber dennoch wie berauscht. Sie lag auf dem Bauch und sah gerade die Sonne aufgehen. Das satte Gefühl der durchvögelten Nacht ließ Kaylin leise seufzen. Sie schreckte plötzlich auf, als sie spürte, dass sie nicht allein war. Ciarán lag neben ihr, und seine gleichmäßigen tiefen Atemzüge verrieten ihr, dass er noch schlief. Das war ungewohnt. Es war zu lange her, dass sie neben jemandem aufgewacht war.

Erschrocken starrte sie den hübschen Mann in ihrem Bett an und zog das Laken fest um ihren nackten Körper. Was mochte er bloß jetzt über sie denken? Sie wusste bis auf seinen Namen rein gar nichts über ihn, und die Tatsache, dass er verdammt gut im Bett war, machte es auch nicht besser. Ein Anflug von Schamgefühl flammte in ihr auf. Wenn sie jetzt ganz leise aus dem Bett stiege, sich anzöge und zur Arbeit ginge, ob er die nonverbale Nachricht verstehen würde? War das fair? Über diese Gedanken zuckte sie mit den Schultern, denn sie kannte sich mit One-Night-Stands überhaupt nicht aus. Eigentlich war das gar nicht ihr Ding, weil sie immer geglaubt hatte, sie müsse einen Mann gut kennen, um sich fallen lassen zu können. Wie hatte dieser Kerl das nur geschafft? Behutsam zupfte sie das Laken unter ihm hervor, schlang es noch enger um ihren Körper, um ihre Blöße zu bedecken, und glitt aus dem Bett. Leise schlich sie zur Tür.

»Hey, du!«

Sie hielt wie von einem Blitz getroffen inne.

»Ja, dich meine ich. Bist du nicht das kleine lüsterne Luder, das mich gestern meinen Verstand gekostet hat?«

Ihr Kopf wandte sich zu Ciarán, der auf eine Hand gestützt seitlich im Bett lag, hellwach und mit einem strahlenden, frechen Lächeln auf den Lippen. Im Liegen robbte er zur anderen Seite des Bettes und fischte nach ihrem Laken. Obwohl sie ihm auszuweichen versuchte, erwischte er einen Zipfel des Tuchs und zog sie daran wieder zurück ins Bett.

»Komm her, du kannst mir nicht entrinnen.«

Kichernd landete sie in seinen Armen und wehrte sich halbherzig gegen seine Hände, die sie aus dem Laken wickelten.

»Stopp! Nein … hör auf.«

Verspielt lachend, rangelte er mit ihr.

»Ich denke gar nicht daran. Wenn ich dich nur sehe, bekomm ich einen Harten, und du willst doch nicht, dass ich mit einem Dauerständer zur Arbeit gehe. Oder?«

Sie hielt inne und malte sich in Gedanken das Bild dazu, tat so, als ob sie die Idee tatsächlich in Betracht zöge, und lachte über ihn. Sein empörter Gesichtsausdruck war zu schön, um wahr zu sein. Abermals stürzte er sich auf sie, doch nur, um sie zu einem heißen Kuss zu verführen.

»Geh mit mir frühstücken.«

»Ich kann nicht.«

Es fiel ihr schwer, Nein zu ihm zu sagen, doch sie brauchte Zeit, das Geschehene sacken zu lassen.

»Ich habe …«

»Ich auch … ich sollte mich langsam auf den Weg machen.«

Warum wusste der Mann immer ganz genau, was er tun und sagen musste, damit sie sich nicht schlecht fühlte? Seine Lippen berührten ihre Nasenspitze, bevor er sich von ihr löste und aufstand. Dann kehrte er umgehend wieder um, küsste sie ein letztes Mal so leidenschaftlich und gierig, dass sie fürchtete, sie könne ihn nicht gehen lassen.

»Ich würde dich gern wiedersehen.«

Sie schwieg, und Ciarán schien auch gar keine Antwort zu erwarten. Er zog sich an, und bevor er ging, lächelte er und zwinkerte ihr noch einmal frech zu. Kaylin wartete im Bett, bis sie die Wohnungstür ins Schloss fallen hörte. Lächelnd starrte sie an die Zimmerdecke, und dann schlug der Gedanke an Nevin wie eine Faust zu. Sie schüttelte sich aus der Starre und stand auf. Sie waren kein Paar, hatten keine Schwüre geleistet, und außerdem war es ja nicht so, als ob sie fremdgegangen wäre. Nevin hatte sicherlich auch hin und wieder jemand anderen in seinem Bett … Sie wusste selbst, dass das alles nur dumme Ausreden waren, aber sie wollte die Nacht mit Ciarán nicht bereuen.

8

»Ihr habt es die ganze Nacht getrieben?«

Ungläubig, mit weit aufgerissenen Augen starrte Tara ihre Freundin an. Kaylin hob den Zeigefinger an ihre Lippen.

»Würdest du bitte leiser schreien?«

»Oh, fuck me! Du übertreibst doch, oder?«

Schweigend räumte Kaylin einige Gläser hinter die Theke und lächelte in sich hinein.

»Sag mir, dass dieses umwerfende Stück Männerfleisch wenigstens irgendeinen Haken hat? Schnarcht er? Kratzt er sich in der Öffentlichkeit den Sack? Bitte, kein Mann sieht so hinreißend aus und ist dann auch noch der perfekte Gentleman.«

Tara klebte förmlich an ihr, dabei hatte Kaylin ihr noch nichts von der Nummer im Waschraum des *Private Room* verraten. Für einen Moment erwog sie, ihr davon zu erzählen, behielt es dann aber doch für sich. Es war überhaupt ein Fehler gewesen, sie ins Vertrauen zu ziehen, viel lieber hätte sie mit ihrem besten Freund darüber gesprochen. Nevin! Verdammt, warum fühlte es sich so falsch an? Warum wurde sie das Gefühl nicht los, ihn betrogen zu haben? Gerade mal wenige Tage zuvor war sie betrunken mit ihm auf ihrem Teppich gelandet. Überhaupt schien alles in letzter Zeit rasant mit ihr zu passieren. Sie redete sich ein, dass es sich bei der Sache mit Ciarán nur um einen Moment von Schwäche gehandelt hatte. Sie war verletzt, wütend, traurig und schien nach jeder Möglichkeit Ausschau zu halten, die sie von all den Dingen ablenkte. Ciarán war eine überaus perfekte Gelegenheit gewesen, sich ablenken zu lassen. Vielleicht zu perfekt.

Tara packte sie an den Schultern, zog sie wieder zu sich und suchte ihren Blick.

»Was ist los? Du siehst aus, als bereust du es!«

Kaylin wich ihrem Blick aus, aber sie wusste, ihre Freundin würde nicht nachgeben. Mit einem tiefen Seufzer ließ sie sich in der Küche auf einem Stuhl nieder.

»Ich hab ein schlechtes Gewissen.«

»Wieso zum Teufel? Der Mann ist ein Geschenk! Genieß ihn, so oft und so lange du kannst.«

Sie klang richtiggehend schockiert.

»Schlechtes Gewissen, du hast sie doch nicht mehr alle.«

Tara fuchtelte wild gestikulierend mit einem scharfen Messer in der Hand durch die Luft. Innerhalb weniger Sekunden fielen ihr mehrere Karotten und Zwiebeln zum Opfer. Es war furchterregend, wie sie mit blitzenden Klingen umging. Erneut fuhr das Messer durch die Luft.

»Ich versteh dich einfach nicht, warum ein schlechtes Gewissen? Hat er dich etwa zu irgendwelchen Obszönitäten getrieben oder gezwungen, für die du dich in Grund und Boden schämst und von denen du mir nichts verraten willst? Was ich dir im Übrigen nie verzeihen würde! Oder hat er dich mitten auf der Party nackt ausgezogen und jedem zum Freivögeln angeboten, und du hast dich willig und geil jedem Bock hingegeben? Was ich dir im Fall der Fälle dann erst recht nicht verzeihen würde, weil ich nicht dabei sein konnte.«

Kaylin lachte. Manchmal konnte die Fantasie ihrer Freundin wirklich seltsame Früchte tragen, und ihr Sinn für Übertreibung war köstlich.

»Du hast einen an der Waffel.«

»Aber darum liebst du mich doch, und genau aus diesem

Grund wirst du mir jetzt ganz genau erzählen, was er denn Böses getan hat, um sich dein schlechtes Gewissen zu verdienen.«

Die Spitze des Messers zeigte direkt auf Kaylin.

»Erst wenn du dieses Monsterding hinlegst. Ich finde ein Blutbad in der Küche wirklich geschmacklos.«

»Oh, ähm, sorry, aber manchmal geht mit mir das Viertel spanisches Blut durch.«

»Du hast gar keine Verwandten in Spanien.«

»Hätte ich aber haben können, wenn meine Mutter gewollt hätte und den sexy Matador an ihre Wäsche gelassen hätte, wie sie in ihrem Tagebuch schrieb.«

»Können wir jetzt zu meinem Problem zurückkehren?«

»Äh, wo waren wir denn? Ah, Projekt schlechtes Gewissen. Also?«

Kaylin betrachtete Tara für einen Moment, unsicher, ob sie wirklich darüber sprechen sollte, denn es klang selbst in ihrem Kopf völlig daneben.

»Nevin!«

Tara sah aus, als würde sie gleich ihre Fassung verlieren.

»Nevin? Was soll denn mit ihm sein? Oh warte, du hast ein schlechtes Gewissen gegenüber dem Bullen mit dem Lebensmotto: Komm ich heut nicht, komm ich morgen? Sweets, sag mir bitte nicht, dass du es wirklich seinetwegen auch nur für den Bruchteil einer Sekunde bereust.«

»Doch, irgendwie schon. Ich weiß auch nicht. Irgendwie hab ich das Gefühl, ich hab ihn betrogen.«

Tara legte das Messer beiseite, zog sich einen Stuhl hinzu und setzte sich ihr direkt gegenüber. Ihre Hände legten sich auf Kaylins Knie, und sie sah sie dabei ernst und eindringlich an.

»Hör mir jetzt mal ganz genau zu. Nevin kommt und geht, wann es ihm gefällt. Er betont selbst immer wieder und das sehr gerne, wie sehr ihm an eurer *Freundschaft* gelegen ist. Diese seltsame Fickbeziehung, die ihr beide eine enge Freundschaft nennt, ist lächerlich. Entweder es läuft etwas zwischen euch beiden oder nicht. Aber dieses … argh, mir fehlen wirklich die Worte, um zu beschreiben, was das zwischen euch sein soll. Hat er je gesagt, was er empfindet?«

Kaylin schüttelte den Kopf.

»Also! Da kommt ein attraktiver, heißer Typ ins *Tristans*, bei dem selbst mir die Knie zu zittern anfangen, und vögelt dir nach Strich und Faden die ganze Nacht lang das Hirn zu Brei – und du siehst gut aus mit dem Frisch-gefickt-Blick in den Augen! – und will dich wiedersehen! Was demnach nur bedeuten kann, dass du dich auch nicht ganz so übel in der Kiste angestellt hast.«

Kaylin hob warnend den Zeigefinger, und Tara lachte herzlich.

»Endlich interessiert sich mal einer für dich und bezeichnet das Ganze nicht als Freundschaft. Ich glaube, in Ciarán hast du keinen Freund gewonnen. Und das ist gut so.«

Breit grinsend, widmete Tara sich wieder ihrer Arbeit und hackte geübt die restlichen Karotten fertig.

»Und wie ist nun das *Private Room*? Besser als in den Zeitungsberichten?«

Kaylin war dankbar für den Themenwechsel und beantwortete all ihre Fragen zu DiLuccas erotischem Restaurant. Insbesondere Simon DiLucca wurde zum Thema Nummer eins, und immer wieder seufzte ihre Freundin sehnsüchtig. Ihre Schwärmerei für den gut aussehenden Geschäftsmann hatte trotz seiner Heirat kein Ende gefunden. Allerdings mehr noch als das interessierte sich Tara natürlich für die Küche. Sie wollte alles genau wissen, welche Speisen serviert worden waren und wie sie gemundet hatten.

»Ich brauche dringend einen Plan.«

Nachdenklich tippte sie sich mit der Messerspitze gegen das

Kinn, und Kaylin fürchtete, dass sie sich damit noch schneiden würde, wenn sie so weitermachte.

»Ich glaube, er ist ziemlich verheiratet, flirtet ständig ungeniert mit dem Eheweib, kann die Hände kaum von ihr lassen und hat nur Blicke für sie übrig. Seine Frau ist wirklich eine Augenweide.«

»Davon rede ich nicht. Das weiß ich doch. Ich liebe die Klatschpresse und muss gestehen: Diese Innenarchitektin würde ich ebenfalls nicht von der Bettkante stoßen. Nein, ich rede davon, mal da zu kochen. Aber dieser Drei-Sterne-Hippie, den DiLucca eingestellt hat, scheint ziemlich introvertiert zu sein. Er geht nie aus, hockt ständig daheim. Und Himmel hilf, er sieht sich *Sex and the City* an.«

Kaylin starrte ihre Freundin fassungslos an.

»Woher zum Teufel weißt du, wie der Koch des *Private Room* seine Freizeit verbringt?«

»Ich bin ihm nach Feierabend mal gefolgt.«

Schulterzuckend wich Tara dem Blick ihrer Freundin aus.

»Du mutierst zum Stalker, weil du unbedingt mal in dem Erotikrestaurant kochen willst? Tara, ich hoffe, dir ist klar, dass sich das echt krank anhört.«

»Ähm, mhmm, es ist nicht nur das Kochen. Irgendwie finde ich Thorsten ziemlich niedlich. Na gut, er ist Deutscher, aber irgendwie hat er was von einem riesigen Teddybären.«

»Ich glaube, ich geh dann mal wieder raus an die Theke.«

Kopfschüttelnd und schmunzelnd verließ Kaylin die Küche. Trotz der amüsanten Beendigung des Gesprächs beschäftigte sie der Gedanke an Nevin viel zu sehr. Im Grunde hatte Tara das ausgesprochen, was sie selbst versuchte sich einzureden. Ihr Verstand weigerte sich jedoch, das hinzunehmen. Auch wenn Tara die Beziehung zwischen Nevin und ihr nicht verstehen konnte, ihr bedeutete Nevins Freundschaft die Welt. Sie hing an ihm, und es fühlte sich nicht gut an, ihm von ihrem Erlebnis nicht persönlich erzählen zu können. Ehrlichkeit war das A und O zwischen ihnen, und all die Geheimnisse, die sie bisher miteinander geteilt hatten, waren so intim und so wertvoll zugleich, dass ihr Bedürfnis, ihm von letzter Nacht zu erzählen in unmenschliche Höhen wuchs.

Nach Feierabend saß sie an ihrem Laptop und starrte auf die geöffnete E-Mail. Seit Stunden redete sie nun schon seitenweise um den heißen Brei herum, schrieb Nevin alles Belanglose, was ihr in den letzten Tagen widerfahren war, und wie sehr ihr die Gespräche mit ihm fehlten. Von Ciarán stand noch kein Wort in den Zeilen. Kaylin lehnte sich in ihrem Sessel zurück und schloss die Augen. In Gedanken rief sie sich Nevins Lächeln in Erinnerung und seine raue tiefe Stimme. Minutenlang träumte sie hellwach von ihm, sah sich mit ihm auf dem Dach sitzen und reden. Das Klopfen an der Wohnungstür riss sie aus den Gedanken und ließ sie vor Schreck zusammenfahren. Durch den Spion konnte sie nicht sehen, wer sie mitten in der Nacht noch störte, also legte sie die Kette vor und öffnete die Tür einen Spalt. Ciarán stand da und lächelte wortlos. Kaylin schlug die Tür zu, zählte langsam in Gedanken bis zehn, nahm die Verriegelung wieder ab und zog sie erneut auf. Ciarán wollte etwas sagen, hielt jedoch inne und musterte sie von Kopf bis Fuß. Seine Augenbrauen hoben sich und unterstrichen seinen Gesichtsausdruck, der angenehm überrascht wirkte.

Kaylin sah an sich hinunter und zupfte an dem Saum ihres kurzen T-Shirts, dem einzigen Kleidungsstück, das sie trug, seit sie aus der Dusche gekommen war und sich vor den Laptop gesetzt hatte. Es bedeckte nur knapp ihren Hintern, und Kaylin glitt hinter die geöffnete Wohnungstür. Ciarán wartete nicht, bis sie ihn hineinbat, sondern betrat die Wohnung, als ob er hier zu Hause wäre. Sogar seine Selbstgefälligkeit wirkte anziehend.

»Eigentlich wollte ich dich heute entführen, aber wenn ich dich so ansehe, kommen mir gerade ein paar noch spontanere Ideen in den Sinn.«

Abermals haftete sein Blick an ihr, als sie die Tür schloss.

»Ich hatte nicht mit dir gerechnet.«

»Oh, und ich dachte, du hast dich einzig für mich so angezogen.«

Ohne ihre Erwiderung abzuwarten, packte er sie an den Hüften, zog sie an sich und küsste sie schwindelig. Er hob sie auf seine Arme und trug sie ins Schlafzimmer, setzte sie dort aufs Bett und küsste sie weiter. Seufzend grub sie ihre Hände in sein Haar und konnte nicht fassen, wie schnell sie wieder in seinen Fängen landete. Kaylin war sich sicher, je mehr Zeit sie mit ihm verbringen würde, desto schwerer würde es, vernünftig zu sein. Ciarán löste sich von ihr und blieb vor ihrem Kleiderschrank stehen.

»Suchst du etwas Bestimmtes?«

»Hab es schon gefunden.«

Er zog ein leichtes Sommerkleid aus rotem Chiffon aus dem Schrank und betrachtete es genauer. Interessiert beobachtete Kaylin ihn und zog die Stirn kraus.

»Wenn du willst und es dir gefällt, dann leih ich es dir gerne.«

Lachend drehte er sich zu ihr um und legte es auf das Bett.

»Ich könnte wetten, roter Chiffon steht mir fast so gut wie dir. So schwer es mir allerdings fällt, heute Nacht wirst du es wohl tragen dürfen.«

Sie kicherte leise und versuchte, das Bild in ihrem Kopf wieder loszuwerden, das Ciarán in dem roten Kleid imaginierte. Ciarán klatschte in die Hände.

»Beeil dich, ich will mit dir angeben gehen.«

Kaylin stand auf und eilte ins Wohnzimmer.

»Kleinen Moment noch ...«

Sie beendete in Eile die E-Mail an Nevin, schickte sie ab und schloss den Laptop. Als sie sich wieder vom Sessel erhob, stand er da und beäugte sie.

»Hab ich dich beim heimlichen Schauen von Internetpornos erwischt?«

»Nicht ganz, ich musste soeben noch einen Webcamstrip beenden.«

»Netter Nebenverdienst, unter welchem Namen machst du denn die schweinischen Sachen? Lovetoy? Oder Sweetcheeks?«

Die Antwort erstickte er mit einem heißen Kuss, der ihr bis in die Zehenspitzen kribbelte.

»Ähm, wenn du so weitermachst, wird das mit dem Angeben nichts mehr.«

Seufzend ließ er sie los und nickte.

»Du hast recht, Luder69!«

Lachend kehrte sie zurück ins Schlafzimmer, zog das Kleid über und legte etwas Make-up auf. Nicht eine Sekunde dachte Kaylin darüber nach, wie schnell er sie mit seiner Anwesenheit einzufangen schien. Es fühlte sich viel zu selbstverständlich an, was eigentlich erschreckend wirken müsste, doch Kaylin wollte nicht zweifeln, nicht nachdenken und auch nicht den Moment ruinieren.

»Wohin gehen wir denn?«

Er quittierte ihre Frage mit einem leisen Auflachen.

»Das wirst du sehen, wenn wir da sind. Beeil dich.«

Kaylin kehrte zu ihm zurück und sah ihn neugierig an. Sein musternder Blick gefiel ihr. Ciarán nickte, streckte die Hand nach ihr aus.

»Komm, mein kleines Luder.«

Sie fragte nicht mehr und schloss im Wagen sogar die Augen,

als er sie darum bat. Die Fahrt über lauschte sie dem Motorgeräusch und wusste, dass er sie ständig im Blick behielt.

»Blinzelst du auch nicht?«

»Nein.«

Sie kicherte, und ihr Herz schlug schneller, als der Wagen stehen blieb. Sie hatten das unbekannte Ziel wohl erreicht. Kaylin bemühte sich, ruhig weiterzuatmen.

»Warte einen Moment. Deine Augen bleiben geschlossen.«

Sie nickte gehorsam, wartete ab, bis die Beifahrertür geöffnet wurde und Ciarán ihr beim Aussteigen behilflich war. Sein Flüstern dicht an ihrem rechten Ohr bescherte ihr eine wohlige Gänsehaut.

»Jetzt darfst du sie öffnen.«

Kaylin starrte das Gebäude überrascht an, vor dem er lächelnd stand und dem Pagen die Schlüssel überreichte.

»Ist das dein Ernst?«

Sie konnte kaum glauben, dass sie vor dem *Private Room* stand. Ciarán hob verschwörerisch die Schultern.

»Die Warteliste ist gigantisch, aber ich hatte Glück, und ich dachte, das könnte dir gefallen.«

In der Eingangshalle säuselte leise Musik aus verstecken Boxen, und ein hübscher junger Butler erwartete sie bereits.

»Willkommen im *Private Room*, Mr. Gilroy, Mrs. Gilroy.«

Kaylin wollte das Missverständnis gerade richtigstellen, als Ciarán ihr andeutete, den Spaß einfach mitzumachen. Lächelnd folgte sie dem Butler, der sie in eins der Separees führte. Auf dem hübsch dekorierten Tisch wartete ein Candle-Light-Dinner für zwei, und ein Feuer brannte im Kamin des roten Salons. Der Hausdiener verbeugte sich und ging. Ciarán schenkte ihnen zwei Gläser Prosecco ein und reichte ihr eins davon. Er stieß mit ihr an, während sie sich umsah: Samttapeten, mit zierlichen Schwalben an den Wänden, durchsichtige, seidige Vorhänge am

Himmelbett, und die aufgeschlagene Tagesdecke trug einen gestickten Drachen.

»Wir sind in China?«

Kaylin wusste aus den Zeitungsberichten über das Restaurant, dass einige Räume sich mit Ländermottos, andere Räume mit sinnlichen oder erotischen Themen befassten. Neugierig ging sie ins angrenzende Bad, in dem sich das chinesische Motto fortsetzte. Die kunstvoll angebrachten Kacheln an der Wand über der runden Badewanne zeigten einen hübschen chinesischen Steingarten. An der Tür hingen zwei schwarze Kimonos.

»Das muss dich ein kleines Vermögen gekostet haben.«

In der Presse war nie über die Preise der Zimmer gesprochen worden, aber das Ambiente verriet, dass es mehr kostete als ein zweiwöchiger Urlaub auf Hawaii. Sie warf ihm einen vorwurfsvollen Blick zu.

»Ich will nicht, dass du so viel Geld ausgibst. Du musst mich nicht beeindrucken, das hast du längst geschafft.«

Ciarán legte seinen Arm um ihre Taille und zog sie an sich.

»Nichts liegt mir ferner, als dich mit so etwas Lapidarem wie Geld beeindrucken zu wollen. Tatsache ist, ein Freund von mir arbeitet hier, und er schuldete mir einen Gefallen.«

»Und Mr. DiLucca findet das okay?«

»Was er nicht weiß, macht ihn nicht heiß.«

Er nahm einen Schluck, küsste sie und ließ den Prosecco in ihren Mund fließen. Zärtlich leckte er die Tropfen ab, die noch an ihren Lippen klebten, und lächelte.

»Ich fand, es war die beste Gelegenheit, dich hierherzulocken.«

Der Kuss schmeckte süß und verführerisch.

»Bist du hungrig?«

Ihr prüfender Blick ließ ihn auflachen.

»Ich meine wirklich hungrig. Das Essen hier ist eine Sünde wert, aber kalt wäre es eine echte Verschwendung.«

Jeder Bissen, mit dem er sie fütterte, ließ sie verzückt aufseufzen. Sie dachte an Tara und ihre Stalkerei des deutschen Kochs, der diese himmlischen Leckereien gezaubert hatte. Sie kannte nur die Hälfte der Speisen, die kunstvoll auf dem Teller angerichtet waren, aber alles schmeckte umwerfend sinnlich, zerschmolz auf der Zunge und hinterließ puren Genuss. Sie sank gegen die Lehne und hob abwehrend ihre Hand, als er ihr einen weiteren Löffel Essen von seiner Platte anbot.

»Ich kann nicht mehr.«

Statt sie weiter zu füttern, küsste er sie und legte das Besteck beiseite.

»Kannst du wirklich nicht mehr?«

Ciarán stand auf und verschwand im Bad, kehrte kurz darauf mit den beiden Gürteln der Kimonos zurück. Er blieb hinter ihr stehen, beugte sich zu ihr hinab, und sein Atem strich erregend über ihren Hals.

»Hättest du Lust auf ein Abenteuer, kleines Luder?«

Ein Schaudern rieselte über ihren Körper. Zwischen den Händen spannte er eines der schwarzen Seidenbänder und verband ihr damit die Augen. Unter heftigen Atemzügen griff sie nach dem Stoff, zögerte; die Nervosität stieg in Hitzeschüben in ihr Gesicht.

»Entspann dich, Kaylin. Es passiert nichts, was dir nicht gefallen wird. Versprochen.«

Seine Zunge leckte ihren Nacken entlang und entlockte ihr ein sehnsüchtiges Seufzen. Der Knoten saß nicht eng, aber es gab auch keine Möglichkeit, unter der Seide durchzublicken. Seine Berührungen verließen sie. Kaylin griff ins Leere, suchte ihn, blieb aber sitzen.

»Ich werde nichts tun.«

Seine samtige Stimme klang noch weicher und sinnlicher in ihren Ohren, jetzt wo er sie ihres visuellen Sinnes beraubt hatte.

Das zweite Band nutzte er, um sie zu fesseln. Geschickt fixierte er ihre Handgelenke an dem Stuhl, bis sie kaum mehr in der Lage war, ihre Hände zu benutzen. Seine warmen Handflächen berührten ihre Knie, schoben den Saum ihres Kleides unter sinnlichem Knistern ein kleines Stück empor. Heiße Blitze zuckten durch ihren Körper und endeten in einem köstlichen Pochen in ihrem Schoß. Die Stille jedoch machte sie verrückt.

»Das nennst du also nichts tun.«

Sie lächelte in die Richtung, in der sie ihn vermutete.

Ciarán griff sanft nach ihrem Gesicht und hob es zu sich empor. Die beiden Träger ihres Kleides wurden durch kleine Schleifen auf ihren Schultern gehalten, was sich nun als praktisch für ihn herausstellte. Sie fühlte, wie er an den Enden zog, um sie zu lösen, und sofort reagierte ihr Körper. Sie zitterte vor Spannung, und ihre Brustspitzen zogen sich erregt zusammen. Das zarte Rucken löste die Schleifen, und das Oberteil fiel. Seine Fingerkuppen berührten sinnlich und sanft ihre festen Rundungen, umschmeichelten die Brustwarzen. Seine Lippen schlossen sich um die rechte, während die Fingerspitzen seiner linken Hand die linke Brustspitze bespielten. Kaylin keuchte, gab einen süßen gequälten Laut von sich, als er sie zwickte. Seine Lippen küssten sich einen Weg entlang zu ihrem Mund, und seine Zungenspitze forderte eine leidenschaftliche Erwiderung.

»Ich will, dass du dich entspannst. Was jetzt passiert, wird dir gefallen.«

Ihr sensibilisiertes Gehör vernahm das leise Klicken der Tür. Ihr Herz schlug einen Takt schneller, denn sie ahnte, dass sie nicht mehr allein waren. Seine Hände legten sich auf ihre nackten Schultern.

»Ich werde nichts tun, nur zusehen.«

Sanfte Finger strichen über ihre Knie. Kaylin hielt den Atem an.

»Wer …«

»Shhhh, genieß es.«

Hände schoben den Stoff noch weiter an ihren Schenkeln empor, seidig, geschmeidig und zärtlich. Aufgrund der längeren Fingernägel, die auf dem Rückweg zart über ihre Haut kratzten und ihr eine Gänsehaut bescherten, wurde ihr bewusst, dass es sich um eine Frau handelte. Kaylin war dem keinesfalls abgeneigt, doch der Moment wirkte surreal und befremdlich auf sie. Weiche Lippen berührten ihre Schenkel, und die Zungenspitze der Fremden leckte eine feuchte Spur auf die Innenseite. Ein sinnliches Kribbeln kitzelte in Kaylins Nacken. Seidiges weiches Haar fiel auf ihre nackten Beine, als sich das Gesicht ihrem Schoß näherte. Durch den Stoff ihres Höschens konnte sie deutlich den heißen Atem ihrer Gönnerin spüren.

Der Hauch eines Kusses legte sich auf den Seidenstoff und schien sich wie ein Lauffeuer auf ihren Schamlippen auszubreiten. Das erregende Pochen in ihrem Schoß nahm zu, und sie hob ihre Hüften den Lippen ein kleines Stück entgegen. Kaylin öffnete ihre Knie, um der Gespielin mehr Freiraum zu gewähren und ihr zu zeigen, wie willkommen ihr Spiel war. Die Aufforderung bedurfte keiner Worte, das Gesicht der Frau näherte sich ihrem Geschlecht. Ihre Zunge strich tastend den Steg der Seide entlang, grub sich tiefer und leckte den Stoff feucht. Ihr Mund saugte, neckte und reizte Kaylins Schamlippen, während die Zungenspitze immer tiefer in den heißen gierigen Spalt glitt. Kaylins Erregung mischte sich mit dem Speichel der Fremden, und das hitzige Gefühl entlockte ihr ein entzücktes Seufzen. Zärtliche Finger strichen das Höschen sanft von ihren Schenkeln, und sie hob ihr Becken, um es der fremden Frau leichter zu machen. Stöhnend nahm die Zunge sie wieder in Beschlag, und Kaylin rieb sich dem Spiel entgegen.

Rhythmisch schoben sich ihre Hüften vor, dem Lippenbekenntnis der Frau entgegen, und ihre Hände ballten sich wehrlos zu Fäusten. Gern hätte sie ihre Fingerspitzen in das seidige Haar der Fremden vergraben, ihr Gesicht dichter an sich gezogen, doch sie war verdammt dazu stillzuhalten, es geschehen zu lassen und sich hemmungslos keuchend zu ergeben.

Wissend, dass Ciarán nah bei ihnen stand und zusah, startete ein lustvolles Kopfkino in ihren Gedanken. Die Zunge glitt tiefer, kostete ihren süßen Lustsaft und leckte flinker ihre Scham. Die Frau kannte jeden Winkel, ertastete jede kleine seidige Falte ihres Geschlechts und drang mit schlanken Fingern in sie ein. Die zusätzliche Reibung tief in ihrem Inneren und das Umkreisen ihrer geschwollenen Klitoris mit der feuchten gierigen Zungenspitze fühlten sich an, als würde sie gevögelt und gleichzeitig vernascht werden.

Alles drehte sich in Kaylins Kopf, und der köstliche Schwindel versetzte sie in einen einzigartigen Rauschzustand. Stöhnend forderte sie mehr, bewegte lüstern ihre Hüften und krallte ihre Finger um die Armlehnen. Angespannt trieb sie immer weiter der Erlösung entgegen. Die Fingerkuppen der Gönnerin bewegten sich rasanter in ihrem Geschlecht. Die flinke Zunge tanzte förmlich über ihre Lustperle. Kaylin verkrampfte sich, spannte all ihre Muskeln an und kam zuckend und stöhnend zum Höhepunkt. Die Frau ließ nicht nach, obwohl Kaylins Scham extrem sensibel reagierte, leckte sie weiter, forderte noch mehr. Sie grub ihre Finger immer weiter in sie, bis Kaylin um Gnade bettelte.

Stoff raschelte neben ihr. Jemand zog ihren Kopf vor, und sie roch Lust, animalische männliche Lust. Ciarán stand vor ihr, zog ihr Gesicht zu sich und presste seine Eichel gegen ihre Lippen, die sie willig für ihn öffnete. Noch immer gefesselt, stöhnte sie, als er tiefer in ihren Mund glitt. Kaylin wollte ihn anfassen, wollte ihn reiben, doch er schob sich keuchend zwischen ihre Lippen. Seine Hände hielten ihren Kopf umfasst, und er bemühte sich, nicht zu viel von ihr zu fordern. Er schmeckte nach Gier und ersten Lusttropfen. Es blieb ein kurzes Intermezzo, denn er zog stöhnend seinen Schaft aus ihrem Mund, beugte sich über sie und schmeckte sich selbst auf ihren Lippen.

»Ich werde jetzt deine Fesseln lösen und dich nehmen. Du glaubst gar nicht, wie heiß das gewirkt hat.«

Kaylin schmunzelte.

»Nicht so heiß, wie es sich anfühlte.«

Er zog sie mit sich zu Boden, kniete sich zwischen ihre Schenkel und hob ihre Hüften ein wenig an. Seine Eichel presste gegen ihren nassen Spalt, und sie hielt den Atem an, als er sie in Besitz nahm. Wo war die Frau? Sah sie jetzt zu? Die Antwort auf ihre gedanklichen Fragen ließ nicht lange auf sich warten. Während Ciarán in einem quälend langsamen Tempo in sie hineinstieß, fühlte Kaylin, wie die Frau sich über sie kniete. Der Duft ihres Geschlechts stieg ihr in die Nase, und die feuchte Scham senkte sich über Kaylins Gesicht. Ihre Hände umschlossen den festen prallen Hintern, der sich auffordernd in Kreisen bewegte. Auf ihrem Körper fühlte sie die geschmeidige nackte Haut der Frau, die über sie gebeugt lag und Hitzewellen mit der Zunge in Kaylins Schoß verursachte. Ciarán hielt inne, entzog sich ihrem Geschlecht, und sein leises Stöhnen zeugte davon, dass er sich des Mundes der Fremden bediente. Im sinnlichen Taumel gefangen, kostete Kaylin die Lust der anderen Frau, leckte den glattrasierten Spalt entlang, genau, wie sie es zuvor bei ihr getan hatte. Blind lauschte sie dem lustvollen Stöhnen, und wieder nahm Ciarán sich ihren Schoß vor, drang tief in sie ein und bewegte sich beherrscht in ihr ein und aus. Der stete Wechsel zwischen Lippen und Schoß schien seine Gier hinauszuzögern. Kaylin schob eine Daumenkuppe in die Öffnung der Frau, hörte das satte Schmatzen, wenn sie ihn bewegte, und umspielte mit der Zunge die Klitoris, bis die Fremde unkontrolliert zu zucken begann. Bevor ihr erlösender Schrei durch das Zimmer hallen konnte, knebelte Ciarán sie mit seinem Schwanz, stieß zu und knurrte leise, schien selbst kurz vor dem Finale zu stehen. Mit einem langgezogenen Stöhnen explodierte er schließlich im Mund der Frau.

Erst als die Fremde gegangen war, löst er den Seidengürtel von Kaylins Augen und küsste sie erschöpft.

»Hat es dir gefallen?«

Er sah zerzaust aus, und sie streichelte ihm eine Haarsträhne aus der Stirn.

»Blöde Frage, hast du mich nicht gehört?«

»Aber du bist eben nicht gekommen, oder?«

»Hm, der Kopforgasmus war auch nicht übel.«

Ciarán hob fragend seine rechte Augenbraue.

»Was ist denn bitte ein Kopforgasmus?«

»Die Geräusche waren heiß, und die Bilder in meinem Kopf haben mein Gehirn vibrieren lassen.«

»Aha.«

Er schien sich damit nicht zufriedenzugeben, schob seine Hand zwischen ihre Schenkel und tastete nach ihrer Scham. Sie hielt ihn zurück, doch sein Blick in ihre Augen forderte, dass sie nachgab.

»Lass mich das richtigstellen. Ich schulde ungern jemandem etwas.«

Sie lachte auf und ließ ihn gewähren. Seine Mittelfingerkuppe glitt zwischen ihre Schamlippen und rieb den feuchten Spalt entlang, bis er den Punkt fand, der sie stöhnen ließ. Mit kreisenden Berührungen trieb er sie noch einmal hoch hinaus, dem Finale immer weiter entgegen, bis sie sich keuchend den Spasmen ergab, die in Wellen durch ihren Körper flossen. Seufzend genoss sie das herrliche Nachglühen und streckte sich müde schmunzelnd.

»Hat sie dir auch einen Gefallen geschuldet?«

»Nein, sie gehört zum Service.«

Kaylin riss die Augen auf und sah ihn an.

»Service? Du meinst, hier arbeiten Prostituierte?«

Sie hatte ein ähnliches Gerücht bereits in einer Zeitung gelesen, doch offiziell gab es dazu keine Stellungnahme des Besitzers.

»Ein sehr unschönes Wort. Ich hätte auch noch einen Mann dazunehmen können.«

»Einen Gigolo?«

Ciarán lachte auf und zog sie an sich.

»Das gehört zum Konzept des Hauses, Kaylin. Man kann, muss sich aber dieses Services nicht bedienen. Allerdings hab ich gehört, dass er recht rege gebucht wird.«

Er hob ihr Kinn zu sich und sah sie eindringlich an.

»Was hier im Haus geschieht, bleibt auch im Haus.«

Tara würde ihr sowieso kein einziges Wort glauben.

»Ist DiLucca ein Zuhälter?«

Ciarán brach in schallendes Gelächter aus und schüttelte den Kopf.

»Du kommst auf Ideen. Die Männer und Frauen arbeiten freiberuflich hier, und sie fungieren unter anderem auch einfach als Kellner, Butler oder Bedienung.«

Unmittelbar dachte sie an den jungen blonden Butler, der sie in Empfang genommen hatte. Ob er auch …? Es würde verdammt schwer werden, Tara nichts davon zu erzählen. Sie gähnte herzhaft und sah Ciarán erschrocken an.

»Entschuldige, aber es war ein langer Tag, und mir steckt die letzte Nacht noch in den Knochen.«

Ein Grinsen breitete sich auf seinen Lippen aus. Ihre Worte schienen ihm mehr als nur zu schmeicheln.

»Wie schaffst du das nur? Nimmst du heimlich Viagra?«

Er stockte und blinzelte ungläubig.

»Bei einem heißen Luder wie dir hab ich das nicht nötig.«

»Ach ja?«

Sie sah ihn herausfordernd an. Ciarán griff nach ihrer Hand und legte sie in seinen Schoß. Ihre Augen weiteten sich. Unmöglich! Er konnte doch nicht schon wieder hart sein?

»Beantwortet das deine Frage?«

Der folgende fordernde Kuss hätte sie fast dazu gebracht, um Gnade zu winseln, da sich gerade erst ein gemeiner Muskelkater aus der vergangenen Nacht in den Innenseiten ihrer Schenkel bemerkbar machte. Doch Ciarán nahm keine Rücksicht darauf, sondern vögelte sie noch einmal, als würde seine Ausdauer keine Grenzen kennen.

9

»Du kannst ihn doch nicht einfach so hängen lassen.«

Ungläubig schüttelte Tara ihren Kopf und half dabei, die Kisten mit LPs für die DJane hineinzutragen. *Tristans* angrenzender Nachtclub öffnete seine Pforten nur an den Wochenenden, was ihn schnell zu einem exklusiven Treffpunkt in Insiderkreisen aufsteigen ließ.

Kaylin nickte, stellte die Plattenkisten auf das Pult und lehnte sich darüber. Drei Tage ignorierte sie nun bereits Ciaráns permanente Anrufe und Textbotschaften.

»Er ist umwerfend, charmant ...«

»Bla bla, das hast du schon erzählt.«

»Der Sex ist gigantisch und seine Potenz außergewöhnlich. Er sagt, es liegt an mir, aber ...«

Tara grinste frech und kassierte einen Hieb von ihrer Freundin.

»Oh komm schon, der Mann ist geil und willig, findet dich so heiß, dass er kaum die Finger von dir lassen kann, und sein Schwanz schreit förmlich danach, von dir benutzt zu werden. So was lässt man nicht drei Tage ohne Begründung zappeln.«

»Tara, ich kann nicht mehr. Ich habe immer noch Muskelkater an Körperteilen, die eigentlich keine Muskeln haben. Ich kann froh sein, dass ich mich überhaupt noch rühren kann.«

Sie hielt inne und schmunzelte in sich hinein, wurde dann jedoch wieder ernst.

»Darum geht es aber nicht. Ich weiß überhaupt nichts über Ciarán, und seine Einladung ins Kino ist nicht bloß ...«

Sie suchte nach einer Umschreibung und zuckte hilflos mit den Schultern.

»... ist nicht bloß eine Einladung ins Kino, wenn du verstehst, was ich meine. Ich traue mir selbst langsam nicht mehr über den Weg, was ihn betrifft. Selbst wenn ich mir fest vornehme, diesmal nicht mit ihm in der Kiste zu landen, verfliegt mein Vorhaben, sobald er nur vor mir steht. Mal ehrlich, ich weiß nicht, wie er das macht, aber er schafft es einfach, dass ich an nichts anderes denken kann außer an Sex, wenn er in meiner Nähe ist. Was weiß ich denn schon über ihn?«

»Dass er Schotte ist.«

»Nur weil sein Nachname Gilroy ist, muss er noch kein Schotte sein.«

»Na, dann hat er eben schottische Ahnen. Sweets, Hand aufs Herz, wen interessiert das bei einer solchen Sahneschnitte?«

»Mich!«

»Wenn er wirklich so ein Potenzgenie ist, würde ich mir nicht allzu viel Gedanken über seine Persönlichkeit machen.«

Die DJane grinste breit, und ihr Einwurf klang mehr als herablassend. Tara legte solidarisch den Arm um die Frau und nickte bestätigend.

»Die Schwester vertritt einen Punkt, Sweets. Meine Rede, benutz ihn, lass dich von ihm flachlegen und dir das Hirn rausvögeln, solange er steht.«

Kaylin rollte genervt mit den Augen. Sie hätte es besser wissen müssen, und gedanklich schimpfte sie sich eine Närrin, weil sie geglaubt hatte, dass Tara sie verstehen würde. Schweigend wandte sie sich von den verbrüderten Mädels ab.

»Hey, so war das nicht gemeint.«

Tara schien wohl in ihrem Gesicht gelesen zu haben, wie unangebracht ihre Freundin die männerfeindlichen Sprüche fand.

»Rede mit mir!«

Vor dem Nachtclub hielt sie Kaylin zurück, sodass sie sie nicht weiter ignorieren konnte. Seufzend sah sie Tara an.

»Ich habe keine Ahnung, ob er verheiratet ist. Welchen Beruf er ausübt. Wohin er geht, wenn er meine Wohnung verlässt. Ich habe nicht den Hauch einer Ahnung, wie alt er überhaupt ist. Ständig kreisen all diese Fragen in meinem Kopf, aber ich komme nicht dazu, sie zu stellen, weil …«

Die Hände in die Hüften gestemmt, legte sie verzweifelt den Kopf in den Nacken und schnaubte.

»Ich will nicht so … undiszipliniert und triebgesteuert sein, dass ich nicht mehr klar denken kann, wenn ein Mann vor mir steht. Das kann einfach nicht gesund sein.«

»Rauchen ist auch nicht gesund, ich tu es trotzdem. Kaylin, manchmal ist es ganz gut, aus der eigenen Haut zu kommen und mal was zu riskieren, sonst wäre das Leben scheißlangweilig.«

Tara nahm einen Zug von ihrer Zigarette.

»Außerdem, wann trifft man mal einen Mann, bei dem man völlig den Halt verlieren und sich gehen lassen kann, ohne an die Konsequenzen zu denken? Scheiß drauf, wenn er verheiratet ist, dann ist das sein Problem, nicht deins. Sei doch mal ehrlich zu dir selbst. Reizt er dich nicht gerade deswegen, weil du ihn kaum kennst? Er ist wie ein Überraschungsei. Spannung, Spiel und Schokolade! Er ist anders als dein toller Nevin. Ihn kennst du bald in- und auswendig, aber Ciarán ist mysteriös, sexy, undurchschaubar und immer wieder neu. Gerade das macht ihn anziehend, oder nicht?«

Kaylin hatte vor Jahren das Rauchen aufgegeben, griff jetzt aber nach Taras Zigarette und nahm einen tiefen Zug davon. Die Worte ihrer besten Freundin kreisten in ihren Gedanken. Hatte sie vielleicht recht?

»Und was deine triebhafte Disziplinlosigkeit betrifft: Schätzchen, unter uns, aber deine skurrile Story mit Nevin beweist eindeutig das Gegenteil.«

»Das war gemein.«

»Aber ich habe recht. Ich weiß nicht, was ich dir noch sagen kann, aber hör auf zu denken, und genieß es einfach.«

Tara senkte ihren Blick.

»Das Leben kann schneller vorbei sein, als einem lieb ist.«

Sie spürte die plötzliche Traurigkeit in der Stimme ihrer Freundin und nickte.

»Warst du eigentlich schon bei der Befragung?«

»Ja, war nicht einfach. Die beiden Polizisten wollten bloß noch einmal alles genau wissen. Die letzten Stunden sozusagen. Ich darf gar nicht darüber nachdenken, dass ich die Letzte bin, die Eric lebend gesehen hat. Wenn ich gewusst hätte, dass es das letzte Mal sein würde, hätte ich …«

Tara schloss die Augen, und Kaylin zog sie in ihre Arme. Für einen Moment standen sie einfach so da und hingen schweigend ihren Gedanken nach. Die kleine rotblonde Irin löste sich als Erste aus der Umarmung, wischte sich eine Träne aus dem Augenwinkel und lächelte tapfer.

»Ich sag dir was, wenn du diesen Gilroy nicht haben willst, nehm ich ihn gerne. Ich habe nichts gegen mysteriöse Dauerkönner in meinem Bett.«

»Lass bloß deine Griffel von meiner Beute, Mädel!«

Tara lachte laut auf und hob die Finger zum Peacezeichen.

»Sollte er dir irgendwann seinen Zwillingsbruder vorstellen, lass es mich wissen.«

Sie ging wieder zurück in die Bar an den Herd und stauchte als Erstes lautstark ihre neue Küchenhilfe zusammen. Das war einfach Tara, wie man sie kannte. Kaylin gab der DJane den Schlüssel für den Nachtclub, damit sie ihren Soundcheck beenden und sich um andere organisatorische Sachen kümmern konnte.

»Wenn du fertig bist, schließ einfach ab und bring den Schlüssel rüber.«

Statt einer Antwort zwinkerte ihr die Plattenauflegerin flirtend zu und hob den Daumen. *Hot Chocolate* dröhnte aus den Boxen und begleitete Kaylin mit *Sexy Thing* aus dem Club. War das eine Anmache? Sie schmunzelte, kehrte dann ins Büro zurück und rief die Aushilfskellner für das Wochenende an. Ihre gute Laune sank.

»Komm schon, Ray, du kannst mich nicht auch noch hängen lassen. Mel ist schon wieder krank, Danny ist im Urlaub, und Lenny liegt im Krankenhaus. Ich schaff es gerade so, die Bar am Laufen zu halten. Ich brauch dich am Wochenende im Club.«

Sie rutschte immer tiefer in den Bürosessel und seufzte.

»Nein, ich verstehe das. Die Hochzeit deiner Cousine vierten Grades ist natürlich wichtig. Okay … ja, bis nächste Woche.«

Ihre Stirn landete auf der Tischplatte. Wie sollte sie mit nur drei Kellnern und zwei Securitymännern den Nachtclub für ein ganzes Wochenende eröffnen?

»Hey, Sweets, äh, draußen steht der Getränkelieferant und kommt nicht in den Club! Ist dir schlecht? Du siehst so blass aus.«

»Bei meiner momentanen Situation kann einem nur schlecht werden. Ich weiß wirklich nicht, wie Eric das gemacht hat. Ich habe ganze drei Kellner fürs Wochenende. Ich brauch den Club gar nicht erst aufzumachen. Das schaffen wir nicht.«

»Und wenn du die Bar früher zumachst und die Bedienungen in den Club ziehst?«

»Vergiss es, sogar die Bar ist unterbesetzt. Mel hat sich schon wieder krank gemeldet und Lenny …«

»Ja, liegt noch im Krankenhaus. Jenny sagt, es geht ihm wieder gut, der verdammte Schotte ist zäher, als er aussieht.«

Tara grinste und kreuzte die Arme vor der Brust.

»Ich kann auch helfen. Ich bin zwar keine Leuchte, was Cocktails betrifft, aber ein Tablett rumschubsen werde ich wohl noch können.«

Kaylin wollte ablehnen, doch angesichts der Ausfälle war sie auf jede Hilfe angewiesen, die sie kriegen konnte. Sie hatte jeden angerufen, den Erics Liste hergab, aber die meisten waren krank, im Urlaub oder anderweitig verplant. Hatte sich denn alles gegen sie verschworen? Kaum war ein Problem gelöst, tauchten gleich mehrere neue auf. Jenny klopfte leise an die geöffnete Tür.

»Kaylin? Draußen steht ein Typ, der sagt, du wärst mit ihm verabredet?«

»Hey Jen, ähm, wir machen heute die Bar früher dicht, und du musst stattdessen im Club helfen. Kannst du das einrichten?«

Jenny nickte zu Kaylins Erleichterung lächelnd.

»Ich kann Extrakohle immer gut gebrauchen.«

»Du bist ein Schatz, danke. Sag dem Kerl, ich bin gleich bei ihm.«

»Der *Kerl* will aber nicht warten.«

Grinsend stand Ciarán in der Tür neben Jenny und stockte, als Kaylin ihre Backen aufblies. Tara zog die Kellnerin aus dem Büro und schloss leise die Tür hinter sich.

»Blöder Zeitpunkt?«

»Chaotische Zustände würde es besser treffen. Sorry, aber ich hab wirklich keine Zeit. Ich muss mich um so viel kümmern, und ich habe keine Ahnung, wie ich dieses Wochenende überleben soll, ohne den Verstand zu verlieren.«

Die Distanz zwischen ihnen reichte nicht aus, um ihr Herz normal weiterschlagen zu lassen. Der Tisch war eine leicht zu überwindende Barriere für ihn. Kaylin erhob sich von dem Bürosessel und stützte die Hände auf den Schreibtisch.

»Ich habe zu wenig Kellner, mir fehlt eine Kraft hinter der Bar, und ich kann nicht mit dir ins Kino gehen.«

Seine Handflächen zeigten nach oben, und sein Lächeln zog sie sofort wieder in seinen Bann.

»Kein Problem!«

Mit einem ironischen Lachen schüttelte sie den Kopf.

»Ja, alles kein Problem.«

»Eigentlich wollte ich dir Tyger vorstellen. Ein Freund von mir, dem ich von deinem Club erzählt habe. Aber wenn wir schon mal hier sind: Er hat in seiner Zeit als Schauspielschüler hinter der Bar gejobbt, und ich bin auch nicht schlecht im Mixen von Drinks.«

Sie starrte ihn fassungslos an, als wäre er ein Superheld mit wehendem Cape und zu engen Hosen.

»Vielseitig begabt, was?«

»Das solltest du langsam über mich wissen.«

Die frivole Zweideutigkeit in seiner Stimme hinterließ ein süßes Summen in ihrem Unterleib. Kaylin blieb dennoch skeptisch. Etwas an seinem Angebot fühlte sich nicht richtig an. Er schien ihr anzusehen, dass sie nicht überzeugt war, umrundete den Schreibtisch und griff nach ihren Hüften. Lächelnd hob er seine Augenbrauen.

»Ich helfe einer in Not geratenen Lady gerne, wenn sie weiß, wie sie sich im Anschluss erkenntlich zeigen kann.«

Das schmutzige Grinsen auf seinem hübschen Gesicht ließ ihre Knie weich werden, und im Sekundentakt rasten noch schmutzigere Gedanken über ihn durch Kaylins Kopf.

»Einverstanden. Aber nur als Ausnahme. Ich möchte nicht, dass du denkst, ich nutze dich aus.«

»Benutz mich, Honey, wie es dir gefällt. Ich bin zu jeder Schandtat bereit und willig.«

Sie wich seinem gierigen Versuch aus, sie heiß und leidenschaftlich zu küssen, auch wenn es schwerfiel. Dieser Mann würde sie noch in Teufels Küche bringen, dessen war sie sich absolut sicher.

Tyger entpuppte sich als perfekte Besetzung neben Ciarán und Kaylin an der Bar des Nachtclubs. Seine Haut schimmerte wie helle Schokolade, und für einen Afroamerikaner besaß er ungewöhnlich helle Augen. Seine pechschwarzen Rastazöpfe fielen ihm bis zur schlanken Taille hinab, und seine athletische Figur kombiniert mit dem siegessicheren Lächeln schien bei den weiblichen Clubbesuchern gut anzukommen. Er war eine redegewandte Augenweide. Sein flirtender Charme verkaufte mehr Drinks an diesem Abend als die Hitze auf der Tanzfläche. Die DJane heizte den Tänzern ordentlich ein, und trotz des Arbeitsstresses hatte Kaylin Spaß zuzusehen, wie gut die Leute sich amüsierten. Je mehr sich der Laden füllte, desto heißer wurde getanzt, und die Leiber zuckten schweißglänzend eng aneinandergedrängt zu den Beats der Musik. Irgendwann verlor auch Tyger sein T-Shirt, und eine ganze Gruppe Frauen an der Theke konnte sich kaum mehr von seinem Anblick lösen. Hin und wieder griff er sich ein Tablett und tanzte eine Runde an den Tischen vorbei, um leere Gläser einzusammeln. Seine geschmeidigen Bewegungen, die sexy Körperbeherrschung und sein strahlendes Lächeln lockten nur noch mehr Frauen an die Bar.

Ciarán schien nicht entgangen zu sein, dass auch Kaylin ab und zu einen Blick auf seinen hübschen Freund riskierte. Er blieb schmunzelnd hinter ihr stehen, presste sich an ihren Rücken und ließ sie, ohne ein Wort zu verlieren, spüren, was sie in ihm weckte.

Am Ende der Clubnacht kletterte Kaylin erschöpft auf einen der Barhocker, zog ihre Schuhe aus und stöhnte über ihre schmerzenden Füße.

»Wow, das nenn ich einen vollen Erfolg. Die Einnahmen sind der Hammer.«

Tara hatte die Eintrittskasse übernommen und auch die Abrechnung erledigt, wofür Kaylin ihr dankbar war.

»Ich bin völlig hinüber. Gute Nacht allerseits. Wir sehen uns morgen, wenn wir nicht blind werden.«

Kaylin sah ihrer gut gelaunten Freundin hinterher, die Arm in Arm mit der DJane den Club verließ. Jenny, Tyger und Ciarán räumten auf.

»Jen, lass gut sein, geh nach Hause. Das war auch für dich ein langer Tag. Danke fürs Einspringen heute.«

Die junge Kellnerin nickte, legte ihre Schürze ab und verließ mit einem Abschiedsgruß ebenfalls den Nachtclub. Tyger setzte sich auf den Hocker neben Kaylin und griff nach ihren Füßen. Zuerst wollte sie sich wehren, doch seine Massage war himmlisch. Ein leises Stöhnen drang aus ihrem Mund.

»Das tut gut.«

Der Afroamerikaner schmunzelte, entblößte dabei eine blitzend weiße, perfekte Zahnreihe. Ciarán blieb hinter ihr stehen und rieb sanft ihre Schultern.

»Oh Gott, ihr beide im Duo seid eingestellt.«

Sie lachte entspannt und schloss für einen Moment die Augen.

»Ein heißes Bad, eine gute Ganzkörpermassage, und du wirst die Entspannung selbst sein.«

Das klang aus seinem Mund wie ein heißes Versprechen, eine sündige Verlockung und ein prickelndes Abenteuer. Kaylin fühlte sich erledigt und schüttelte den Kopf.

»Ich bin ungern ein Spielverderber, aber ich muss ins Bett.«

»Da gehörst du auch hin.«

Die Tiefe seiner Stimme ließ ihren Körper vibrieren, aber sie wollte wenigstens einmal vernünftig sein und seiner Anziehungskraft widerstehen.

»Ciarán, ich …«

Er zog ihren Kopf zu sich, bedeckte ihre Lippen mit seinem Mund und erstickte ihre Gegenwehr im Keim. Seine Zunge forderte ihre Leidenschaft heraus, und die Fußmassage ließ sie innig seufzen. Innerlich suchte sie verzweifelt nach einem letzten Funken Kraft, sich gegen ihn zu behaupten, und gab dann schlussendlich auf. Ciarán zog sie vom Hocker, legte den Arm fest um sie und führte sie aus dem Nachtclub. Tyger folgte ihnen.

10

»Aber meine Wohnung liegt in der anderen Richtung.«

Ciarán erwiderte nichts, sondern zog sie mit sich in die entgegengesetzte Richtung zum Stadtzentrum. Immer wieder blieb er stehen, küsste sie und betrachtete sie, als wolle er ihre Gesichtszüge studieren. Der Glanz in seinen Augen ließ sie dahinschmelzen.

Schließlich erreichten sie ein Hotel. Der Eingang wirkte nicht sonderlich einladend, und sie zögerte, als er sie hineinschieben wollte.

»Was wollen wir hier?«

Als Antwort erntete sie ein schweigsames Schmunzeln. Als hätte der Nachtportier sie erwartet, wandte er sich um, zog eine Schlüsselkarte aus dem Fach mit der Nummer drei und reichte sie Ciarán. Er griff nach ihrer Hand und blieb vor dem Zimmer stehen. Erst jetzt wurde ihr bewusst, dass Tyger ihnen unbemerkt gefolgt war und noch immer folgte. Kaylin hatte ihn völlig vergessen. Lächelnd drehte sie sich zu ihm um und blieb stehen.

»Ich wollte mich noch bedanken, Tyger. Du warst toll heute Abend, und wenn du mal einen Job brauchst, zögere nicht, mich anzurufen. Ich kann gute Männer immer gebrauchen.«

»Es war mir ein Vergnügen. Ich fand es nostalgisch, und es hat mich an meine Anfangszeiten in Miami erinnert. Lange ist es her.«

Skeptisch erwiderte sie seinen Blick. So lange konnte es nicht her sein. Der junge Afroamerikaner redete, als ob Jahrzehnte vergangen wären, was sie ihm nie abnehmen würde.

»Also dann … es war schön, dich kennenzulernen, Tyger. Gute Nacht.«

Er hob seine Augenbrauen und wirkte verwirrt. Ciarán öffnete die Tür und zog Kaylin mit sich ins Innere des Zimmers. Gegen die Wand gepresst, küsste er sie erneut schwindelig. Seine Hände wanderten über ihren Körper, wissend, wie er sie berühren musste, um ihre Knie weich werden zu lassen. Sie bemerkte aus dem Augenwinkel heraus, dass Tyger leise die Tür hinter sich schloss und sie beide aufmerksam beobachtete. Kaylin wurde langsam nervös.

»Ciarán?«

Er folgte ihrem Blick zu seinem Freund und wirkte amüsiert.

»Du willst ihn doch nicht einfach wegschicken, oder?«

Behutsam drängte sie seinen Körper von sich, presste ihre Handflächen gegen seine muskulöse Brust. Ciarán verstand die Geste, trat von ihr zurück und kratzte sich wortlos am Hinterkopf. Tyger rieb sich das glattrasierte Kinn, musterte sie von Kopf bis Fuß, und das Funkeln in seinen Augen sorgte dafür, dass sich ihr Atem beschleunigte. Abwechselnd sah sie von Ciarán zu Tyger, und so absurd es für sie war, ihr Verstand konnte die Puzzleteile nicht zusammenfügen.

»Was soll das heißen … ich will ihn nicht wegschicken?«

Die Männer wechselten einen Blick, und Ciarán nickte. Kaylin sah dem Afroamerikaner nach, der im angrenzenden Bad verschwand und Wasser in die Wanne laufen ließ. Diese nonverbale Kommunikation zwischen den beiden gefiel ihr nicht. Es wirkte eingespielt, als ob die beiden einen ihr unbekannten Plan verfolgten, und das nicht zum ersten Mal.

»Würdest du mir bitte erklären, was er hier will?«

Ciarán trat einen Schritt auf sie zu, doch Kaylin hob abwehrend ihre Hände. Diesmal würde sie sich nicht einfach von ihm einlullen lassen. Es fiel ihr schwer genug, trotz ihres kochenden inneren Verlangens ihren Verstand zusammenzuhalten.

»Tyger ist ein spezieller Freund von mir, und ich dachte … Du hast so schockiert reagiert, als dir klar wurde, was die Männer im *Private Room* an Service anbieten. Schockiert, aber neugierig.«

Ihre Augen weiteten sich, und ihr Mund öffnete sich zu einer Erwiderung, allerdings fiel ihr keine Antwort ein. Ciarán schmunzelte, kam näher, doch sie wich zurück, bis sie mit dem Rücken gegen die Wand stieß.

»Sag mir, dass es dich nicht reizt.«

Seine Stimme senkte sich zu einem eindringlichen Flüstern, und sein Atem streichelte ihr Gesicht.

»Sag mir, dass du nie darüber nachgedacht hast, wie es sein würde, einen Mann für Sex zu bezahlen?«

Seine Nasenspitze berührte hauchzart ihre Wange, und sein Körper war ihr so nah, dass sie seine Hitze spüren konnte.

»Sag mir, dass er dir nicht gefällt.«

Kaylin fühlte seine Lippenbewegungen an ihrem Ohr.

»Sag mir, dass du das nicht willst, und schicke ihn fort.«

Ihr Blick wanderte durch das Zimmer. Tyger stand mit nacktem Oberkörper an den Türrahmen des Badezimmers gelehnt. Ein leises Stöhnen, das sie nicht verhindern konnte, drang aus ihrem Mund, als Ciaráns Lippen sich an ihrem Hals festsaugten. Ihr wurde heiß und kalt zugleich, und ihr ganzer Leib schien zu vibrieren. Ciarán hob seinen Kopf, sah ihr direkt in die Augen und hielt einen Umschlag hoch.

»Bezahl ihn, oder schick ihn weg. Es ist deine Entscheidung.«

Ihre Gedanken rasten, wieder sah sie zu dem hübschen Mann mit der Haut wie Kakao und dem perfekten Hollywoodlächeln hinüber. Ein Teil von ihr weigerte sich strikt zuzulassen, dass er ihr gefiel. Der andere, wesentlich lautere Part gab der Neugier auf ein solch unglaubliches Abenteuer Zuspruch. Ciarán setzte sich, abwartend, doch sein Gesicht strahlte Ruhe und Selbstsicherheit aus. Er schien genau zu wissen, was in Kaylin vorging und wofür sie sich schlussendlich entscheiden würde. Tyger stieß sich vom Türrahmen ab und nahm Ciaráns vorherigen Platz ein, blieb vor ihr stehen und schob seine Fingerspitzen an ihrer Wange entlang unter ihr Haar. Sie zuckte unter der Berührung zusammen, als hätte ein elektrischer Stromstoß sie getroffen.

»Denk nicht darüber nach, ma chère.«

Das Kosewort verriet seine Herkunft, und der sinnliche Tonfall besaß einen leicht französischen Einschlag, der in New Orleans gesprochen wurde. Er nahm ihr den Umschlag, den sie krampfhaft umklammerte, aus den Händen. Sein strahlendes Lächeln entspannte ihre Finger, und er warf das Kuvert achtlos hinter sich auf den Tisch. Die hellen Bernsteinaugen wirkten, als hätte sich das Sonnenlicht darin gefangen und seine Lippen …

»Oh Gott!«

Die Worte wirkten wie ein letztes Aufbäumen, bevor er sie küsste, mit der Zunge regelrecht zu verschlingen drohte, und ihr ganzer Leib Feuer fing. Unter heißen Küssen entkleidete er sie mit geschickten Händen, hob sie hoch, trug sie hinüber ins Bad und ließ sie in die Wanne gleiten. Sein Blick streichelte ihren nackten, von heißem Wasser umspülten Körper, und seine Hände schienen überall zugleich zu sein, als er sie badete. Ihren Brüsten widmete er sich mit einer Hingabe, die sie laut keuchen ließ, und als seine Fingerspitzen unter Wasser zwischen ihre Schenkel tauchten, hielt sie die Luft an. Er sagte nichts, doch sie spürte selbst, dass sie bereit war, als ein Fingerpaar in sie eindrang. Seine Daumenkuppe umkreiste ihre pochende Klitoris, reizte ihr Verlangen bis zum Äußersten. Tyger nickte mit einem genüsslichen Ausdruck, als hätte er geahnt, wie kurz sie davorstand, sich ihm zu ergeben. Er hielt in seiner Bewegung inne.

Seine Mundwinkel zuckten empor und schenkten ihr ein lüsternes Lächeln.

»Noch nicht, ma chère.«

Sanft verließen seine Finger ihren Schoß, und Kaylin sah fasziniert zu, wie er daran leckte und genüsslich die Augen schloss, als wäre es das Köstlichste, was seine Zunge jemals berührt hatte. Tyger hielt ihr die Hand hin, um ihr beim Heraussteigen behilflich zu sein. Der Dampf stieg von ihrer Haut empor, und statt ihr eins der Badetücher zu reichen, zog er sie in seine Arme. Seine Hände umfassten ihre Pobacken, und durch den Stoff seiner Hose spürte sie seine Härte deutlich gegen ihren Schamhügel drücken. Die Kacheln unter ihren Füßen fühlten sich kalt an. Durch die offene Tür erhaschte sie einen Blick auf Ciarán. Er saß noch immer ungerührt in dem Sessel und sah interessiert zu. Plötzlich bekam die Stimmung eine neue Färbung für sie, und sein Blick wurde ihr überdeutlich bewusst. Ciarán würde nicht eingreifen, er wollte zusehen, beobachten, wie sie mit einem anderen Mann schlief. Sein Lächeln wirkte warm und zufrieden. Der Reiz, seinen Augen etwas zu bieten, das ihr letztes Date noch übertraf, kochte in ihren Adern.

Tygers Lippen wanderten über ihren Hals, saugten, küssten und rieben ihre erhitzte Haut. Ihr Herz hämmerte wild in ihrer Brust, und ohne den Blick von Ciarán abzuwenden, grub sie ihre Finger in Tygers Rastazöpfe und zog sein Gesicht ganz dicht an sich. Ihre Atmung beschleunigte sich, und ihr Körper rieb sich an der prallen Beule in seinem Schoß. Sie stoppte sein entzückendes Zungenspiel auf ihrer Haut und zog ihn am Haar, bis er sie ansah. Wortlos glitt sie an seinem durchtrainierten Körper in die Hocke, kniete sich vor ihn und öffnete seinen Reißverschluss.

Er war gut gebaut, die Haut seines Schaftes dunkler, und die Eichel besaß eine leichte Lilafärbung. Ein erster Lusttropfen bildete sich in der winzigen Öffnung. Mit einer Hand umschloss sie diesen herrlich geraden Schwanz mit den pulsierenden Adern auf der Oberfläche und massierte ihn. Stöhnend hielt Tyger sich an ihren schmalen Schultern fest. Sie musste ihn kosten, wollte wissen, wie er schmeckte. Ihre Zunge umkreiste sanft die Spitze, bevor sie ihre Lippen darüberschob. Sie lauschte seinem lustvollen Keuchen, als sie daran saugte und ihn immer tiefer in ihrer feuchten warmen Mundhöhle aufnahm.

Kaylin warf einen Seitenblick zu Ciarán hinüber und sah, dass er seine Hand über seinen Schoß streichen ließ. Es erregte ihn zuzusehen, wie sie Tygers Schwanz verwöhnte; die Beule in seiner Anzughose war deutlich sichtbar. Sie lutschte, leckte und saugte, spürte, wie der Schaft in ihrer Hand härter zu werden schien, und massierte ihn mit langsamen gleichmäßigen Strichen. Tyger vergrub seine Finger in ihrem Haar und bewegte seine Hüften ihren Lippen entgegen. Das Stöhnen aus seinem Mund hallte in dem gekachelten Raum wider.

Er beugte sich über sie, zwang sie, ihr Lippenbekenntnis zu stoppen, und rang nach Atem. Er ging vor ihr in die Knie, küsste sie und sah ihr tief in die Augen.

»Es tut mir leid, aber wenn ich dich hätte weitermachen lassen, wäre es vorbei gewesen, bevor es richtig begonnen hätte.«

Tyger war so unglaublich charmant und süß, sah sie fast reumütig an, als würde er es wirklich bedauern. Doch sie glaubte seinem Gesichtsausdruck nicht einen Moment lang. Sie lächelte, ließ ihre Hände die Brustmuskulatur nachzeichnen.

»Sag mir, wie du mich willst, ma chère.«

Statt zu antworten, stieß sie ihn zu Boden, sodass er auf dem Rücken lag. Kaylin kniete sich über ihn, griff nach seinem Schwanz, doch Tyger hielt sie auf.

»Non, ma chère. Wir haben Zeit.«

Für einen kurzen Moment war die Erregung in ihr zum Stillstand gekommen. Ihr Verstand war völlig abgeschaltet, und ihr Körper gierte nach ihm. Tyger nestelte ein Kondom aus seiner Hosentasche und riss die Verpackung mit den Zähnen auf. Es beschämte sie, dass er daran dachte und sie kurz davorgestanden hatte, Sex ohne Kondom mit einem Callboy zu haben. Tyger lächelte sanft.

»Sicher ist sicher, ma chère.«

Nachdem er sich die dünne Latexhülle übergezogen hatte, umschlang er ihre Taille, und als sein Schwanz langsam in sie eindrang, zerstreute er ihren kurzen düsteren Gedankengang. Ihr wurde schwindelig vor Verlangen. Pure Gier gemischt mit heißer Lust durchzuckte sie wie Blitze. Stöhnend nahm Kaylin ihn in sich auf, genoss die köstliche Dehnung in ihrem Geschlecht und warf den Kopf in den Nacken. Ihr Becken zog kleine Kreise auf seinem Schoß, und sein langer Schaft rührte in ihrem feuchten Fleisch, das ihn fest umschloss.

Tygers Hände umfassten ihre Brüste, kneteten und massierten sie. Seine Fingerkuppen zupften und zwickten ihre sensiblen erregten Brustknospen, bis sie spitze Schreie ausstieß. Ihre Augen fixierten abermals Ciarán in dem Sessel. Sein Gesicht war von Lust gezeichnet, und in seinen Augen loderte ein gieriges Feuer, das sie gefangen hielt. Kaylin steigerte das Tempo und ritt den schönen Callboy in einer Mischung aus Begierde und Sucht nach Erlösung.

Sie sah dabei zu, wie Ciarán seinen Schwanz befreite, die Faust darum schloss und sich selbst rieb. Die Lust konzentrierte sich in ihrem Unterleib, trieb sie dazu, den Gigolo noch härter zu reiten, und Ciaráns Anblick vögelte ihren Kopf. Sie beugte sich über Tyger, krallte ihre Nägel in seine Brust, hob und senkte sich in einem rasanten Ritt, pinnte ihren Schoß hart auf seinen pulsierenden Schwanz.

Der Höhepunkt begann in ihrem Kopf, explodierte in unzählige kleine Sternchen und zuckte durch ihren gesamten Körper bis hinunter in die Fußspitzen. Kaylin hörte sich nicht einmal mehr selbst schreien vor ekstatischer Entladung, so ohrenbetäubend laut rauschte das Blut in ihren Ohren. Halb besinnungslos lag sie schwer atmend auf Tygers Brust. Sie fühlte sich wie zersprungenes Porzellan, tausend kleine Einzelteile und doch ein Ganzes.

Langsam kehrte ihr Gehörsinn zurück, auch das Gefühl, und sie spürte, wie Tygers Schwanz in ihr weicher wurde. Sie lächelte benebelt, nahm nur am Rand zur Kenntnis, dass er wohl mit ihr gekommen war. Heiseres Stöhnen weckte ihre Aufmerksamkeit. Ciarán rieb sich noch immer. Seine Augen flatterten unter den geschlossenen Lidern, und er biss die Zähne fest zusammen. Knurrend kam er zum Höhepunkt, und sein Samen schoss in kurzen Abständen aus der Spitze seines Schwanzes.

Kaylin lächelte zufrieden, spürte die Wärme des Körpers unter ihr, dennoch zitterte sie vor Kälte. Ihre Haut war feucht vom Bad und ihrem Schweiß. Fürsorglich setzte Tyger sie neben sich auf den Boden, legte ihr ein Badetuch um die Schultern und hob sie dann auf seine Arme. Auf dem Bett deckte er sie zu. Als sie erneut ihre Augen schloss, wurde ihr Körper so schwer, dass sie vor Kraftlosigkeit und Müdigkeit in einen tiefen Schlaf fiel. Das Letzte, was sie wahrnahm, war Tygers Stimme, die zu Ciarán sprach.

»Ich glaube, sie hat genug!«

Die Antwort darauf hörte Kaylin nicht mehr.

11

Allein in einem zerwühlten Bett eines Hotels, dessen Namen sie nicht einmal kannte, aufzuwachen traf Kaylin wie ein Schlag. Das Laken eng um ihren Körper gewickelt, taumelte sie müde ins Bad, blieb stehen und schluckte. Die vergangene Nacht kam ihr wie ein Traum vor, von dem sie nicht genau wusste, ob er sich gut oder schlecht anfühlte. War das wirklich passiert? Hatte sie sich auf einen Callboy eingelassen? Hatte Ciarán als Zuschauer in dem Sessel gesessen? Beschämt betrachtete sie im Spiegel ihr eigenes Gesicht, und die ernüchternde Wahrheit traf sie tief im Innern. Wie hatte sie es bloß so weit kommen lassen? Kaylin fühlte sich schmutzig, und plötzlich hatte sie das Gefühl, nicht richtig atmen zu können.

Rasch zog sie sich an und verließ das Hotel, das sich eindeutig als Stundenpension entpuppte. Ihre Wangen glühten, als sie auf dem Flur an den jungen, knapp bekleideten Frauen mit ihren Freiern vorbeilief. Auf der Straße hatte sie das Gefühl, gar keine Luft mehr zu bekommen, und lehnte sich mit geschlossenen Augen gegen die Hauswand. Taras Worte hallten in ihrem Kopf nach. Das Leben zu genießen war eine Sache, kopflos, und ohne nachzudenken, gegen die innere Einstellung zu handeln, etwas völlig anderes. Übelkeit breitete sich in ihrem Magen aus. Ihre Freundin würde ihr verständnislos zu dieser verruchten Nacht gratulieren und jedes schmutzige Detail erfahren wollen.

Was Kaylin jetzt brauchte, war ein Freund, ein guter Freund, und vor allen Dingen ein vernünftiger Freund. Jemand, der ihr den Kopf waschen und ihren Verstand wieder geraderücken konnte. Ihre Hände zitterten, als sie das Handy aufklappte und Nevins Nummer anrief. Kaylin hinterließ eine vage Nachricht in der Hoffnung, er würde sie bald abhören und zu ihr kommen. Sie fühlte sich so elend wie seit der Nachricht über Erics Tod nicht mehr. Die Sonne knallte unbarmherzig heiß bereits am Morgen vom Himmel, doch ihr war innerlich kalt. Kaylin schleppte sich langsam nach Hause, hoffte, der Fußweg würde ihren Kopf klären. Zu Hause angekommen, warf sie die Kleider, die sie trug, in den Mülleimer und ging ins Bad.

Die lange heiße Dusche half nur bedingt gegen das innere Zittern. Sie wickelte sich in ihren dicken Bademantel und schrie erschrocken auf. Nevin stand mitten in ihrem Wohnzimmer, wirkte gehetzt und starrte sie fragend an.

»Du hast mein Klingeln nicht gehört, und ich dachte, es wäre etwas passiert. Bist du okay?«

Er packte seine Einbruchutensilien wieder in die Innentasche seiner Lederjacke.

»Bist du okay?«

Kaylin nickte steif. Seine Fürsorge rührte sie, und doch bereute sie es für den Bruchteil eines Augenblicks, ihn überhaupt angerufen zu haben.

»Ich bin so schnell hergekommen, wie ich konnte, Kay. Was ist passiert? Du hast am Telefon verstört geklungen.«

Mit einem Mal waren all die Worte aus ihrem Kopf gefegt. Sie sah diesen Mann vor sich nur an und wollte am liebsten weinen. Selbst in seinen Augen spiegelte sich seine Sorge um sie wider, und sie fühlte sich so unendlich schuldig. Nevin trat näher, doch Kaylin hob abwehrend ihre Hände. Er ließ sich davon nicht abhalten und zog sie fest an sich, umarmte sie, und alles, woran sie denken konnte, war sein vertrauter Duft. Bei ihm fühlte sie sich sicher, geborgen und verstanden.

Ihre Schultern bebten, und genau das, was sie vermeiden wollte, brach in einer Tränenflut aus ihr heraus. Sie erzählte ihm von dem Mann, der ihre Welt auf den Kopf gestellt hatte, von dem sie kaum etwas wusste und dem sie doch nicht widerstehen konnte. Kaylin erzählte Nevin von diesem Mann, von dem sie nicht einmal wusste, ob sie Gefühle für ihn hatte oder ob er nur in einem denkbar schwachen Moment in ihr Leben eingefallen war. Sie nannte keinen Namen, aber das war auch nicht wichtig, all die skurrilen Ereignisse, diese sexuelle Gier und ihr Unvermögen, Nein zu ihm zu sagen, sprudelten wie ein Wasserfall über ihre Lippen. Kaylin erzählte ihm unter Tränen alles, und Nevin hielt sie fest in seinen starken, beschützenden und sicheren Armen.

Nach einer Weile hob sie ihr Gesicht, sah ihn an und hoffte, etwas darin lesen zu können. Tief in sich spürte sie das Verlangen danach, Eifersucht in seinen Augen zu erkennen, Wut darüber, was sie getan hatte. Einen Vorwurf, weil sie ihm untreu war. Für den Bruchteil einer Sekunde sah sie nur Schmerz darin, dann wurde seine Mimik unergründlich. Es geschah nicht zum ersten Mal, dass Kaylin diese unsichtbare Mauer zwischen ihnen spürte, die Nevin zwischen ihnen gezogen hatte. Die Fingerspitzen auf ihre Lippen gelegt, erstickte er ihr Bedürfnis, sich erklären zu müssen. Welches Recht besaß sie, von ihm die Reaktion von Kränkung zu erwarten, wo sie doch nie mehr als Freunde füreinander gewesen waren? Nevin löste die Umarmung und setzte sich. Kaylin fühlte sich schwach und verletzlich, blieb stehen und suchte seinen Blick.

»Liebst du ihn?«

Die Frage stach mitten in ihr Herz, und als würde ein Messer von links nach rechts in der imaginären Wunde gedreht, schwankte sie.

»Ich weiß doch gar nichts über ihn.«

»Das war keine Antwort auf meine Frage, Kay. Es ist ganz simpel und einfach.«

Sie lachte kalt auf.

»Ich bin so durcheinander und verwirrt.«

»Es gibt nur zwei Möglichkeiten: Entweder du empfindest etwas für ihn oder eben nicht.«

»So einfach ist das nicht.«

»Hm.«

»Er ist …«

Selbst um ihn zu beschreiben, fehlten ihr die Worte. Nevins Schweigen, sein Warten auf eine direkte und konkrete Antwort, verletzten sie, und Kaylin wusste nicht, warum das so war.

»Ich weiß es nicht.«

Sie warf die Hände hilflos in die Luft.

»Ich weiß es einfach nicht.«

Abermals war ihr nach Weinen zumute, und sie vergrub das Gesicht in ihren Händen.

»Dann solltest du es schnellstens herausfinden, bevor er dich ernsthaft verletzt.«

Warum klang Nevin so kalt? Er wirkte distanziert, dabei brauchte sie ihn jetzt, ihn und seine Wärme, seine Nähe! Im nächsten Moment wurde ihr klar, wie egoistisch sie sich aufführte. Kaylin schluckte hörbar und schniefte. Sie betrachtete die silbernen Ringe an seinen Fingern, als er sich erhob.

»Ich muss gehen, Kay. Bist du wieder okay?«

Gerade zog er das imaginäre Messer aus ihrer Brust, und sie blutete bildlich vor sich hin. Wie ferngesteuert nickte sie, sah zu, wie er zur Tür ging. Er lächelte auf eine seltsame Art.

»Du solltest dich zusammenreißen und dafür sorgen, dass er mit dir redet und deine Fragen beantwortet.«

Wieder nickte sie stumm, war dankbar, dass er zum Schluss

doch noch der vernünftige Freund war, den sie gebraucht hatte. Aber warum fühlte sie sich dann immer noch so schlecht?

»Kannst du nicht bleiben, wenigstens noch ein bisschen?«

»Ich muss los.«

Nevin schloss die Tür hinter sich und atmete tief durch. Seine Kiefermuskeln arbeiteten, und eiligen Schrittes verließ er das Apartmentgebäude. Für eine Weile saß er mit geschlossenen Augen wie erstarrt hinter dem Steuer seines Wagens. Als würde plötzlich ein Vulkan aus ihm herausbrechen, prügelte er mit den Fäusten wütend auf sein Lenkrad ein. Doch es half nicht gegen den inneren Schmerz. Die Eifersucht kochte in seinen Adern und trieb ihn zur Verzweiflung. Doch mit welchem Recht? Sie waren verdammt noch mal nur Freunde! Sie konnte tun, was sie wollte und mit wem. Zum ersten Mal seit Jahren war es ihm schwergefallen, wirklich der Freund zu sein, den sie in ihm sah. Als Kaylin den anderen Mann erwähnt hatte, wollte er ihr eine Ohrfeige verpassen, und je mehr sie über ihn redete, weinte und schluchzte, desto mehr wuchs das Verlangen in ihm, den Mann zu finden und ihm die Fresse zu polieren.

Wie eine Tonbandschleife wiederholten sich ihre Erzählungen in seinem Hirn. Mit beiden Händen strich er sich durch sein Haar. Es hätte ihm klar sein müssen, dass eine Frau wie sie nicht lange allein bleiben würde. Nevin lehnte seinen Kopf zurück, schloss die Augen und atmete mehrmals tief ein und aus, hoffte, es würde gegen diesen inneren Schmerz helfen.

Er fuhr erschrocken zusammen, als jemand mit heftigen Schlägen auf das Dach seines Wagens klopfte. Ein Hüne mit kleiner Zahnlücke zwischen seinen Schneidezähnen grinste ihn durch das offene Beifahrerfenster an.

»Hey, Logan, was zur Hölle machst du denn hier? Ich dachte, du wärst bei dem Deal heute dabei?«

Nevins Gesichtsausdruck wurde erneut undurchdringlich, wirkte hart, und er nickte dem Mann zu, der ihn mit seinem Decknamen angesprochen hatte.

»Hier in der Gegend wohnt ein alter Bekannter von mir, der mir noch einen Gefallen schuldete.«

»Einen Gefallen, hu?«

Nevin deutete mit dem Daumen auf den Rücksitz und lächelte. In der Sporttasche lagen Waffen.

»Ah, so ein Gefallen. Nettes Spielzeug. Der Boss wird erfreut sein. Ich fahr mit dir, danach lad ich dich in den heißesten Puff von Miami ein. Dolly kann Sachen mit ihrer Zunge, da wirst du blass.«

Nachdem sich der Schlägertyp in den Beifahrersitz hatte sinken lassen, lachte er dreckig und klopfte Nevin auf die Schulter.

»Logan, mein Freund, du siehst aus, als hättest du einen ordentlichen Fick dringend nötig.«

»Wenn du das sagst.«

Nevin wandte sein Gesicht von dem Hünen ab und fuhr los. Er hätte gar nicht hier sein dürfen. Das war verdammt knapp gewesen.

Am Samstag war der Nachtclub noch besser besucht als in der Nacht davor, und ohne Tyger und Ciarán an der Bar als Hilfe hatte Kaylin selbst zum Durchatmen kaum Zeit, geschweige denn zum Grübeln.

Gegen eins tauchte der mysteriöse Mann dann aber plötzlich an der Theke auf und lächelte, als wäre nie etwas passiert. Ärger stieg in ihr auf, und sie ignorierte Ciarán. Es war überraschend, dass sie diesmal gegen ihn standhielt, obwohl er nicht locker ließ, ihre Aufmerksamkeit zu erlangen. Es half ganz gut, sich immer wieder den Morgen ins Gedächtnis zu rufen, als sie mit einem miesen Gefühl und ganz allein in diesem maroden Stundenhotel erwacht war. Ihr war durchaus bewusst, dass es ihre eigene Entscheidung gewesen war, die sie dort hatte landen lassen, doch es tat gut, ihm die Schuld daran zu geben. Seine Nähe wirkte noch immer anziehend auf sie, und wenn Kaylin gerade zu abgelenkt war, um ihren Ärger auf ihn schüren zu können, wollte sie in seine Arme sinken.

Als Kaylin mit einem Tuch über die Theke wischte, griff Ciarán nach ihrer Hand und sah sie ernst an. Scheinbar wirkte ihre Ignoranz, was ihn zu verwirren schien. Die Lautstärke jedoch unterband, dass sie auch nur ein Wort von dem verstand, was er fragte. Sie konnte sich schon denken, was es war, doch sie tat unwissend und zuckte mit den Schultern. Als sie ihm mit wütendem Blick ihre Hand entzog, hoben sich seine hübsch geschwungenen Augenbrauen.

Kaum hatte Kaylin die Drinks für einen Gast gemixt, war Ciarán verschwunden, und sie suchte die Menge nach ihm ab, ohne ihn zu finden. Warum machte sie das nur so nervös? Warum grübelte sie jetzt darüber nach, was er dachte? Kaylin fluchte leise über sich selbst. Plötzlich drehten sich ihre Gedanken nur noch um ihn, und sie wurde unkonzentriert. Mehrmals musste sie sich bei den Gästen für falsche Drinks entschuldigen und fühlte sich überfordert. Seine Reaktion hatte eine seltsam beeindruckende Wirkung auf sie.

War er beleidigt? Vielleicht sogar gekränkt? War sie zu hart? Hatte sie ihn zu giftig angesehen? Die Nacht wurde zu einem einzigen Desaster. Die Gäste, die bei ihr Drinks bestellten, waren unzufrieden, und sie fühlte sich mies. Erleichtert darüber, als die letzten Gäste den Club verließen, sank sie auf einem der Barhocker zusammen und stöhnte. Jenny lächelte auf ihre unvergleichlich sonnige Art und streichelte ihren Rücken.

»Ach komm schon, Kay, jeder hat mal 'nen schlechten Tag. Das kommt vor. Geh nach Hause, schlaf etwas, und morgen ist ein neuer Tag.«

»Hoffentlich hast du recht.«

»Jeder Tag ist ein neuer Anfang, Kay.«

Selbst Jennys Fröhlichkeit ging ihr heute auf die Nerven, dennoch lächelte sie tapfer und winkte ihr zum Abschied. Als sie die Clubtür hinter sich schloss, sank Kaylins Stirn wieder auf die Theke. Leise knirschten Schritte hinter ihr.

»Wir haben schon geschlossen.«

»Das ist mir durchaus bewusst.«

Kaylin hatte nicht damit gerechnet, dass Ciarán noch hiergeblieben war. Langsam drehte sie sich auf dem Hocker zu ihm um.

»Du hast wunderschöne Augen.«

Als sie etwas erwidern wollte, fiel er ihr ins Wort.

»Sag mir nicht, dass es der Stress heute war. Aber deine schönen Augen können sehr wütend aussehen. Was ist das Problem?«

»Was das Problem ist?«

Jetzt war sie wirklich wütend.

»Du fragst mich allen Ernstes, was das Problem ist?«

Er kam näher, doch sie hob abwehrend eine Handfläche.

»Bleib da stehen.«

Sie wollte diese Distanz, denn es war schon schwer genug für sie, in einem Raum mit ihm allein zu sein und gleichzeitig wütend sein zu wollen, wo sie ihn doch so begehrte.

»Das Problem ist, dass ich heute Morgen allein in einem schäbigen Stundenhotel nackt im Bett aufgewacht bin. Das verdammte Problem ist, dass ich, verdammte Scheiße, gar nichts über dich weiß. Du erscheinst in meinem Leben, vögelst mich auf eine Art und Weise, dass es schon überirdisch ist. Bringst mich dazu, Dinge zu tun, die mich sogar selbst schockieren, und ich weiß nicht, wer du bist. Du bist wie eine Droge und ich eine Süchtige, die einfach nicht von dir lassen kann, und das macht mir eine Scheißangst.«

Sie wurde immer lauter, doch es war ihr egal.

»Mein Leben steht schon genügend auf dem Kopf, auch ohne dich. Du redest nicht mit mir, du vögelst mich nur, und in deiner Nähe werde ich einfach so …«

»Gierig?«

»Du hast Sendepause und hörst mir zu.«

Ciarán nickte, und sein Gesicht wirkte amüsiert. Kaylin fühlte sich so missverstanden und nicht ernst genommen, dass sie ihn am liebsten geschlagen hätte. Kopfschüttelnd drehte sie ihm den Rücken zu.

»Warum gehst du nicht einfach? Es ist sinnlos, dir etwas erklären oder mich dir mitteilen zu wollen. Es war dumm zu glauben, dass es dich interessiert.«

Die Enttäuschung nagte an ihr, und die Stille lag bleischwer auf dem Raum. Viel heftiger jedoch war die Erkenntnis: Mit Nevin wäre ihr das nie passiert. Er hätte sie niemals in eine solche Situation gebracht, sie niemals allein gelassen und sie ihrem kalten Absturz überlassen. Nevin war anders, weil er sie kannte.

»Du hast recht.«

Überrascht drehte Kaylin sich wieder zu Ciarán um.

»Ja, ich bin ein Vollidiot.«

Ihre Augen weiteten sich, denn seine Stimme klang ehrlich.

»Ich wollte, dass du mich begehrst und mich willst. Ich wollte dich auf eine Weise kennenlernen, wie dich noch nie ein Mann kennengelernt hat. Ich wollte wissen, wer du wirklich bist, welche Begierden in dir schlummern, welche Sehnsüchte dich heimsuchen. Kay, ich bin in meinem Leben oft betrogen worden, weil ich blind glaubte, ich sei genug, um die Frau an meiner Seite glücklich zu machen. Doch ich musste erkennen, dass es dumm von mir gewesen ist zu glauben, dass eine Frau offen und direkt über ihre Leidenschaften spricht, wenn sie liebt.«

Sprachlos hörte sie ihm zu. Ciarán rieb sich das Kinn und seufzte.

»Ich wollte es einfach diesmal besser machen. Die Dinge von vornherein klären, bevor ich mich in dir verliere. Ich war wirklich ein Vollidiot. Es war falsch, dich mit den Frauen in meinem Leben zu vergleichen. Es tut mir leid.«

Seine Worte tropften in ihren Verstand und sickerten in ihr Herz.

»Du hättest mit mir reden müssen.«

»Das weiß ich jetzt. Ich habe alles falsch gemacht, aber ich hoffe, ich kann es wiedergutmachen.«

Seine Stimme senkte sich zu einem Flüstern, süß und zäh wie Honig, und sofort fühlte sie sich wieder magisch von ihm angezogen. Er wirkte so offen und verletzlich, als hätte er all seine Barrieren nur für sie fallen lassen. Als Kaylin ihre Arme um seinen Nacken legte, ihn zärtlich küsste und lächelte, seufzte er wie erleichtert auf.

»Ich dachte schon, ich hätte dich jetzt verloren.«

Sie lud ihn zu einem Bier ein, und er setzte sich mit ihr an die Theke.

»Bist du eigentlich Schotte?«

Er lachte leise auf und nahm einen Schluck aus der Flasche.

»Mein Vater bestand darauf, dass er Engländer sei, und weigerte sich aus unerfindlichen Gründen einzusehen, dass er von schottischen Vorfahren abstammte. Ich denke, das hat wohl mit meiner irischen Mutter zu tun.«

»Ahhh, jetzt verstehe ich. Ciarán ist ein irischer Name. Tara war trotzdem felsenfest davon überzeugt, dass du Schotte sein musst, wegen des Nachnamens.«

»Du redest mit deiner Köchin über mich?«

»Sie ist meine beste Freundin.«

»Okay, dann werde ich es durchgehen lassen. Erzähl mir ein wenig über deine Herkunft ...«

Als Ciarán sie in dieser Nacht nach Hause begleitete, hatte sie das Gefühl, Stunden mit ihm gesprochen zu haben. Dieses Mal verabschiedete er sich lächelnd mit einem sanften Kuss. Als sie zu Bett ging, lachte sie. Eigentlich hatte sie mehr über sich und ihre Familie geredet als er über sich. Kaylin bemerkte erst jetzt im Nachhinein, wie geschickt er das Gespräch auf sie gelenkt hatte. Es war einfach seltsam mit diesem Mann. Wenn er mit ihr zusammen war, war nichts anderes von Bedeutung, und eigentlich müsste ihr das Angst einflößen, doch warum tat es das nicht? Was war nur los mit ihr?

12

Gedankenverloren spielte sie mit einer ihrer Haarsträhnen. Seit geschlagenen zwei Stunden versuchte Kaylin krampfhaft, bei der Masse an Zahlen und Buchungskonten durchzublicken. Es hatte schon seinen guten Grund gehabt, warum sie sich mehr für die Organisation der Bar und des Clubs interessierte. Zahlen waren nicht ihr Wohlfühlgebiet. Eric war das Mathegenie gewesen. Seufzend lehnte Kaylin sich mit dem Rücken zurück in den Bürosessel. Jemand riss sie durch ein leises Klopfen aus den Gedanken.

»Ja?«

Stirnrunzelnd sah sie, wie Lexy, eine hübsche Erdbeerblondine mit Piercings in Nase und Unterlippe, eintrat. Lexy arbeitete nur als Aushilfe an den Wochenenden im Club, daher wunderte Kaylin sich, was sie an einem Montagmorgen so früh hier suchte.

»Kay, ich muss mit dir reden, aber ich weiß nicht so recht, wie ich anfangen soll.«

Sie setzte sich auf den Besucherstuhl und sah ihr direkt und offen ins Gesicht.

»Vorn anzufangen ist immer sinnvoll. Was ist los?«

»Du hast gesagt, dieser Tyger ist ein Freund von deinem Liebhaber.«

»Ciarán ist nicht mein … vergiss es, ist nicht so wichtig. Er ist ein Freund von Ciarán, ja.«

Lexy redete um den heißen Brei, und all die Papiere auf ihrem

Schreibtisch machten Kaylin nervös, doch sie zwang sich, geduldig zu bleiben.

»Lexy, was ist mit ihm?«

»Na ja, er hat sich irgendwie komisch verhalten.«

Hitze stieg ihr umgehend ins Gesicht, und Kaylin hoffte, dass es ihrer Aushilfe nicht auffiel. Natürlich hatte Tyger sich seltsam aufgeführt, er war schließlich ein Gigolo, ein Callboy. Wieder drifteten ihre Gedanken in einem kurzen Flashback zu der Nacht in dem Stundenhotel.

»Ich bin einfach nicht sicher, aber ich hatte das Gefühl, dass er …«

Lexy seufzte hilflos, und Kaylin verlor die Geduld.

»Oh bitte, jetzt spann mich nicht auf die Folter. Ich habe alle Hände voll zu tun, und diese Rumdruckserei macht deine Nachricht wahrscheinlich auch nicht besser. Also bitte, sag mir, was du gesehen oder gehört oder … sag einfach, was los ist.«

Kaylin sah der jungen Frau an, dass sie sich jetzt erst recht nicht traute, mit der Sprache rauszurücken, nachdem sie sich im Tonfall vergriffen hatte.

»Lexy, wie lange arbeitest du schon für den *Tristans Nightclub*? Zwei Jahre?«

Lexy nickte und wich ihrem Blick aus.

»Ich habe gesehen, wie dieser Typ Drogen im *Tristans* verkauft hat.«

Wie vom Donner gerührt starrte Kaylin ihre Aushilfe an und blinzelte.

»Drogen? Eben warst du dir noch nicht ganz sicher.«

»Bin ich mir auch nicht. Aber irgendwas hat er mit einigen unserer Gäste getuschelt und … Kay, ich komme aus Queens, und ich weiß, wie ein normales Händeschütteln zur Begrüßung aussieht. Das hier wirkte eher wie ein Austausch, wenn du weißt, was ich meine?«

Kaylin wusste es nicht und blickte Lexy fragend an.

»Kohle gegen Tütchen. Da, wo ich herkomme, ist das auf offener Straße eine typische Geste. Außerdem hat Jen Pulverrückstände auf dem Herrenklo gefunden, und das war garantiert kein Puderzucker.«

»Drogen?«

Kaylin keuchte.

»Vielleicht hat er Visitenkarten verteilt? Ich meine, er ist in einem Dienstleistungsgewerbe und wer weiß … ich meine … Shit! Es ist nicht so, dass ich dir nicht glauben will, Lexy, aber du hast zu Beginn selbst gesagt, du bist dir nicht sicher.«

»Stimmt, vielleicht hab ich auch was falsch interpretiert.«

»Nein, ich bin froh, dass du zu mir gekommen bist. Ich kümmer mich darum.«

Lexy wirkte nicht zufrieden. Eric und Kaylin waren immer stolz darauf gewesen, dass es in ihrem Nachtclub nie zu Drogenvorfällen gekommen war. Natürlich konnte man bei der Menge an Gästen nie gänzlich ausschließen, dass Drogenkonsum in einem Club vorkam, aber die Securitymänner am Eingang schienen ein gutes Näschen für Dealer zu haben, die versuchten, im *Tristans Nightclub* verbotene Substanzen zu verticken.

Die Aushilfe verabschiedete sich und ging wieder. War Tyger wirklich ein Freund von Ciarán? Er hatte ihn in der Pension einen speziellen Freund genannt. Kaylin weigerte sich strikt zu glauben, dass der Mann, der sich ihr gegenüber endlich zu öffnen begann und mit dem sie eine heiße Sexaffäre hatte, mit Dealern zu tun haben sollte. Sie würde mit Ciarán darüber sprechen, sobald sie die Monatsabrechnungen hinter sich gebracht hatte.

Wieder klopfte es, sodass sie erneut aus der Konzentration gerissen wurde. Doch Kaylins Gesicht erhellte sich, als sie Lenny vor sich stehen sah. Noch immer erkannte man die Spuren der

Prügel, die er von dem miesen Schlägertypen kassiert hatte, aber sein Lächeln war wieder vorhanden und leuchtete in seinen Augen.

»Lenny!«

Sie stand auf und zog ihn fest in ihre Arme.

»Hey, Chefin. Ich bin wieder fit und bereit für allerhand Schandtaten. Oh, sieht ungemütlich aus.«

Er betrachtete die chaotischen Papiertürme auf ihrem Schreibtisch und schüttelte den Kopf. Kaylin zuckte verzweifelt mit den Schultern.

»Ich hasse Buchhaltung.«

»Und es ist mein Hauptberuf.«

Lenny war gelernter Steuerberater, und für einen Moment blitzte eine Idee in Kaylins Gedanken auf, die sie jedoch gleich wieder beiseiteschob. Er war gerade erst aus dem Krankenhaus entlassen worden und mitten in einer beruflichen Umorientierungsphase. Der fünfunddreißigjährige Schotte hatte sich tatsächlich noch einmal an einer Uni eingeschrieben, um Jurist zu werden. Als sie ihn kennenlernte, hielt sie seine Idee für verrückt und für den Auswuchs einer herrschaftlichen Midlife-Crisis, aber Lenny meinte es ernst.

»Soll ich mal einen Blick drauf werfen?«

Sie sollte ihn heimschicken, damit er sich erholte. Eigentlich sollte sie sich selbst um diese Dinge kümmern, schließlich gehörte das seit Erics Tod zu ihren Aufgaben als Inhaberin. Aber sie konnte dieses Angebot nicht ausschlagen.

»Würdest du das für mich tun?«

»Eine meiner leichtesten Übungen.«

Lenny schob sie beiseite, nahm auf dem Sessel Platz und raufte sich das halblange Haar, denn das Papierchaos, das Kaylin verursacht hatte, schien seinen Ordnungssinn völlig zu stören.

»So könnte ich auch nicht arbeiten.«

Er lachte und wedelte mit seinen Händen als Zeichen, dass sie ihn allein lassen sollte.

»Geh, Weib, stör mich nicht weiter.«

Kaylin setzte zu einer Erwiderung an, doch den frechen Schottenwitz behielt sie lieber für sich, denn Lenny sah sie an, als würde er augenblicklich das Büro verlassen, wenn sie jetzt etwas Unüberlegtes von sich geben würde. Grinsend schloss sie leise die Bürotür hinter sich und betrat den Gastraum der Bar. Mel kam abgehetzt und bleich wie eine Wand durch die Tür.

»Tut mir leid, ich bin zu spät, aber der verdammte Bus ist stehen geblieben, und ich musste den Rest des Weges zu Fuß gehen.«

»Mel, wir müssen reden.«

Die Kellnerin blies ihre Wangen auf und hob resignierend die Hände.

»Ich weiß, ich hätte früher aufstehen müssen, aber mir war einfach nicht gut.«

»Mel! Setz dich!«

Kaylin schob ihr einen Stuhl zu und überkreuzte die Arme vor ihrem Körper. Wie ein Schaf, das zur Schlachtbank lief, setzte Mel sich auf den Stuhl und senkte ihren Kopf.

»Es tut mir wirklich leid.«

»Dir ist in letzter Zeit öfter nicht gut.«

Ruckartig hob sie ihren Kopf und starrte Kaylin erschrocken an, die sich jedoch nicht unterbrechen ließ.

»Du bist oft krank, siehst müde aus und bist ständig blass um die Nase.«

»Wenn du mich jetzt rausschmeißt, kann ich meine Miete nicht mehr bezahlen, Kaylin! Ich weiß, seit Erics Tod brauchst du Leute, auf die du zählen kannst, und ich werde mich bemühen, versprochen. Aber bitte, ich brauche diesen Job.«

Kaylin rollte schmunzelnd mit den Augen und ignorierte Mels Einwand komplett.

»Kann es sein, dass du schwanger bist?«

Ein Blick in das fassungslose Gesicht reichte ihr aus, um die Frage zu beantworten. Seufzend hockte sie sich vor die Kellnerin und schüttelte den Kopf.

»Warum sagst du mir nichts?«

»Du hast schon genug um die Ohren. Fuck, was soll ich machen? Ich kann es mir nicht leisten, das hier zu verlieren. Nachdem ich Donny von der Schwangerschaft erzählt habe, hat der Arsch sich aus dem Staub gemacht, und jetzt sitze ich da. Im dritten Monat, in einer winzigen Wohnung, und ich hab keinen Plan, was ich machen soll. Ich weiß, in ein paar Monaten sehe ich aus wie ein rollendes Whiskeyfass, und ob ich dann noch arbeiten kann … Kaylin, ich brauche diesen Job. Ich kann verstehen, wenn du jetzt mit dem Gedanken spielst …«

»Hey, warte … wer hat gesagt, dass ich dich feuern würde, nur weil du rund wirst? Komm schon, Mel, das ist doch wirklich bescheuert. Du solltest dich über das hier freuen.«

Sie strich ihr sanft über den kleinen Bauchansatz, der sich bereits unter Mels weitem T-Shirt wölbte.

»Und wir werden schon irgendwie klarkommen. Du gehörst doch zur Familie. Wie kommst du bloß auf solche Gedanken? Du hättest sagen sollen, was los ist.«

»Tu ich doch gerade.«

Kaylin lächelte abermals.

»Kannst du eigentlich kochen?«

»So viel, wie ich den letzten Wochen gefuttert habe? Machst du Witze? Ich war selbst erstaunt, was alles aus Mutters Rezepten bei mir hängen geblieben ist.«

»Gut, dann wirst du Tara ab heute anstelle von Lenny in der Küche helfen.«

»Und du darfst bei mir naschen, so viel du willst.«

Tara stand grinsend hinter Kaylin und nickte. Sie hatte die Unterredung verfolgt und strahlte über das ganze Gesicht.

»Ich liebe Babys, Babys riechen toll. Die sind so knuddelig und niedlich. Und wenn das Küken erst mal geschlüpft ist, wird es halt hier im *Tristans* groß.«

War das wirklich ihre beste Freundin, die gerade in entzückter Hochstimmung von Kindern redete? Kaylin war nicht die Einzige, die sie überrascht anstarrte, auch Mel schien nach Worten zu suchen.

»Was denn? Hab ich Sabber am Kinn hängen? Sorry, wenn ich das Wort ›Baby‹ höre, bekomm ich einfach einen Aussetzer. Los, komm in des Teufels Küche, Mel, du bist herzlich eingeladen.«

Mel erhob sich sprachlos und folgte Tara hinter die Theke und in den Flur.

»Regeln dürfen gebrochen werden, du weißt ja, Ausnahmen bestätigen die Regel. In meiner Küche herrschen Gesetze! Brich sie, und du wirst dir wünschen, niemals mein Reich betreten zu haben.«

Das Wort *Hilfe* formte sich tonlos auf Mels Lippen, als sie einen Blick zurück zu Kaylin warf, doch sie zwinkerte amüsiert.

So bescheiden, wie dieser Montag begonnen hatte, so reibungslos lief das Tagesgeschäft in der Bar. Die Gäste lobten Taras Essen, die üblichen Stammkunden genossen nach Feierabend ihr Bier an der Theke, und die Band begeisterte jeden. Das Leben konnte manchmal auch nett zu einem sein. Allerdings geisterte immer noch diese Unterredung mit Lexy in Kaylins Hinterkopf umher; sie musste unbedingt mit Ciarán sprechen. Der tauchte jedoch erst auf, als sie die Bar abschloss und als Letzte verließ.

»Hey, Schönheit.«

»Hey, Fremder!«

Er küsste nur ihre Wange, was sie etwas verwirrte, und überreichte ihr mit einem zärtlichen Lächeln eine einzelne rote Rose.

»Wie war dein Tag?«

»Ereignisreich! Und deiner?«

»Erfolgreich! Ich möchte feiern gehen.«

Eigentlich war sie viel zu müde, aber er wirkte so anders seit ihrem Gespräch im Club, und irgendwie genoss sie es. Kaylin seufzte.

»Okay, und was feiern wir?«

»Den erfolgreichen Abschluss eines guten Geschäfts, das mir eine Menge Geld einbringen wird.«

Sie betrachtete sein hübsches Profil, als sie neben ihm in seinem Wagen saß und er losfuhr.

»Was genau machst du eigentlich beruflich?«

»Ich bin die rechte Hand meines Chefs. Aber der gute Mann hat vor, sich bald zur Ruhe zu setzen und erwägt, mich zu seinem Nachfolger zu ernennen. Der Deal heute hat mich einen Schritt näher Richtung Chefsessel befördert.«

»Und was ist das für ein Geschäft?«

»Wir verkaufen das, was die Menschen wollen.«

»Du bist also im Im- und Export tätig?«

»Hm, du bist nicht nur wahnsinnig hinreißend, du bist auch verdammt clever. Du hast den Nagel auf den Kopf getroffen.«

Ciarán wirkte so unglaublich anziehend und sexy in seiner Hochstimmung, dass sie sich dabei ertappte, darüber nachzudenken, ihn in diesem roten Flitzer ohne Verdeck auf einem Parkplatz nach Strich und Faden zu vernaschen. Natürlich war ihr nicht entgangen, dass er nur flüchtig ihre Fragen beantwortet hatte, doch sie wollte nicht ins Detail gehen, wollte seine gute Laune nicht zerstören. Sein Lächeln steigerte ihr Verlangen, als er nicht viel später auf dem Parkplatz des Piers anhielt, ausstieg und sie mit einer Flasche Champagner aus dem Porsche lockte. Der Mond ließ den Strand wie weißen Puderzucker wirken. Kaylin zog ihre Sandalen von den Füßen und grub ihre Zehen in den weichen Sand. Eine warme Brise wehte vom Meer über sie hinweg. Das Rauschen der Wellen summte in ihrem Innern wieder.

»Komm her, setz dich neben mich.«

Mit den Gesichtern zum Wasser gerichtet, saßen sie schweigend eine Weile nebeneinander, ohne sich zu berühren, und ohne dass einer von ihnen die Stille brach. Mit einem Plopp öffnete Ciarán die Flasche und trank einen großen Schluck. Er bot ihr an, das Gleiche zu tun, und sie lachte.

»Ist das deine Art, einen guten Geschäftsabschluss zu feiern?«

Sie hatte mit Party, lauter Musik und jeder Menge Alkohol gerechnet, als er gesagt hatte, er wolle mit ihr feiern. Ciarán schloss die Augen, antwortete nicht sofort, und ein amüsiertes Schmunzeln umschmeichelte seine schönen Lippen.

»Ich liebe solche Momente, das hier beweist mir wieder aufs Neue, dass es immer etwas Größeres gibt. Hier fühle ich mich so frei wie nirgendwo anders. Grenzenlos. Verstehst du, was ich meine?«

Fasziniert nickte sie und betrachtete ihn. In Kaylin stieg der Wunsch empor, ihn zu küssen, ihn in den Sand zu drücken und hemmungslos zu lieben. Der Moment verging, als er sich plötzlich erhob und sein Hemd auszog.

»Lass uns schwimmen gehen.«

»Jetzt?«

»Ja, jetzt … Komm schon!«

Mit der Euphorie eines Kindes stieg er hastig aus seiner Kleidung und rannte nackt in die Wellen. Kaylin hielt den Atem an, sah ihm nach, beobachtete, wie seine unbedeckte Haut vom

Wasser umspült wurde und er dann unter der Oberfläche verschwand. Ciarán schwamm weit ins Meer hinaus, und sie hatte Schwierigkeiten, ihn vom Strand aus im Auge zu behalten, selbst als sie aufstand und selbst zum Wasser ging. So kalt, wie sie vermutete, war das Meer nicht, dennoch gab sie dem Impuls nicht nach, ihm nachzueifern.

Ihr Herz schlug einen Takt schneller, als Ciarán schließlich wie Neptun aus den Fluten stieg. Das Wasser perlte von seiner gebräunten Haut, und sie war kaum in der Lage, ihn nicht bewundernd anzusehen. Mit selbstsicherem Lächeln blieb er nackt vor ihr stehen und genoss sichtlich ihre Blicke. Kaylin wollte seinen Körper berühren, den Wasserperlen folgen, wohin sie auch rollten. Sie wollte mit der Zunge das salzige Nass von seiner Haut lecken und ihn mit ihrem Körper trocknen. Gott steh ihr bei, dieser Mann war einfach unwiderstehlich schön. Er griff nach ihrem Kopf, zog ihn zu sich und küsste sie. Darauf bedacht, ihr Kleid nicht zu durchnässen, behielt er die Distanz bei, die sie versuchte zu überbrücken, während sie sich von seiner Zunge verführen ließ. Seufzend schwankte sie, als er sie losließ. Er ging an ihr vorbei, zog sich die Hose wieder an und trocknete sich dürftig mit dem Hemd den Oberkörper.

»Das war verdammt gut.«

Ciarán griff nach der Flasche, die im Sand steckte, und nahm einen großen Schluck daraus. Sein Blick schwenkte in die Ferne, und wieder senkte sich die Stille über sie. Kaylin näherte sich ihm, blieb neben ihm stehen, und er legte seinen Arm um ihre Schultern. Seine nackte Brust war kühl, aber nicht kalt, und sie ließ ihre Finger darüberstreichen. Als Kaylin sich mit den Lippen nähern wollte, um seine rechte Brust zu küssen, entzog sich Ciarán ihr.

»Ich muss morgen sehr früh raus. Ich fahr dich besser nach Hause.«

Ein Fluch lag ihr auf der Zunge. Fassungslos starrte sie ihm nach, als Ciarán zurück zum Auto ging. Wie konnte er so unnahbar sein, wo sie doch wie auf einem brodelnden Vulkan saß? Jeglicher Einwand blieb ihr in der Kehle stecken. Zuvor hatte er sie bis zur körperlichen Erschöpfung, sogar darüber hinaus, wild und hemmungslos geliebt, und jetzt berührte er sie kaum mehr. Konnte er nicht sehen, wie sehr sie ihn wollte? Schweigend stieg sie in den Porsche und krampfte ihre Finger in den Stoff ihres Kleides. Der Verabschiedungskuss vor ihrer Haustür entflammte sie noch mehr, machte sie noch willenloser, doch obwohl sie ihren Körper an ihn presste, ging er einfach nicht darauf ein.

»Schlaf gut, Kaylin.«

Sie wollte ihn verfluchen, wollte ihm hinterherschreien, was für ein verdammter Ignorant und Idiot er doch war. Hier stand eine willige, lüsterne Frau, die ihn begehrte und von der er alles hätte verlangen können, und er ging einfach! Ciarán stieg in seinen Porsche und fuhr davon. Selbst die zum Abschied erhobene Hand wirkte wie eine Demütigung auf sie. Was war denn plötzlich mit ihm passiert? Leise vor sich hinmurmelnd, stieg sie in den Lift, fuhr zu ihrer Etage empor und kramte im Flur nach ihrem Wohnungsschlüssel. Kaylin konnte kaum glauben, wie Ciarán sich ihr gegenüber verhalten hatte. War das die Retourkutsche für den vorangegangenen Abend gewesen? War er vielleicht doch sauer auf sie, weil sie ihn ignoriert hatte? Kaylin verstand die Welt nicht mehr.

Sie öffnete die Tür, schaltete das Licht in ihrer Wohnung ein und blieb wie erstarrt stehen. Sofort verflogen sämtliche Gedanken an Ciarán, als sie Nevin im Gang neben ihrer Wohnungstür an die Wand gelehnt sitzen sah. Er wirkte geistesabwesend, seltsam still und erschreckend blass.

»Nevin?«

Sein Kopf sank zurück, und er sah sie nicht an.

»Ich habe heute miterleben müssen, wie ein achtzehnjähriger Junge vor meinen Augen gestorben ist.«

Die Emotionslosigkeit in seiner Stimme machte ihr Angst.

»Ich habe ihn gekannt, mehrfach eingebuchtet, und heute ist er gestorben.«

Kaylins Herz krampfte sich zusammen, denn die Kälte seiner Worte kroch unter ihre Haut. Schockiert stand sie da und ließ hilflos ihre Hände sinken. Mit einem eiskalten Lächeln auf den Lippen blickte er zu ihr empor.

»Ich kannte ihn, seit er dreizehn war. Und es hat mich nicht berührt.«

Verzweifelt schloss er die Augen, und seine zitternden Finger glitten durch sein Haar.

»Es hat mich einfach nicht berührt.«

Kopfschüttelnd zog Kaylin ihn auf die Füße, nahm ihn mit in ihre Wohnung und schloss die Tür.

13

»Ich sollte gehen, eigentlich dürfte ich nicht einmal hier sein.«

Kaylin hielt ihn zurück, als er sich umwandte, um zu gehen.

»Nein, bleib.«

Nevin senkte seinen Kopf und schloss erneut die Augen. Es war falsch gewesen hierherzukommen, das wusste er.

»Ich sollte dich damit nicht belasten. Das ist mein Problem.«

Zärtlich hielt sie sein Gesicht in ihren Händen und suchte seinen Blick.

»Ich kenne dich. Dir ist so etwas nicht gleichgültig.«

Was wusste sie schon darüber? Als Polizist in Miami sah er mehr Unrecht, Leid und Tod, als sie sich vorstellen konnte. Doch seine Verzweiflung war zu offensichtlich, und er konnte sehen, wie sehr ihr das Herz brach. Kaylin wollte, dass er sich wieder fing.

»All die Dinge, die du Tag für Tag da draußen erlebst, gehen nicht spurlos an dir vorbei. Du bist ein wunderbarer liebenswerter Mann, warm und herzlich. Dein Job ist hart, und er macht dich hart. Dass du dein Herz davor verschließt, ist nur Selbstschutz, Nevin. Es würde dich sonst kaputtmachen.«

Er war hergekommen und hatte auf sie gewartet, weil er nicht gewusst hatte, wohin er sonst gehen sollte. Die toten Augen des Jungen hatten sich in sein Gedächtnis gebrannt, und die Gleichgültigkeit seinem Tod gegenüber hatte ihm Angst eingejagt. Die Furcht, völlig das Gleichgewicht zu verlieren, drang kalt und unbarmherzig bis in sein tiefstes Inneres. Ihre sanft geflüsterten

Worte sickerten nur langsam in seinen Verstand, beruhigten sein Gemüt und berührten seine verwundete Seele. Doch in ihm brannte die Ohnmacht wie ein außer Kontrolle geratenes Buschfeuer.

Kaylin war sein Rettungsanker, an den er sich klammern wollte. Er hatte ihr nicht alles erzählt, behielt für sich, dass er einem miesen Ganoven das Leben gerettet hatte und damit mitschuldig an dem Tod des Teenagers war. Trevor war kein schlechter Junge gewesen, er war nur auf der falschen Seite der Stadt geboren worden, von einer Mutter, die cracksüchtig war und sich nicht kümmern konnte. Trevor trug so viel Wut in sich und verdiente sein Geld auf der Straße. Die kleinen Drogendeals sorgten für Essen im Kühlschrank, doch andererseits hatte sein Hass dem Drogenboss gegolten, der dafür verantwortlich war, dass seine Mutter immer wieder rückfällig wurde. Der dumme Junge hatte sich auf dem Schwarzmarkt eine Knarre besorgt und war mit dem Gedanken zum Boss gegangen, ihm aus Rache das Hirn wegzublasen. Als Nevin den Mann in einem Reflex aus der Schusslinie schob, sah er die Erkenntnis in Trevors Augen. Der Mann, den der Drogenboss Logan nannte, war ein Polizist, der ihn früher öfter als einmal wegen kleinerer Delikte in den Knast gebracht hatte. Für ihn kam jede Einsicht zu spät, und er sank nach einem Kopfschuss vor Nevins Augen tot in sich zusammen. Der Bodyguard des Drogenbosses hatte ihn eiskalt hingerichtet, und jetzt trieb seine Leiche irgendwo vor der Küste in einem Sack im Meer. Nevin hatte in diesem Moment, als der Junge tot vor ihm zusammengebrochen war, nur einen Gedanken gehabt, und er hasste sich dafür: Diese Aktion würde ihn seinem Zielobjekt näher bringen und ihn das Vertrauen des Mannes gewinnen lassen, dem er das Leben gerettet hatte. Er stand kurz davor, den Verstand zu verlieren, dessen war er sich bewusst. Die Gleichgültigkeit, dieser kalte Fokus auf den Job konnte nicht gesund sein.

Kaylin stand noch immer vor ihm und redete sanft auf ihn ein, versuchte, ihm Halt zu geben, doch er hörte sie nicht mehr, sondern verfing sich in den eigenen düsteren Gedanken.

Sein Job hinterließ Spuren, die sich nicht abwaschen ließen. Eigentlich sollte er wütend auf Kaylin sein, denn noch immer stand ein anderer Mann zwischen ihnen. Nevin konnte sich nicht dagegen wehren. Ohne ein Wort zog er Kaylin fest an sich, schob seine Hände unter ihr Kleid und berührte ihre warme süß duftende Haut. Nur sie war in der Lage, ihn etwas fühlen zu lassen, etwas Instinktives und Ursprüngliches, an dem er sich festhalten konnte. Ihr Körperduft ließ ihn stöhnen, und seine Bewegungen wurden hastiger. Er wollte sie nackt auf seiner Haut spüren.

»Nevin, ich weiß nicht, ob das jetzt eine gute …«

Er küsste sie so leidenschaftlich und verzweifelt, dass er ihren Einwand im Keim erstickte. Keuchend ließ Kaylin ihn gewähren, ließ sich von ihm ins Schlafzimmer drängen und aufs Bett pressen. Energisch drückte er ihre Schenkel auseinander, presste sein Gesicht auf ihren warmen Schoß und sog den Duft ihres Geschlechts tief in seine Nase. Seine Hände kneteten fest ihre Brüste, während seine Zunge die Abdrücke ihrer Schamlippen über dem Stoff ihres Höschens ertastete. Selbst ihren leisen Protest aus Schmerz ignorierte er. Seine Zungenspitze leckte weiter, und sie ergab sich ihm und seinem Willen. Stöhnend vergrub sie ihre Fingerspitzen in seinem Haar und zog ihn noch dichter an ihren Schoß. Mit einer fahrigen Bewegung schüttelte er ihren Griff von sich, drehte sie mit Schwung auf den Bauch und hob ihre Hüften an. Nevin ließ sie kaum zu Atem kommen. In einem Moment zog er ihr Höschen herunter, und im nächsten öffnete er seine Cargohose und drang kraftvoll in sie ein.

Kaylin unterdrückte einen Schrei, indem sie sich auf die Unterlippe biss. Knurrend packte Nevin ihren Nacken und presste ihr Gesicht vor Gier auf das Bett. Die andere Hand grub er in ihre rechte Seite und riss ihren Leib seinen Stößen entgegen, die immer energischer wurden. Die Hitze und das Pochen in ihrem Schoß nahmen zu, umschlossen seinen stoßenden Schwanz eng und voller Verlangen, sodass ihm schwindelig wurde. Wie im Rausch nahm er sie, und jeder Laut, den sie von sich gab, wirkte wie ein Aphrodisiakum auf seine Nervenzellen. Nevins Hüften prallten in einem wilden Rhythmus gegen ihre Hinterbacken, und das lüsterne Geräusch erfüllte seinen Kopf. Nevin rammte ihr den Schwanz wie von Sinnen in den Körper, als hätte er seinen Verstand eingebüßt, und sie stöhnte hemmungslos ihre eigene Begierde heraus und steuerte mit ihm ohne Umschweife auf einen heftigen, alles übersteigenden Höhepunkt zu. Als sie kam, schrie sie so laut auf, dass er ihren Mund zuhalten musste, damit die Nachbarn keine Dummheiten vermuteten. Ihr zuckendes Fleisch zog sich rhythmisch und feucht um seinen pumpenden Schaft. Kurz bevor auch er das Finale erreichte, entzog er sich ihr, und seine heiße Ladung landete unter heiserem Keuchen auf den Innenseiten ihrer Schenkel. Nevin sank hastig atmend neben ihr auf das Bett und bedeckte mit den Händen sein Gesicht. Die Scham über das, was er gerade getan hatte, war mehr, als er ertrug. Kaylin schien genau zu wissen, was in ihm vorging, und berührte sanft seine Hände, doch Nevin entzog sich ihrer Zärtlichkeit.

»Ich hätte nicht hierherkommen sollen.«

»Nevin, du …«

»Nein … es tut mir leid, was da gerade passiert ist. Ich …«

Er wich ihrem Blick aus und stand vom Bett auf. Nevin zwängte sein noch immer erigiertes Glied in die Hose, und Unruhe machte sich in ihm breit.

»Nevin, es ist okay, wirklich. Du hast selbst gesagt, solange wir beide damit umgehen können …«

Der Polizist schüttelte erschüttert über sich selbst den Kopf. Er konnte sie nicht einmal ansehen, so sehr ekelte er sich vor sich selbst.

»Nein, Kay, das hier hätte nicht passieren dürfen. Nicht so und nicht mit dir … Ich weiß nicht, was mit mir los ist. Ich wollte dich nie verletzen.«

»Du hast mich doch gar nicht verletzt. Ich bin …«

»Nein, Kay.«

Nevin ahnte, was sie ihm sagen wollte. Er hatte gespürt, wie heftig sie unter ihm explodiert war, doch das machte sein Handeln nicht besser oder weniger schlecht. Sie wirkte so hilflos in ihrem Versuch, ihn zu besänftigen, und kletterte vom Bett, um ihn zu umarmen. Nevin wich ihr abermals aus, denn er konnte ihre Sanftheit jetzt nicht ertragen. Ihm war speiübel.

»Ich muss gehen. Tut mir leid, Kay.«

»Nevin, bitte bleib, lass uns darüber reden. Es ist doch gar nichts passiert, was nicht schon einmal zwischen uns …«

Doch bevor sie den Satz beenden konnte, knallte er die Wohnungstür hinter sich zu. Statt des Aufzugs nahm er die Treppen in einem eiligen Tempo und spuckte draußen angekommen auf die Straße, als ob das etwas an seiner Übelkeit ändern könnte. Seine Gedanken rasten, und er schämte sich abgrundtief. Seine Fäuste ballten sich, und er wollte irgendetwas zerstören, auf irgendwas einschlagen. Jemand rempelte ihn mit der Schulter an, doch Nevin besann sich eines Besseren, als seine Wut an der Person auszulassen, auch wenn die Gewalt in seinem Innern kochte. Wenn er sich jetzt auch noch dazu hinreißen ließe, seinen Selbsthass auf einen Unschuldigen loszulassen, wäre er genau das, was er seit Jahren bekämpfte. Er steckte die Hände tief in seine Lederjacke und stapfte davon, ohne den Mann anzusehen.

Doch dann drehte sich Nevin noch einmal intuitiv um. Etwas in seiner Magengrube sagte ihm, dass er dem Kerl schon einmal begegnet war. Der Typ drängte sich durch die Eingangstür, die gerade zuglitt, und befand sich mit dem Rücken zu ihm. Nevin verwarf den aufkeimenden Gedanken, dass er den Mann kannte und irgendetwas nicht stimmte. In seiner Verfassung spielte ihm sicherlich die Dunkelheit einen Streich.

Nevin ging weiter, überquerte die Straße und stieg in seinen Wagen.

Unruhig wanderte Kaylin durch ihre Wohnung. Hätte sie ihn energischer aufhalten sollen? Ihn anschreien, um ihm klarzumachen, dass er nichts Falsches getan hatte? Sie strich sich seufzend über das Gesicht. Sie wollte sich nicht ausmalen, was Nevin gerade durchmachte. Sie hoffte, er würde nach Hause fahren und sich ins Bett legen. Morgen würde er die Dinge wieder aus einem vernünftigen Blickwinkel sehen.

Mit einem Sprung hechtete sie zur Tür, als es klopfte.

»Nevin, du bist …«

Ihre Gesichtszüge entgleisten, und der restliche Satz blieb ihr im Hals stecken, als sie Ciarán vor der Tür stehen sah.

»Nevin?«

Grinsend betrat er die Wohnung und musterte sie, nachdem er die Tür hinter sich zugekickt hatte. Wie erstarrt erwiderte sie seinen Blick und schluckte hörbar.

»Wer ist Nevin? Kenne ich ihn?«

Kopfschüttelnd wich sie einen Schritt zurück und versuchte, ihre Atmung wieder unter Kontrolle zu bringen. Fassungslos wurde sie sich bewusst, dass sie noch immer die Hitze des Gefechts in sich spürte und geradewegs auf dem Weg in die Hölle war.

»Er ist ein Freund … er …«

»Ein Freund!«

Ciarán kam immer näher, und ein seltsames Funkeln wurde

in seinen Augen sichtbar. Sie nickte wie hypnotisiert und erinnerte sich an das, was er ihr im Club erzählt hatte. Kaylin fühlte sich plötzlich so schäbig und schmutzig. Sie hatte mit einem anderen Mann geschlafen, kurz bevor er zurückgekommen war, und nicht einen Gedanken daran verschwendet, was sie ihm womöglich damit antat. Betrug hatte er es genannt, als er von seinen vergangenen Beziehungen gesprochen hatte.

»Was wollte dein Freund Nevin denn hier mitten in der Nacht?«

Kaylin wusste, die Schuld stand ihr ins Gesicht geschrieben. Jedenfalls war sie felsenfest davon überzeugt, dass er ihr ansehen konnte, was geschehen war. Den Rücken gegen die Wand gepresst, wandte sie ihr Gesicht ab, als sein Atem über ihren Hals strich.

»Ich hab mit ihm geschlafen.«

Kaylin schloss fest die Augen und konnte die hastig ausgesprochene Wahrheit nicht mehr zurücknehmen.

»Tz, tz, tz … So eine bist du also?«

Sie wollte widersprechen, aber was hätte sie denn sagen sollen? Dass sie nicht so war? Ihre Lungen füllten sich mit Luft. Seine Hände rafften ihr Kleid, bis er ihre nackten Oberschenkel berühren konnte. Ciarán stand so dicht vor ihr, dass sie ihm nicht ausweichen konnte, selbst wenn sie gewollt hätte. Ihr Atem stockte, und sie wagte nicht, die Augen zu öffnen.

»Ich bin hergekommen, weil ich es nicht mehr ausgehalten habe, dich nicht anfassen zu können. Du warst erregt, als ich wegging, nicht wahr?«

Ihr Kopf bestätigte seine Aussage mit einem Nicken, ohne dass sie es wollte.

»Und da kam dein Nevin, hat die Glut genutzt und dich flachgelegt, weil ich es nicht getan habe.«

Ein entsetzter Laut stieg ihre Kehle empor. Seine Berührungen waren erschreckend sanft. Sie hatte mit Eifersucht, Enttäuschung und vielleicht sogar Geschrei gerechnet, doch nichts davon erfüllte er.

»Wo hat er dich angefasst, damit du stöhnst? Hier?«

Seine Fingerspitzen stießen zwischen ihre heißen Schamlippen und rieben den Stoff ihres Höschens in den nassen Spalt. Kaylin keuchte.

Seine Lippen flüsterten direkt an ihrem Ohr.

»Hast du dich ihm angeboten wie eine Hure?«

Ihre Lippen öffneten sich, doch das Reiben an ihrer Scham lenkte sie ab, entlockte ihr ein heiseres Stöhnen.

»Werde ich ihn noch an dir riechen können, wenn ich mein Gesicht an deinen Schoß presse? Kann ich ihn auf deiner Pussy noch schmecken?«

Alles drehte sich in ihrem Kopf. Geschickt schob er den Zwickel ihres Höschens beiseite, um ihre pure feuchte Hitze fühlen zu können.

»Klebt sein Saft noch an deinen Schenkeln?«

Seine eigenen Worte schienen ihn anzustacheln und zu erregen. Die Art, wie er redete, schmutzig und verrucht, steigerte auch das Pochen in ihrem Leib. Seine Fingerkuppen rieben ihre Klitoris, heizten die Lust erneut an.

»Hat er es dir ordentlich besorgt? Oder muss ich noch etwas nachlegen?«

Selbst sein Kuss wirkte anrüchig und schmutzig, denn er verriet die Gier, die durch seine Adern floss. Wollte er sie bestrafen? Kaylin stöhnte in seinen Mund und fühlte ihre Brustwarzen hart werden.

»Wenn ich dich jetzt besteige und dich richtig ficke, werde ich ihn dann auch noch in dir spüren?«

Ein gequält lustvoller Laut drang aus ihrem Mund. Wie zäher Sirup flossen seine Worte in ihren Verstand, und fast wäre sie gekommen, hätte er ihr sein Fingerspiel nicht entzogen. Seine Hand umfasste fest ihr Kinn, und Ciarán zwang sie, ihm in die Augen zu sehen.

»Ich kann nichts dagegen tun, dass du es auch mit anderen Männern treibst. Und ich gedenke nicht, mit ihnen in Konkurrenz zu treten, aber jetzt, kleines Luder, gehörst du mir.«

In seinen Augen loderte eine gefährliche Flamme, die sie zu verbrennen drohte. Kaylin stand unter seinem Bann, nicht fähig, etwas zu sagen oder zu tun. Seine Finger gruben sich in ihr Haar am Hinterkopf und zerrten sie grob zum Sofa. Ciarán positionierte sie willenlos auf den Knien auf der Sitzfläche, entledigte sich seiner Hose und packte sie am Nacken, so wie es Nevin zuvor auf dem Bett getan hatte. Ihr Herz schlug hart in ihrer Brust, und sein Griff presste ihren Oberkörper gegen die Rücklehne. Er öffnete den Reißverschluss ihres Kleides, ohne es ihr jedoch auszuziehen. Eine Gänsehaut breitete sich auf ihrem Körper aus, als seine Zungenspitze die Linie ihrer Wirbelsäule emporglitt und eine feuchte Spur auf ihrer Haut hinterließ. Er zerriss ihr Höschen, um freien Zugang zu ihrer Scham zu bekommen. Mit einem heftigen Biss in ihre Schulter rammte er gleichzeitig seinen Schwanz in ihren Schoß und nahm sie kompromisslos in Besitz. Sie fühlte sich ihm ausgeliefert, ihm und seiner unbändigen Gier. Ihr wurde schwarz vor Augen, als er leise an ihrem Hals lachte. Es klang höhnisch und demütigend und doch so süß und erregend, dass sie keuchte.

»Das gefällt dir, nicht wahr? Genau das brauchst du!«

Mit langsamen Stößen bewegte er sich in ihrem Geschlecht. Mit den Händen krallte sie sich in die weiche Polsterung, während seine Finger sich abermals in ihr Haar gruben und ihren Kopf daran zurückzogen. Seine Zunge leckte gierig über ihre Wange.

»Ist es das, was du willst?«

Er steigerte sein Tempo, und sie fühlte die satte erregende Dehnung, wenn er wieder tiefer in sie glitt.

»Macht es dich geil, wenn sich deine Lover die Klinke in die Hand geben?«

Von hinten über sie gebeugt, prallten seine Hüften gegen ihren Hintern, und während die eine Hand ihren Kopf zurückriss, glitt die andere zwischen ihre Schenkel und bespielte ihre Lustperle wie ein Instrument.

»Ich hatte schon so eine Ahnung, dass du ein schmutziges Luder bist, als ich dir begegnet bin. Wie ich sehe, hat sich das bestätigt. Es macht mich heiß zu wissen, was für eine kleine dreckige Hure in dir steckt.«

Seine Sprache überforderte ihren Verstand und setzte die Wellen ihres Höhepunktes unaufhaltsam in Gang. Gierig stöhnend, tanzte ihr Bewusstsein gefährlich nah am Abgrund, und das Verlangen nach Erlösung wuchs ins Unermessliche. Er entriss sich ihr regelrecht, kurz bevor sie das Ziel erreichen konnte, drehte sie mit Schwung um, und die Ohrfeige holte sie in die Realität zurück. Erschrocken starrte sie in sein von Gier verzerrtes Gesicht. Ihre Wange brannte, und er küsste ihre Finger, die dorthin fassten. Lächelnd erwiderte er ihren Blick und wirkte wie ein Löwe, der kurz davorstand, seine Beute zu reißen. Ciarán packte ihre Handgelenke und hielt sie mit einer Hand auf ihre Brust gepresst. Wieder drang er in sie ein und lächelte berechnend.

»Du gibst doch zu, dass du dir die verdient hast, nicht wahr, Luder?«

Kaylin lag wie erstarrt unter ihm, spürte den Rhythmus, mit dem er sich wieder in ihr bewegte, und konnte nur nicken.

»Ich will dir in die Augen sehen, wenn ich dich ficke. Hat er das auch getan, oder hat er dich wie eine räudige Hündin von hinten genommen?«

Ihre Lippen öffneten sich zu einer Erwiderung, doch er küsste sie so fest, dass es wehtat. Er wirkte so zornig, und sie fühlte sich schuldig daran.

»Hör auf.«

Er stoppte, runzelte die Stirn, und plötzlich wurde seine Mimik ganz weich. Sanft berührte er ihr Gesicht, zog es zu sich, damit sie ihn wieder ansehen musste.

»Ich werde nicht damit aufhören, dafür bin ich viel zu erregt, und daran bist nur du schuld.«

Ciarán lächelte zärtlich.

»Sieh mich an, Kaylin. Ich weiß, aus welchem Holz du geschnitzt bist. Ich weiß, dass es dich erregt, also tu nicht so, als wärst du ein braves katholisches Mädchen.«

Er zog sie mit sich, ohne dass sein Schwanz aus ihrer Scham glitt, und setzte sich, senkte ihren Körper fest auf seinen Schoß und umfasste ihren Kopf mit beiden Händen. Kaylin griff nach seinen Gelenken, wollte die Finger von sich zerren, doch sie schaffte es nicht. Er zog ihr Gesicht zu sich hinunter. Sein Atem strich heiß über ihre Wangen.

»Fick mich, kleines Luder.«

Er stieß von unten zu und trieb ihr damit den Atem keuchend aus den Lungen. Kaylin knurrte wütend, zog an seinen Gelenken und zappelte auf seinem Körper.

»Du kannst dich mir nicht entziehen. Ich werde dich schon dazu bewegen, auf meinem Schwanz zu kommen, so wie du es bei ihm getan hast.«

Seine Hände ließen sie so plötzlich los, dass sie einen Augenblick lang zu überrascht war, um zu handeln. Dann jedoch fasste sie sich, kletterte von ihm runter und wich verängstigt vor ihm zurück.

»Du bist verrückt.«

Ciarán verzog sein Gesicht und verneinte.

»Ich bin nur ziemlich angeturnt davon, dass du kurz vorher noch einen anderen an dich rangelassen hast.«

Sie fühlte sich schäbig und benutzt, spürte dennoch das dumpfe Pochen in ihrem Unterleib, die Gier, die darauf drängte, erlöst zu werden. Kaylin war schockiert über sich selbst und ihr Unvermögen, einen klaren Gedanken zu fassen. Sie hatte Angst vor ihm, doch sie begehrte ihn ebenso sehr. Ihr Körper verlangte nach ihm und seinen schmutzigen Worten. Ciarán streckte eine Hand nach ihr aus. Mit der anderen umfasste er sein Geschlecht und massierte es vor ihren Augen.

»Ich weiß, du willst es, wehr dich nicht dagegen.«

Kaylin zögerte, doch wie unter einem Bann kehrte sie zu ihm zurück. Als sie vor ihm stehen blieb, glitt sein Blick musternd über ihren zitternden Körper. Er setzte sich auf, umfasste ihre Pobacken und zog ihren Schoß an sich. Seine Zunge drängte sich zwischen ihre Schamlippen, tastete und fand ihre Klitoris, die geschwollen war und noch immer pulsierte. Um nicht das Gleichgewicht zu verlieren, hielt sie sich an seinen Schultern fest.

»Ich kann ihn noch immer an deiner Pussy riechen.«

»Oh Gott!«

Sie warf den Kopf in den Nacken und spürte das Lecken seiner Zunge in ihrem nassen Spalt. Kaylin wollte sich gegen ihre Erregung wehren, doch es gelang ihr einfach nicht. Als wolle er von ihr trinken, saugte er an ihrer Klitoris, und sie verlor jegliche Hemmungen. Die Hiebe, mit denen er ihre Lust noch antrieb, klatschten auf ihren Hintern und ließen ihre Hüften nach vorn zucken, seinem Gesicht entgegen. Ihre Knie zitterten, und jeder Muskel in ihr spannte sich an.

Mit einem langgezogenen Stöhnen schossen Blitze durch ihren Körper, und die Erlösung kam mit einer Heftigkeit, die Ciarán an seinen Lippen spüren musste. Sie sank vor ihm auf den Boden, rang nach Atem und spürte das Nachglühen bis unter ihre Kopfhaut. Ciarán gönnte ihr die Atempause, griff dann nach ihrem Gesicht und zog es zu seinem Schoß. Wie besessen knurrte sie und nahm seinen Schwanz in ihren Mund, saugte, lutschte und leckte gierig an dem prallen harten Geschlecht. Seine Hände gaben das Tempo vor, und das Stöhnen aus seinem Mund hallte wie ein Echo in ihrem gedankenfreien Kopf nach. Die Gier ihrer Lippen brachte ihn schnell zum Abschuss, und sie schluckte jede zuckende Ladung seiner lustvollen Erlösung, die er ihr zu schmecken gab. Noch bevor die letzte Entladung aus seinem Schaft tropfte, kletterte sie wie von Sinnen auf seinen Schoß, presste seinen Rücken hart gegen die Lehne und nahm ihn wieder in sich auf. Die Finger schmerzhaft in seinem Haar vergraben, leckte sie ihm über die Lippen, lächelte fast verächtlich und begann ihn zu reiten.

»Er hat mich hart gefickt, von hinten, wie man eine Hure besteigt. Sein Schwanz hat mich so gedehnt, dass ich dachte, ich halte es nicht aus. Dabei hat er mein Gesicht auf das Bett gedrückt und sich knurrend in mich gebohrt, als wäre ich nur ein Stück Fickfleisch, an dem man sich sattvögeln kann.«

Ciarán keuchte laut und starrte ihr in die Augen.

»Erzähl mir mehr.«

Während sie die Lust neu schürte, ihn immer schneller ritt, wurden ihre Beschreibungen schmutziger, was sie beide erregte und schlussendlich zu einem gemeinsamen heftigen Orgasmus trieb. Kaylin glaubte in dem Moment, den Verstand zu verlieren, und schrie auf, klammerte sich an ihn wie eine Ertrinkende, und Ciarán hielt sie fest, bis sie sich beruhigt hatte.

»Du siehst aus, als bereust du es.«

Ciarán hielt sie in seinen Armen und streichelte ihre rechte Wange.

»Ich weiß nicht, was ich denken soll. Das hab ich noch nie getan, und ich dachte nicht, dass es mich …«

»Erregen würde?«

Sie nickte und schloss beschämt die Augen.

»Kaylin, das Einzige, was ich bereue, ist die Ohrfeige. Da ist es wohl mit mir durchgegangen.«

»Ich hab dich betrogen.«

»Aber du warst ehrlich. Betrogen ist ein hartes Wort, mich würde es wohl eher treffen, hätte ich später erfahren, was du hinter meinem Rücken treibst. So kann ich dir keinen Vorwurf machen. Ich gebe zu, es hat mich wütend gemacht, aber der Gedanke, dass kurz vorher noch ein anderer bei dir war … hat mich so immens erregt, dass ich nicht widerstehen konnte. Dein Gesicht war noch ganz gerötet, und der Geruch von Sex hat an dir gehaftet. Ich bin noch nie so schnell hart geworden wie in diesem Moment.«

Kaylin schwieg, denn seine Worte beruhigten das Gefühl in ihr nicht wirklich. In einer Nacht hatte sie mit zwei Männern geschlafen. Sie sollte sich schlecht fühlen, mies und verkommen. Diese Zweigleisigkeit konnte doch nur früher oder später in einem Desaster enden. Doch sie bereute weder das eine noch das andere Mal. Im Gegenteil, selbst jetzt noch erregte der Gedanke sie, dass es zwei Männer gab, die sie begehrten. Am liebsten wäre sie im Selbstmitleid zerflossen und hätte hemmungslos über ihre verruchte und verkommene Art geheult. Kaylin sprach nicht über ihre innere Zerrissenheit, doch etwas in ihr zerbrach. Da Ciarán bei ihr war, kämpfte sie gegen die Tränen an und schloss die Augen. Hure! Genauso fühlte es sich an. Ciarán hatte es im Eifer des Gefechts treffend beschrieben, doch selbst Nutten besaßen ihre Grenzen. Wo zum Teufel waren ihre? Wohin sollte das noch führen?

Kaylin konnte Ciarán nicht einmal die Schuld zuweisen, schließlich war sie die hemmungslose Frau, die nicht Nein sagen konnte. Was war mit ihr geschehen? Was sollte aus ihr werden?

Kaylin fühlte sich wie im freien Fall, ohne Netz und doppelten Boden. Irgendwann würde sie sehr hart aufprallen. Dann würde alles zusammenkrachen wie ein zerbrechliches Kartenhaus und sie restlos unter sich begraben. Kaylin fürchtete sich vor diesem Tag und glaubte sich hilflos dazu verdammt zuzusehen, wie die Ereignisse ihren unausweichlichen Lauf nahmen. Sie fühlte sich elend wegen ihrer Ruchlosigkeit und ihrer mangelnden Reue. Egal was Ciarán sagte, es half nicht, denn etwas an ihm verstörte sie. Nicht nur, dass sein Einfluss auf sie groß genug war, sie immer wieder Dinge tun zu lassen, die sie sonst nicht einmal in Erwägung zog. Es war ein kurzer Moment gewesen, in dem sie glaubte, etwas gesehen zu haben, was er ihr zuvor noch nicht gezeigt hatte. Kaylin fand dafür keine Beschreibung, aber etwas Dunkles breitete sich in ihr aus, was sie das Fürchten lehrte.

14

Diesmal war es nicht nur ungewohnt, neben Ciarán aufzuwachen, es breitete sich in Kaylin ein unangenehmes Gefühl aus. Er lag wach auf einen Arm gelehnt und betrachtete sie. Kaylin wusste nicht, was sie sagen oder tun sollte. Seine Nähe fühlte sich gefährlich an, und sie traute sich selbst nicht mehr über den Weg. Besonders seit der vergangenen Nacht. Ciarán brachte Dinge in ihr zum Vorschein, die sie schockierten, ihr eine Scheißangst einjagten. Sie war kaum mehr in der Lage, zwischen oben und unten, rechts oder links unterscheiden zu können. Kaylin schlang das Laken fest um sich und wich ihm aus, als er sie küssen wollte. Ciarán wirkte amüsiert über ihre Geste.

»Kein ›Guten Morgen‹? Kein ›Wie hast du geschlafen, Liebling‹ oder ›Was möchtest du zum Frühstück, Schatz‹?«

»Ich möchte, dass du gehst.«

Ciarán lachte spöttisch auf, wurde jedoch ernst, als er verstand, dass sie es genauso meinte, wie sie es gesagt hatte.

»Warum?«

»Weil ich es will.«

Sie glitt aus dem Bett und blieb am Fußende stehen. Ciarán setzte sich auf und betrachtete sie erneut. Sein Blick glitt an ihr hinunter, und ein unverständliches Schmunzeln legte sich auf seine Lippen. Mit einem Kopfschütteln strich er sich mit beiden Händen durch das dunkelblonde Haar und seufzte.

»Schämst du dich etwa?«

Sie antwortete ihm nicht, erwiderte auch nicht seinen Augenkontakt. Er betrachtete Kaylin mit einem so stechenden Blick, dass sie ihn fast körperlich spüren konnte, und eine Gänsehaut begann in ihrem Nacken zu kribbeln. Ciarán streckte die Hand nach ihr aus.

»Komm schon, sei nicht so. Es ist alles okay. Es ist nichts passiert, was wir nicht beide wollten.«

Als sie sich nicht vom Fleck rührte, knurrte er.

»Verdammt, Kaylin, was ist denn schon groß passiert? Ich dachte, das hätten wir gestern Nacht geklärt.«

Kaylin raffte seine Klamotten zusammen und warf sie ihm entgegen.

»Geh jetzt, bitte!«

Ciarán stieg nackt aus dem Bett und griff nach ihr, erwischte sie jedoch nicht. Sie blieb auf der anderen Seite des Bettes stehen und starrte an die Wand hinter ihm. Er hob die Hände in einer hilflosen Geste.

»Rede mit mir. Was ist los? Was habe ich jetzt wieder falsch gemacht?«

»Nichts, ich … ich brauche einfach Zeit.«

»Verdammt, Kaylin, erklär's mir! Ich werde nicht einfach gehen, bevor du mir nicht einen Grund nennst.«

»Das, was da gestern Nacht passiert ist, darf nie wieder passieren.«

Er schnaubte verzweifelt, stemmte kopfschüttelnd die Finger in seine Seiten und starrte sie an.

»Wieso? Ich versteh dich nicht.«

»Weil … weil das nicht normal ist, Ciarán. Begreifst du das nicht? Ich war mit einem anderen Mann zusammen und du … du …«

Kaylin ließ den Kopf hängen. Ihr fehlten die richtigen Worte, um zu beschreiben, was wirklich in ihr vorging. Alles in der letzten Nacht mit ihm hatte sich erschreckend falsch angefühlt.

»Ich bin nicht so eine. Ich tue so etwas nicht. Verstehst du?«

Ciarán lächelte, doch etwas daran schien unecht, unwirklich und seltsam.

»Kaylin, es ist okay. Beruhig dich.«

»Ich will mich aber nicht beruhigen, und es ist nicht okay. Das ist einfach falsch. Ich … erkenn mich selbst nicht wieder, wenn ich mit dir zusammen bin.«

»Aber das ist doch gut, oder etwa nicht?«

»Nein! Das ist überhaupt nicht gut. Ich fühle mich mit dir, als wäre ich jemand anderes, jemand, den ich nicht kenne und ehrlich gesagt auch nicht kennen möchte. Ich mag die Person nicht, zu der ich werde, wenn ich mit dir zusammen bin.«

Ciarán senkte seinen Kopf, stützte sich mit beiden Fäusten auf das Bett und schüttelte abermals den Kopf.

»Ciarán, es tut mir leid.«

Kaylin sah ihm an, dass ihre Worte ihn verletzt hatten, und sie schämte sich dafür. Er ging vor dem Bett auf die Knie und hob seinen Kopf, um sie anzusehen.

»Sag mir, was ich tun soll? Soll ich dir aus Eifersucht eine Szene machen? Soll ich ausflippen? Dich schlagen? Ihn schlagen? Was erwartetest du von mir, Kaylin? Nenn mir einen Moment, in dem du dich mit mir nicht wohlgefühlt hast! Nenn mir einen! Nur weil du jetzt, am Morgen, nachdem du zwei Liebhaber in einer Nacht in deinem Bett hattest, dein schlechtes Gewissen pflegst, bin ich daran schuld?«

Sie sah zu, wie er in seine Hose schlüpfte und die Knöpfe schloss. In ihrem Kopf wirbelten alle Gedanken wahllos durcheinander.

»Es macht mir Angst, welchen Einfluss du auf mich ausübst. Das bin nicht ich. Das konnte nur passieren, weil ich in einem Ausnahmezustand lebe. Mein Bruder wurde ermordet. Ich leite die Bar allein, führe den Club allein, muss mich um alles kümmern. Gestern ist übrigens eine Mitarbeiterin gekommen, um mir zu sagen, sie habe beobachtet, wie Tyger Drogen in meinem Club verkauft hat. Wie gut kennst du ihn?«

Ciarán hielt inne, als er sein Hemd schließen wollte, und legte seine Stirn in Falten.

»Langsam, Kaylin. Deine Themenwechsel sind ziemlich rasant.«

»Wusstest du, dass Tyger mit Drogen dealt?«

Er wirkte überrascht und schwieg eine Weile.

»Hast du es gewusst oder nicht?«

»Nein, natürlich nicht. Ich weiß, dass er ziemlich gut mit seinem Service verdient, aber Drogen? Bist du sicher? Die Ladys sind sehr angetan gewesen von ihm, vielleicht hat er den Club missbraucht für ein wenig Eigenwerbung.«

»Kann sein, kann aber auch nicht sein. Ich vertraue Lexy. Sie wäre nicht zu mir gekommen, wenn nicht irgendwas seltsam gewesen wäre.«

Ciarán zog sich weiter an und nickte.

»Okay, ich rede mit ihm und klär das. Einverstanden?«

Barfuß ging er um das Bett herum und blieb neben ihr stehen. Dieses Mal ließ sie zu, dass er sie berührte und mit den Fingerknöcheln ihre Wange streichelte.

»Und was die letzte Nacht betrifft: Ich wiederhole mich ungern, demnach wird es ausgeschlossen sein, dass es erneut passieren wird.«

Vorgebeugt, um sie zu küssen, hielt er inne, als er spürte, dass sie abermals vor ihm zurückwich.

»Also gut, du brauchst Zeit. Das verstehe ich. Mit deinen Schuldgefühlen habe ich allerdings ein Problem, Kaylin. Ich kann daran nichts ändern. Doch solltest du eins bedenken. Das Leben ist zu kurz, um zu bereuen, es gelebt zu haben.«

Er lächelte, küsste ihre Schläfe und senkte seine Stimme zu einem Flüstern.

»Vielleicht hast du einfach nur Angst vor deiner eigenen Courage.«

Ciarán ging, doch noch bevor er die Tür hinter sich schloss, wurde sie das Gefühl nicht los, als ob sie für den Bruchteil eines Augenblickes hinter seine Maske sehen konnte. Lag da Kälte in seinem Gesichtsausdruck?

Kaylin starrte die geschlossene Wohnungstür minutenlang an und schüttelte sich dann, als wolle sie sich selbst aus einer Trance aufwecken. Hatte er recht? Fürchtete sie sich vielleicht wirklich nur vor sich selbst und dem, was er in ihr zum Vorschein brachte? Sie schloss die Augen für einen Moment, atmete tief ein und aus, um ihr Gemüt zu beruhigen, doch ganz wich die Angst nicht von ihr.

Im *Tristans* lief alles wie immer, aber Kaylin fühlte sich verändert. Tara beäugte sie wie eine Fremde, doch der vollbesetzte Gastraum ließ kaum Zeit für ein Gespräch.

»Was ist los mit dir, du rennst hier rum wie Falschgeld und als würdest du auf rohen Eiern laufen?«

Kaylin antwortete ihr nicht, kümmerte sich um die Getränkewünsche und delegierte die beiden neu eingestellten Kellner. Tara ließ nicht locker.

»Hey, Sweets, ich rede mit dir.«

»Nicht jetzt, Tara.«

Die Köchin hob die Hände, als würde sie sich ergeben, und Kaylin warf ihr einen entschuldigenden Blick zu, bevor Tara in der Küche verschwand. An dem Tisch direkt gegenüber der Theke saßen vier elegant gekleidete ältere Geschäftsmänner. Sie schienen sich gut zu amüsierten, lachten und unterhielten sich. Die Eingangstür öffnete sich, und Kaylin rutschte das Herz eine Etage tiefer. Blinzelnd, um sicherzustellen, dass es sich nicht um eine Halluzination handelte, sah sie den Mann an sich vorbeigehen. Als er grinste, entblößte er eine Zahnlücke zwischen den Schneidezähnen. Sie hielt den Atem an, glaubte, der Schlägertyp sei zurückgekommen, um die fünfzigtausend Dollar zu kassieren. Das verdammte Telefon lag im Büro, und so, wie er sie musterte, würde sie nicht schnell genug rennen können, um ihm zu entkommen. Er sagte nichts, behielt sie im Auge und blieb an dem Tisch mit den Geschäftsmännern stehen.

Abermals ging die Eingangstür auf, und ihr Herz schlug schneller, als sie Nevin sah. Lächelnd wollte sie gerade den Thekenbereich verlassen, als ein eiskalter Blick von ihm sie wie angewurzelt stehen bleiben ließ. Einer der Männer am Tisch erhob sich und legte den Arm um Nevin. Der Mann redete laut genug, dass sie ihn deutlich verstehen konnte.

»Meine Herren, darf ich Ihnen meinen neuen Bodyguard vorstellen. Der Junge hat mir gestern das Leben gerettet. Logan, das sind meine engsten Vertrauten.«

Logan?

Der Schlägerhüne klopfte ihm anerkennend auf die Schulter. Was hatte Nevin mit diesen Männern zu tun? Verwirrt fixierte sie ihn, und für einen kurzen Moment erwiderte er ihren Blick. Seine Hand bewegte sich, er hob den Zeigefinger, warnend und verneinend. Kaylin verkroch sich hinter der Bar und versuchte, ihre Atmung zu kontrollieren. Er war Polizist. Plötzlich traf sie die Erkenntnis wie ein Blitz: Nevin arbeitete undercover! Es lief ihr eiskalt den Rücken hinunter, und es fiel ihr schwer, nicht stetig zu ihm hinüberzusehen. Im Fernsehen liefen oft Dokumentationen darüber, wie gefährlich dieser Job sein konnte und wie seelisch und körperlich kaputt die meisten Beamten nach einer Weile im Einsatz waren. Meist endeten sie als physische oder psychische Krüppel oder tot, weil sie der Versuchung nicht widerstehen konnten. Jetzt verstand sie, was Nevin gestern Nacht so verzweifelt hatte wirken lassen. Die Emotionslosigkeit, als er ihr von dem Tod des Jungen erzählte. Sie zwang sich, tief durchzuatmen. Wenn Nevin hier war, um seinen Job zu erledigen, hieß das gleichzeitig, dass die Geschäftsmänner an dem Tisch Kriminelle waren. Kaylin spürte Übelkeit aufsteigen, und der Schwindel in ihrem Kopf nahm zu.

Die Männer erhoben sich.

»Wir müssen die Rechnung noch begleichen.«

»Lass mich das erledigen, Boss.«

Nevin lächelte, und die Männer nickten zustimmend.

»Gib der hübschen Barmieze ein ordentliches Trinkgeld. Allein ihr Anblick macht Appetit auf mehr.«

Der, den sie den Boss nannten, betrachtete Kaylin eingehend, während er die anderen Männer mit seinem Gerede zum Lachen brachte. Sie verließen die Bar. Nevin lehnte sich an die Theke.

»Sieh mich an, und lächele. Nicht nach draußen sehen, sieh mich an. Sie beobachten uns.«

Er zwinkerte und berührte ihre Wange. Sie schmiegte ihr Gesicht in seine warme Handfläche, nickte, lächelte tapfer und atmete. Für die Beobachter draußen musste es wirken, als ob der Bodyguard des Bosses mit der Barinhaberin flirtete. Nevin beugte sich noch weiter über die Theke und lächelte breit.

»Das sind gefährliche Männer, und ich habe keine Ahnung, warum sie unbedingt hierherwollten. Sobald ich kann, schicke ich meinen Kontaktmann her. Sein Name ist Jason Wong. Merk dir den Namen. Irgendwas geht hier vor. Ich weiß noch nicht was, aber ich finde es raus.«

Er legte Bargeld auf die Theke, grinste mit einem Zwinkern und ging. Die Besorgnis in seinen Augen jedoch konnte er kaum kaschieren. Nicht vor ihr, dazu kannte Kaylin ihn zu gut.

Als die Tür hinter ihm zuglitt, setzte Nevin seinen undurchdringlichen Gesichtsausdruck wieder auf, der jedoch kaum standhielt, als er den Mann sah, der neben dem Boss im Wagen saß. Nevin war nach Fluchen zumute, doch er beherrschte sich. Seine Intuition hatte ihn also nicht getrogen. Nevin war in der Nacht zuvor in ihn hineingerannt, als er Kaylins Apartmenthaus verlassen hatte, und *er* war hineingegangen. Nevin schloss die Lider und rief sich den nächtlichen Moment noch einmal in Erinnerung. War er sich sicher? Er hatte ihn nicht direkt angesehen, nur kurz aus dem Augenwinkel einen Blick erhascht. Nevin öffnete seine Augen wieder und sah den Mann noch einmal genauer an, doch auch das half nichts. Ein anderer Gedanke schlich sich ein. War er so unvorsichtig gewesen? Beschatteten sie ihn? Stand er etwa kurz davor, seine Tarnung auffliegen zu lassen? Er musste dringend Jason kontaktieren. Vielleicht war Kaylin in Gefahr und wenn, dann war es seine Schuld. Nevin zog sein Handy heraus und tippte eine Nachricht an den Decknamen seines Partners.

»Was ist, Logan? Hat die kleine Barmieze ihre Telefonnummer rausgerückt? Was würde nur deine aktuelle Flamme dazu sagen?«

Die Männer im Wagen lachten laut, und Nevin lachte mit ihnen.

»Optionen, Boss, ein Mann braucht Optionen.«

Dann stieg er zu ihnen in die Limousine. Nevin nickte dem Mann neben dem Drogenboss zu, und dieser erwiderte die Geste. Entweder verstand der Typ es gut, seine Mimik zu verstellen, oder er erkannte Nevin tatsächlich nicht wieder. Sicher konnte er sich allerdings nicht sein. Der Boss zündete sich eine Zigarre an und grinste.

»Logan, das hier sind einige meiner engsten Mitarbeiter. Darf ich vorstellen …«

Die Limousine fuhr los, und während der Bekanntmachung fixierte Nevin nur einen der anwesenden Männer.

»Du siehst aus, als hättest du einen Geist gesehen!«

Tara stützte Kaylin und half ihr, sich in der Küche hinzusetzen. Sie konnte ihrer Freundin nichts davon erzählen, so gern sie es getan hätte.

»Mir ist nur ein wenig übel, das ist alles.«

»Sweets, ganz ehrlich, du schuftest wie eine Besessene. Du brauchst echt mal ’ne Pause. In der letzten Zeit ist viel passiert, und du hattest keinen Moment Ruhe. Geh nach Hause, heute rocken wir die Sache auch mal ohne dich.«

»Nein, geht schon wieder.«

Auch Mel sah sie besorgt an und schüttelte den Kopf.

»Ehrlich, Chefin, du siehst wirklich nicht gut aus. Geh nach Hause, und gönn dir eine Mütze voll Schlaf.«

»Recht hat das Whiskeyfass, das sind keine Ringe mehr unter deinen Augen, das sind schon Baumstämme. Mach dich vom Acker, Kaylin. So können wir dich hier nicht auf die Menschheit loslassen, du erschreckst uns alle Gäste, und Halloween ist erst im Oktober.«

Sie dachte an Nevins Worte, den Namen, den er ihr genannt hatte.

»Ich kann nicht, ich warte noch auf jemanden.«

»Wer auch immer es ist, er kann morgen wiederkommen.«

»Nein, das ist wichtig. Der Mann kommt wegen mir.«

»Noch ein Kerl? Sweets, langsam wirst du mir unheimlich.«

Kaylin rollte mit den Augen.

»So ist das gar nicht, er will nur dringend mit mir reden.«

»Okay, simpel und sehr effizient: Wenn er herkommt und nach dir fragt, schick ich ihn zu dir nach Hause. Problem gelöst, und jetzt geh.«

»Sein Name ist Jason Wong.«

»Schon gespeichert, und jetzt hau endlich ab.«

Als Kaylin ihre Wohnung betrat, wirkte alles wie fremd. Sie

schloss die Tür hinter sich ab, verriegelte den Sicherheitsbügel und ließ den Schlüssel stecken. Dann sank sie an der gegenüberliegenden Wand nach unten und setzte sich. Sie musste stundenlang apathisch dagesessen haben und wusste nicht mehr, ob sie geschlafen oder nachgedacht oder ob sie einfach nur Zeit verloren hatte. Irgendwann hämmerte jedenfalls jemand laut gegen das Holz, und ihr blieb fast das Herz stehen.

»Ms. Delany? Mein Name ist Master Sergeant Jason Wong. Nevin Seymoore schickt mich. In der Bar sagte man mir, Sie wären früher nach Hause gegangen.«

Kurze Zeit später saß der Halbjapaner mit dem Kurzhaarschnitt und den für seine Nationalität ungewöhnlich breiten Schultern auf ihrem Sofa und trank Kaffee. Sie ließ ihn keinen Moment aus den Augen, und ihr Kopf war wie leergefegt.

»Nun, Nevin konnte mir nicht viel sagen, außer dass er sich um Ihre Sicherheit sorgt. Sie werden sicher verstehen, dass ich Ihnen leider keine genauen Erklärungen liefern kann.«

»Nevin sagte, die Männer in der Bar heute seien gefährlich.«

»Das ist untertrieben.«

»Könnten diese Männer für den Tod meines Bruders verantwortlich sein?«

Der Polizist stutzte.

»Mein Bruder wurde vor einigen Wochen erschossen, und die Mordkommission glaubt, dass er sich beim Pokern mit ein paar üblen Leuten eingelassen hat. Er schuldet einem Typen fünfzigtausend Dollar, die ich jetzt zahlen soll, aber bisher sind sie nur ein einziges Mal in der Bar aufgetaucht. Bis heute. Einer der Schlägertypen war wieder da. Der, der mich vor einigen Tagen bedroht und einen meiner Mitarbeiter ins Hospital geprügelt hat.«

»Nevin hat mir davon erzählt. Hat der Typ irgendwas zu Ihnen gesagt?«

»Nein, er hat mich nur angegrinst.«

Wong nickte, zog sein Handy aus der Innentasche seiner Anzugjacke und wählte eine Nummer.

»Master Sergeant Jason Wong, Drogenfahndung.«

Ihre Augen weiteten sich. Er nannte seine Dienstmarkennummer und verlangte, den zuständigen Mordermittler im Fall Delany zu sprechen.

»Sein Name ist Waters, der Partner heißt Williams.«

Der Polizist nickte Kaylin dankbar zu.

»Waters oder Williams, ich will einen von beiden umgehend am Hörer. Es ist mir egal, ob die zwei sich durch einen Donutladen fressen.«

Nachdem er Waters am anderen Ende der Leitung hatte, fielen einige Polizeikürzel zwischen ihnen, die Kaylin nicht verstand. Zwischendrin ging es um die Bedrohung und den Einsatz, den Daton geleitet hatte.

»Abgebrochen? Wieso wurde der Einsatz abgebrochen?«

Wong sah nach einer Weile aus, als würde sein Kopf gleich explodieren.

»Sagen Sie diesem Hurensohn, dass er seine Marke schon mal auf den Tisch seines Chefs legen kann. Wenn ich mit ihm fertig bin, kriecht er auf den Brustwarzen aus dem Dezernat. Schicken Sie mir die Fotos ins Büro, und übermitteln Sie mir Ihre Akten auf dem schnellsten Weg.«

Er beendete das Gespräch und sah Kaylin eindringlich an.

»Ms. Delany, ich kann mich nur bei Ihnen entschuldigen. Officer Daton wird sich für die Verletzung der Dienstregeln verantworten.«

»Also liegt es nahe, dass diese Männer meinen Bruder getötet haben?«

»Das kann ich nicht mit Sicherheit sagen, aber die Möglichkeit besteht.«

»Der Gorilla sprach davon, dass Eric seinem Boss das Geld schuldet, und der Mann, der Nevin zu seinem Bodyguard gemacht hat, schien wohl dieser Typ zu sein. Vielleicht hat man Eric getötet, weil er ihnen das Geld nicht schnell genug beschafft hat.«

Wong rieb sich das Kinn und schwieg für einen kurzen Moment. Lang genug, um in Kaylin die Hoffnung zu schüren, dass sie auf dem richtigen Weg war.

»Er wurde in seiner Wohnung erschossen aufgefunden, richtig?«

Kaylin nickte und unterdrückte den Schmerz, der in ihr aufkeimte. Der Hoffnungsschimmer in ihr erlosch augenblicklich, als Wong mit dem Kopf schüttelte.

»Nein, das wäre wirklich eine Ausnahme. Eigentlich lassen sie Leichen auf Nimmerwiedersehen verschwinden. Hatte Ihr Bruder mit Drogen zu tun?«

»Nein, nein, das weiß ich ganz sicher. Eric hat das Zeug selbst nie angerührt, und ich bin mir absolut sicher, dass er niemals Drogen verkaufen würde.«

Natürlich war ihr bewusst, dass Wong danach fragen musste. Er und Nevin arbeiteten undercover für das Drogendezernat. Der Geschäftsmann in ihrer Bar heute war also offenbar ein großer Fisch im Drogenhandel. Dennoch konnte Kaylin nicht aufhören, weiterzuforschen.

»Waters war sicher, dass es sich um einen Auftragsmord handelt, weil der Täter keine Beweise hinterlassen hat. Selbst die Hülsen fehlten.«

»Dann hat sich Waters wohl in seiner Idee verrannt. Nur weil etwas aussieht wie ein Auftragsmord, muss es noch lange keiner sein. Es gibt gewöhnliche Mörder, die schlau genug sind, ihre Spuren zu verwischen.«

Er leerte seine Tasse und erhob sich.

»Ich kann Personenschutz für Sie beantragen, wenn Sie sich damit sicherer fühlen, Ms. Delany.«

»Ist das denn nötig?«

»Nevin ist der Meinung, es wäre besser. Er will herausfinden, warum die Typen heute in ihrer Bar essen wollten. Mit der Drohung und dem Tod Ihres Bruders als Puzzleteile würde ich Ihnen dringend dazu raten. Ich kann eine Streife vor dem Haus postieren lassen und dafür sorgen, dass im Umkreis Ihrer Bar tagsüber öfter Streife gefahren wird.«

Das ganze Ausmaß konnte sie kaum erfassen. Ihr war kalt, und sie zitterte.

»Ms. Delany, haben Sie Geduld. Nevin ist der Beste in unserem Team und mein Partner. Die Ermittlungen werden nicht mehr lange dauern. Er will sicher sein, dass es Ihnen gut geht.«

Sie begleitete ihn zur Wohnungstür.

»Bevor ich es vergesse: Er wollte etwas wissen, aber ich verstehe nicht, was er damit meint. Vielleicht sagt Ihnen das etwas. Er will wissen, ob Ihr Freund gestern Nacht hier war?«

Ihr Herz sackte eine Etage tiefer. Nevin wusste davon? Kaylin schloss die Augen und hielt den Atem an. In Sekunden rasten die Erinnerungen an letzte Nacht wie ein schnell vorlaufender Film in ihren Gedanken ab, und sie schämte sich in Grund und Boden. Sie wusste nicht warum, aber sie schüttelte ihren Kopf.

»Okay, ich werde es ihm ausrichten. Sollten Sie noch Fragen haben, auf dem Tisch liegt meine Visitenkarte. Auf der Rückseite steht meine private Nummer. Sie können mich rund um die Uhr erreichen.«

Als Wong gegangen war, ließ Kaylin sich bäuchlings auf das Sofa fallen, vergrub ihren Kopf unter einem der Kissen und schrie so laut sie konnte.

15

Nervös trommelte sie mit den Fingernägeln auf das Laptopgehäuse und sah sich im Büro um. Die Woche war verflogen wie nichts. Ereignislos, und doch hatten sich die Dinge grundlegend geändert. Kaylin fragte sich, wann die Zeit begonnen hatte, so rasant fortzuschreiten. Sie drehte sich im Sessel zu dem Gemälde ihrer Eltern um und seufzte. Gerne hätte Kaylin sie um Rat gefragt, mit ihnen geredet, und sie wünschte, sie könnte etwas eintauschen, um noch einmal wenigstens eine Minute mit ihnen verbringen zu können. Die Angst um Nevins Sicherheit zerriss sie innerlich. Seit Wongs Besuch in ihrer Wohnung hatte sie kein Lebenszeichen von ihm erhalten. War das der Grund, warum aus ihnen nie mehr werden konnte? War das auch der Grund seiner Distanz und das Festhalten an der Freundschaft? Auch Ciarán hielt sich an sein Versprechen, ihr Zeit zu geben. Zeit wofür? Immer wieder kehrte sie in Gedanken zu der einen Frage zurück, die Nevin ihr gestellt hatte, als sie ihm von dem Mann erzählt hatte. *Liebst du ihn?* Egal wie sehr sie sich anstrengte, darauf eine Antwort zu finden, es gab keine. Sie fühlte sich in seiner Nähe zu ihm hingezogen. Er war wie ein Magnet, wie eine Droge, von der sie die Finger nicht lassen konnte, sobald sie ihn nur sah. War er fort, zweifelte sie und hinterfragte sich selbst. Es war verflucht kompliziert.

Alles schien ihr buchstäblich über den Kopf wachsen zu wollen. Ihr war zum Heulen zumute. Sie wollte Eric zurück, wollte, dass alles wieder so wurde, wie es vor seinem Tod gewesen war. Doch das würde es nie wieder sein. *Reiß dich zusammen!*

Es klopfte, und einer der Securitymänner grinste schief, als er das Büro betrat.

»Chefin? Wenn Sie bereit sind, können wir öffnen.«

Es war Samstagabend, und bereits eine Stunde vor Öffnung des Clubs standen die Gäste Schlange und warteten darauf, eingelassen zu werden. Die Hände flach auf die Tischplatte gelegt, erhob sich Kaylin.

»Lassen wir die Sause steigen.«

»Legen wir los.«

Der New Yorker DJ, der an diesem Wochenende im *Tristans Nightclub* auflegte, lockte die Menschen scharenweise an. Kaylin hatte die freundlich-charmante Vorwarnung des jungen Mannes ernst genommen und Extra-Aushilfen eingestellt, die an der Bar und an den Tischen bedienten. Als sie mit dem Sicherheitsmann den Eingang öffnete, blieb ihr für einen Moment der Mund offen stehen. Der Mann neben ihr grinste.

»Da klingelt die Kasse. Und das werden nicht die Einzigen sein. Irgendwelche Anweisungen?«

»Keine Turnschuhe, nur elegante Kleidung, gepflegtes Äußeres und wie immer keine Betrunkenen und Pudernäschen.«

»Jawohl.«

Noch einmal sah sie sich die Schlange vor dem Eingang an. Unter den Wartenden erkannte sie eine Gruppe, die sie aus den Medien kannte. Die Band war gerade in den Charts aufgestiegen. Sie zupfte den Türsteher am Anzug und zeigte auf die Musiker.

»Gib ihnen einen VIP-Ausweis und mir ungefähr fünf Minuten Vorsprung.«

Er nickte und winkte die Band zu sich. Eilig machte sich Kaylin auf den Weg in das untere Geschoss, um den VIP-Bereich zu kontrollieren. Die vielen Gäste pressten sich Körper an Körper auf der Tanzfläche aneinander, verschwitzte Leiber zuckten im

Rhythmus der Musik und feierten den DJ mit lauten Gesängen. Er wurde wie ein Rockstar verehrt, und es war unnötig, ihm Getränke von der Bar zu bringen. Die Mädels luden ihn ständig ein und strahlten, wenn er mit ihnen anstieß. Der Rhythmus ging einem unter die Haut und erhitzte das Gemüt. Niemand war in der Lage, sich dem Dancemix zu entziehen. Kaylin stand auf einer Empore und ließ ihren Blick über den Innenraum schweifen. Plötzlich schloss sich eine Hand um ihr Gelenk und riss sie von dem Geländer fort. Erschrocken starrte sie ihr Gegenüber an und glaubte, ihr letztes Stündlein hätte geschlagen.

Ciarán beugte sich zu ihrem Ohr.

»Ich muss mit dir reden.«

Langsam wich die Anspannung aus ihrem Körper, und sie nickte, deutete auf den Ausgang. Im Flur ging sie voraus und öffnete eine der Lagertüren. Hier drang die Musik nur gedämpft und leiser ein.

»Ich kann das nicht.«

Sie sah ihn fragend an.

»Du hast gesagt, du brauchst Zeit, aber es bringt mich um, dich nicht sehen zu können. Sag mir, dass ich für dich nur eine Bettgeschichte war, damit ich weitermachen kann. Und dann gehe ich.«

»Ciarán, ich …«

»Warte! Es ist so, ich kann an nichts anderes denken, und ich verstehe, wenn du Seiten an dir entdeckst, die dich aus dem Konzept bringen, aber das ist nicht meine Schuld. Es gibt nichts, wofür du dich schämen müsstest. Ich weiß nicht, was ich getan habe, dass du mich hasst, aber ich will mich nicht damit abfinden, dass du mich von dir stößt, nur weil du dir selbst Angst einflößt.«

»Ich hasse dich doch nicht.«

Er nahm ihr Gesicht in seine Hände und sah verwundet und hilflos aus.

»Du machst mir auch Angst, weißt du das? Ich bin süchtig nach dir, und es macht mich fertig, nicht bei dir zu sein.«

Ciarán küsste sie, und es fühlte sich an, als stünde sie sofort wieder unter Strom. Ihre Kopfhaut kribbelte, und ihre Zehen prickelten. Ihr wurde schwindelig, und sie stöhnte in seinen Mund. Ciarán löste sich verzweifelt von ihren Lippen.

»Sag mir, dass ich verschwinden soll und dass du mich nie wieder sehen willst. Brich mir das Herz, aber lass mich nicht so in der Luft hängen.«

Sein Körper presste sie gegen ein Regal hinter ihr, und seine Ausstrahlung nahm sie gefangen. Sie fühlte seinen Bann wieder um sich. Unfähig, sich zu wehren, erwiderte sie seine Liebkosungen. Seine Zunge zeichnete eine feuchte Spur auf ihren Hals, ehe er vor ihr in die Knie ging und den Rock über ihre Hüften schob. Sein Gesicht presste sich gegen ihren Schoß, küsste die Seide ihres Höschens und hauchte heißen Atem durch den dünnen Stoff. Ihre Scham pulsierte, gierte nach mehr, und die Erregung ließ sie feucht werden. Sein Speichel mischte sich auf der Seide mit der Feuchtigkeit ihrer Lust. Stöhnend leckte er tastend ihre Schamlippen entlang, bohrte die Zungenspitze tiefer hinein und reizte ihre Begierde. Keuchend stützte sie sich an den Sprossen des Regals ab, spreizte ihre Schenkel, um ihm mehr Freiheit zu gewähren. Seine Fingerkuppen schoben ihre Unterwäsche beiseite, rieben die heiße Nässe und umkreisten ihre Öffnung. Die Kuppen drangen in sie ein, und ihr feuchtes Fleisch umschloss sie eng und gierig. Er saugte an ihrer Klitoris, bis sie prall und fest pochte. Ciarán erhob sich vor ihr, stieß sein Fingerpaar weiter in ihren Schoß und saugte an ihren Lippen, bis sie brannten. Kaylin stand kurz davor zu kommen, als er mit einer Vorahnung innehielt und lächelte.

»Sag mir, dass ich dich ficken soll.«

Wie von Sinnen vor Lust sah sie ihn stumm an.

»Bitte mich darum.«

Sein Lächeln wirkte berechnend, dominant und verletzend zugleich. Kaylin legte ihre Stirn in Falten, als sich seine Hand um ihren Hals schlang. Seine Füße spreizten ihre Beine noch ein Stück mehr. Die flache Hand schlug zu, traf klatschend auf ihr nasses Geschlecht. Die Hitze und der süße Schmerz durchzuckten ihren Leib und ließen ihre Knie zittern. Erstarrt schluckte sie hörbar. Die Hiebe wurden kraftvoller, bis sie es kaum mehr aushielt. Lust paarte sich mit Schmerz, und ihr Wimmern wurde von hastigen Atemzügen durchbrochen. Ihre Finger gehorchten ihr nicht mehr, sollten ihn eigentlich daran hindern, doch sie war unfähig, die Holme des Regals loszulassen, und klammerte sich noch fester daran. Jede Faser ihres Körpers verzehrte sich nach ihm.

»Bitte.«

Sie wollte ihn bitten, damit aufzuhören, doch er nahm es als die Bitte, die er hören wollte. Ciarán zog ihr Gesicht zu sich, presste seinen Mund auf ihre geschwollenen Lippen. Mit der anderen Hand öffnete er seine Hose. Sie konnte deutlich das Klirren seiner Gürtelschnalle hören.

Als Ciarán in sie eindrang, schrie sie vor Erleichterung auf, umschlang mit den Beinen seine Hüften und zog sich an den Querstreben des Regals hoch. Seine Finger gruben sich in ihre Pobacken. Einer der Regalböden drückte in ihren Rücken, wenn er zustieß. Ciarán fletschte die Zähne vor Anstrengung, pumpte sein Geschlecht in ihren Schoß und fixierte ihren Blick. Kaylin ließ die Streben los, bohrte ihre Fingernägel hart in seine Schultern und schrie auf, als sie zum Höhepunkt kam. Vor Schmerz fauchend, rammte er sich ein letztes Mal tief in ihre Scham. Das zuckende Fleisch um seinen Schwanz kostete ihn den letzten

Rest Beherrschung, und er entlud sich in mehreren Schüben tief in ihrem Schoß. Mit der Stirn gegen ihren Hals gelehnt, glitt er aus ihr und stellte sie behutsam wieder auf die Füße.

»Du bist verdorben und berauschend zugleich, Kaylin. Ich bekomme einfach nicht genug von dir.«

Still spürte sie dem Nachglühen in ihrem Körper nach, seufzte leise und schloss die Augen. Die Heftigkeit, mit der er sie beide fürs Erste befriedigt hatte, pulsierte noch immer tief in ihrem Körper. Leise flüsterte er ihr ins Haar.

»Lass uns von hier verschwinden.«

»Ich kann nicht.«

»Doch, du kannst. Dein Personal kann auch mal eine Nacht ohne dich den Laden schmeißen.«

Er küsste sie, machte sie wieder schwach, ließ sie spüren, wie hungrig er noch immer war. Wehrlos schmunzelte Kaylin und ließ sich von ihm aus dem Lagerraum ziehen. Auf dem Gang richtete sie ihren Rock und glättete ihr zerzaustes Haar. Plötzlich blieb Kaylin wie angewurzelt stehen, und das Lächeln in ihrem Gesicht gefror, als sie direkt in Nevins Gesicht blickte. Seine Augen zuckten von Ciarán zu ihr und wieder zurück. Er war mit den Männern im Club, die auch in der Bar aufgetaucht waren. Seine Kiefermuskeln arbeiteten, und sie schämte sich abgrundtief, dass er sie so sehen musste. Ihr Herz sollte augenblicklich aufhören zu schlagen, doch es gehorchte ihr nicht.

Ciarán musterte Nevin, grinste und nickte ihm lächelnd zu. Er griff nach Kaylins Hand und zog sie mit sich nach draußen. Sie warf einen Blick zurück in den Eingang. Nevin sah ihnen nach, und das Funkeln in seinen Augen hätte nicht tödlicher aussehen können. In seinem Gesichtsausdruck lag eine Mischung aus Eifersucht und etwas, das sie nicht richtig deuten konnte.

Plötzlich wurde ihr klar, was da gerade geschah. Die Männer, mit denen Nevin gekommen war, besuchten *ihren* Club. Sie blieb stehen, und Ciarán sah sie fragend an.

»Was ist? Komm, ich will dir etwas zeigen.«

Kaylin schüttelte den Kopf und sah zurück zum Nachtclub.

»Ich kann nicht.«

»Kaylin!«

»Nein, ich kann nicht, ich muss zurück.«

Sie hörte einen Fluch aus seinem Mund, als sie ihn stehen ließ und zurückkehrte. Kaylin ging zurück in den Lagerraum, der noch immer nach Sex roch, um die Fassung zurückzuerlangen. Wieder einmal war sie ihm verfallen, und es half nichts: Egal wie sehr sie sich vornahm, ihm etwas mehr Gegenwehr zu bieten, sobald er sie berührte, war sie wie Pudding in seinen Armen.

Sie holte Wongs Karte heraus, die sie stets bei sich trug, und wählte per Handy seine Nummer. *Reiß dich zusammen, Kay!* Nachdem sie ihm die Situation im Club geschildert hatte, riet er ihr, sich unauffällig zu verhalten und ruhig zu bleiben. Nevin wüsste, was er tat, und Männer in Zivil hatten sich bereits unter die Clubgäste gemischt. Seine Stimme beruhigte sie, wenn auch nur ein wenig. Ihr Herz pumpte das Adrenalin durch ihren Leib, und sie hatte das Gefühl, als seien ihre Beine bleischwer.

Von der Empore aus machte sie die Männer in der Menge aus und behielt Nevin im Blick. Ihr Körper bebte. Die Furcht um ihre Clubgäste, ihre Angestellten und Nevins Sicherheit ließen sie kaum atmen. Obwohl Wong ihr gesagt hatte, dass sich unter den Clubbesuchern eine Menge Polizisten in Zivil aufhielten, traute sie der Sache nicht. Was zum Teufel suchten die Kriminellen hier? Nevin wirkte wie ein Profi und schien seinen Job als Leibwächter ernst zu nehmen. Jeder Gast, der dem grauhaarigen Drogenbaron zu nahe kam, wurde von ihm abgedrängt, und sein Blick suchte stetig wachsam umher. Es war skurril mitanzusehen, wie Nevin den Kriminellen beschützte, und gleichzeitig zu wissen, dass er ein Undercovercop war.

Nevin war bemüht, sich auf seine Aufgabe zu konzentrieren, doch ständig sah er dieses Bild vor Augen: Kaylin mit unordentlicher Kleidung, zerzaustem Haar und diesem Kerl an ihrer Seite. Er schaffte es nicht, die aufsteigende Übelkeit zu bekämpfen. In der Seitentasche seiner Cargohose vibrierte das Handy. Zuerst wollte er den Anruf ignorieren, ließ seinen Blick erneut über die tanzenden Clubgäste schweifen, doch dann erkannte er auf dem Display Kaylins Nummer. Für einen Moment war er versucht, mit ihr zu sprechen, doch nicht hier und nicht jetzt. Er drückte den Anruf weg und steckte das Handy wieder ein. Mehrmals hintereinander vibrierte es noch, doch diesmal widerstand er der Versuchung. Selbst wenn er die Möglichkeit gehabt hätte, er wäre zu wütend auf sie gewesen, um vernünftig mit ihr zu sprechen. Er war hier, um einen Job zu erledigen. In Gedanken rief er sich selbst zur Ordnung, ließ seinen Blick umherschweifen und stellte sicher, dass niemand zu nahe kam.

Der Boss verabschiedete sich schließlich von seiner Verabredung, schüttelte die Hand des Ganoven, mit dem er gedachte, weitere Geschäfte zu machen, und gab seinen Leuten ein Zeichen zu gehen. Nevin blieb dicht bei dem Mann, um ihn, wie es seine neueste Aufgabe war, abzuschirmen. Ein Jahr Arbeit hatte es ihn gekostet, dem großen Fisch so nah zu kommen und sich in der Hierarchie hochzuarbeiten. Er hasste jede verdammte Minute davon, doch sein Gesicht zeigte keinerlei Gemütsregung.

Als angeblicher Kleinganove mit krimineller Vorgeschichte, frisch aus dem Knast, hatte er nach Arbeit gesucht und bei dem Boss Fuß gefasst. Mit Totschlag, Körperverletzung und Einbrüchen in seiner falschen Polizeiakte war Logan der richtige Mann für die Vorhaben des Gangsters. Logan Moore war geschickt, skrupellos, gefühlskalt und brutal, wenn es nötig war. Logan Moore hatte sich in diesem Jahr immer mehr in Nevins eigener Persönlichkeit verankert, sodass er sich zeitweise sogar selbst hasste.

Doch heute Nacht würde Nevin Seymoore alias Logan Moore auf eine verdammt harte Probe gestellt.

Der Boss verabschiedete sich von einigen seiner Leute und gab seinem Fahrer eine Adresse. Lächelnd klopfte er Nevin auf die Schulter.

»Heute Nacht haben wir uns eine Belohnung verdient, mein Freund.«

Der grauhaarige Mann wirkte nicht wie ein eiskalter Drogenbaron, nicht gewalttätig oder gefühlskalt. Sein Lächeln war freundlich, sein Auftreten höflich und zurückhaltend. Doch Nevin hatte ihn bereits anders erlebt. Die Ankündigung ließ ihn nichts Gutes ahnen.

Er nickte mit unbewegter Miene und berührte den Patch mit der Aufschrift *In God we trust,* der als Grundstein des amerikanischen Patriotismus galt und auf seiner Lederjacke aufgenäht war. Das kleine Ding war ein Wunderwerk der Technik. Wong selbst hatte die Minicam nebst Mikro dort eingebaut. Ein winziger Sender schickte die Aufnahmen über Satellit auf den zentralen Rechner des Hauptquartiers. Nevin wusste, dort saß immer einer aus seiner Einheit und betrachtete via Monitor die Videoschaltung.

Die Limousine hielt auf einem bewachten Parkplatz in der Nähe der Keys. Der Boss stieg aus, und Nevin folgte ihm.

»Ich schulde dir noch etwas.«

Nevin wollte verneinen, abwinken, doch der Mann schüttelte den Kopf und legte seinen Arm um Nevins Schulter.

»Nein existiert in meinem Wortschatz nicht, mein Freund.

Ich verdanke dir mein Leben. Du hast im letzten Jahr sehr hart für mich gearbeitet und dir mein Vertrauen verdient. In diesen Zeiten ist es schwer, Loyalität zu finden und absolute Treue. Ich weiß es zu schätzen. Es gibt nur wenige Menschen in meinem Umkreis, denen ich traue. Selbst meine rechte Hand kennt diesen Ort nicht.«

Nevin grinste schief, obwohl ihm nicht danach war, doch seine Tarnung verlangte es. Wäre er kein Cop, müsste er sich von diesem Vertrauensbeweis geehrt fühlen.

»Komm, Logan. Lass uns Spaß haben.«

Leise war der Zahnlückentyp gefolgt, den sie Little John nannten, dabei wirkte er wie eine schlechte Parodie auf den Helfer des volksnahen Robin Hood. Nevin fühlte sich, als müsse er etwas sagen.

»Mr. Lanewood, ich fühle mich wirklich geehrt.«

Der Boss lächelte väterlich, packte Nevins Schultern und küsste ihn rechts und links auf die Wangen.

»Nenn mich Brandon, mein Freund. Das gestatte ich nicht jedem meiner Mitarbeiter, aber du bist eine Ausnahme. Wenn ich einen Sohn hätte, würde ich mir wünschen, er wäre wie du.«

Lanewood ging voraus und betrat die Stufen zu einem riesigen Strandhaus. Little John stieß Nevin in die Seite und grinste schief.

»Brandon, hä?«

Er lachte und folgte dem Boss auf die Veranda. Nevin runzelte die Stirn und zögerte, nannte dann laut und deutlich mit beeindrucktem Tonfall die Adresse, wo sie sich befanden. Nur fürs Protokoll.

»Das ist eine noble und abgelegene Gegend.«

Der Boss nickte, als er die Tür zum Strandhaus aufschloss, und schien stolz darauf zu sein. Anders als die in der Nähe befindlichen Häuser stand es zwar auf Pfeilern, doch während die anderen Strandhäuser keine Kelleretage besaßen, war hier der Unterbau mit Holz verkleidet. Nevin drehte sich einmal um seine eigene Achse. Hier gab es keine dichte Umzäunung, keine Sicherheitsleute, keine Überwachungskameras.

»Ich weiß nicht, ob ich hier allein für deine Sicherheit garantieren kann, Brandon.«

»Junge, entspann dich. Ich habe dir Vergnügen versprochen, du bist nicht zum Arbeiten hier.«

Bevor Nevin das Haus betrat, drehte er sich noch einmal um, bevor er dem Boss ins Strandhaus folgte. Lanewood füllte Whiskey in zwei Gläser und ignorierte Little John, als wäre er gar nicht anwesend. Als Nevin ablehnen wollte, sah Brandon ihn stirnrunzelnd an und lächelte.

»Ich sagte, entspann dich.«

Nevin nahm das Glas und leerte es in einem Zug. Der Alkohol brannte in seiner Brust, doch die Anspannung wich nicht.

»Nette Hütte.«

Ein kehliges Lachen drang aus dem Mund des Hünen, der es aufgegeben hatte zu schmollen. Nett war durchaus untertrieben. Von außen wirkte das Haus groß, aber einfach gestaltet, innen jedoch erstrahlte jeder einzelne der großen Räume in purem Luxus.

»Sieh dich in Ruhe um, ich hoffe, mein bescheidenes Zweitheim trifft deinen Geschmack.«

Der Besitzerstolz in Brandon Lanewoods Stimme war unverkennbar, und Nevin nutzte die Einladung, um sich jedes Zimmer genau anzusehen. In dem großzügig gestalteten Wohnzimmer hielt er inne, beugte sich vor und berührte eine Klapptür, die in den Boden eingelassen war.

»Deiner Aufmerksamkeit entgeht wirklich gar nichts. Das ist es, was ich an dir so schätze, Logan. Du hast Augen wie ein

Adler, die Reaktion eines Geparden und den Charakter eines Raubtieres.«

Lanewoods Augen glänzten, als er sein Loblied beendete, und er grinste.

»Wenn ich es nicht besser wüsste, könnte man meinen, du seist ein Bulle.«

Little John lachte laut auf und schüttelte sich über den Spruch aus, als wäre es der beste Witz aller Zeiten gewesen, den er gerade gehört hatte. Nevin blieb unberührt und ernst. Lanewood deutete mit einer Kopfgeste zur Bodenluke.

»Willst du wissen, wie mein Keller aussieht?«

Ohne auf eine Antwort zu warten, kniete sich Lanewood hinunter, betätigte einen versteckten Schließmechanismus, woraufhin sich die Klappe wie von Zauberhand öffnete. Eine Holztreppe führte hinunter.

»Nach dir.«

Nevin stieg die Stufen langsam hinab und blinzelte, als sich der Kellerraum plötzlich erhellte. Lanewood stand dicht hinter ihm. Als Nevins Augen sich an das grelle Licht gewöhnt hatten, atmete er tief durch. Etagenbetten standen hier. Ein Waschbecken und eine Toilette sorgten für die dürftige Hygiene der fünf jungen Frauen, die ihn verängstigt ansahen. Einige von ihnen waren noch halbe Kinder.

»Was ist das hier?«

Lanewood umrundete ihn, und Stolz ließ sein Gesicht erstrahlen.

»Das ist die zweite Etappe, bevor diese hübschen, niedlichen Miezen als lebende Drogentransporter nach Mexiko geschickt werden. Ich kann es mir nicht leisten, dass sie sich bei der erstbesten Gelegenheit aus dem Staub machen, also durchlaufen sie einen harten Drill, der sie gefügig und gehorsam macht.«

Er betrachtete die Frauen wie seine Auserwählten, als wären

sie besondere Schätze, und doch hielt er sie wie Sklavinnen in einem schmutzigen und muffigen Keller. Nevin nickte teilnahmslos und kämpfte innerlich gegen den Drang, sich übergeben zu müssen. Er zwang sich dazu, sich umzusehen, erkannte an den Fußgelenken der Mädchen einen Sender und wandte seinen Blick wieder zu Lanewood.

»Wozu die elektronischen Fesseln?«

Er wusste genau, wie sie funktionierten: Anders als die Fußfesseln der Polizei begrenzten sie zwar ebenso den Bewegungsradius, schickten jedoch bei Grenzübertretung einen Stromschlag durch den Körper. Eigentlich waren sie für Hunde konzipiert worden.

»Billig und sehr effektiv. Die Luke ist gut gesichert, aber man weiß ja nie, was sich die Katzen einfallen lassen. Es gab bei der zweiten Etappe in der Vergangenheit einige Frauen, die mit dem Gedanken spielten zu flüchten. Der Radius ist auf das Haus beschränkt, betreten sie die Veranda, leiden sie.«

Noch immer fragte sich Nevin, was zum Teufel sie hier wollten. Lanewood hatte von Vergnügung und Belohnung gesprochen. Doch sein Verstand weigerte sich, an das Schlimmste zu denken.

Der Boss befahl den Mädchen, sich in einer Reihe aufzustellen. Nevin bekam eine Gänsehaut unter seiner Lederjacke, denn diese Gesichter, diese Augen, hatten bereits viel gesehen, zu viel erlebt. Sie waren so verdammt jung. Doch er erkannte, warum Lanewood gerade sie auswählte. Die Mädchen vermisste hier in den Staaten niemand.

Nevin vermutete, dass sie Töchter von illegalen Einwanderern waren. Sie würden unter Aufsicht in ihre Heimat zurückkehren, und ihre jungen und gesunden Körper würden als Drogentransporter dienen. Die Mistkerle brachten sie dann über die amerikanische Grenze. Man würde sie dazu zwingen, in Kondome oder Luftballons gepresstes Heroin, Crack, Ice und Koks zu schlucken und über die mexikanische Grenze zu bringen. Zurück auf amerikanischem Gebiet, würde man warten, bis die Ware auf natürlichem Wege wieder zum Vorschein kam. Geschah das nicht, würde der Mistkerl das Messer selbst anlegen, dessen war er sich absolut sicher. Es kam auch nicht selten vor, dass die kleinen Ballons durch die Magensäure im Körper platzten. Beides war ein sicherer Tod und qualvoll obendrein. Nevin hatte das schon zu oft gesehen.

»Such dir eine aus oder auch zwei.«

Die Worte des Bosses liefen ihm eiskalt den Rücken hinunter. Nevin betrachtete die eingeschüchterten zarten Gesichter der jungen Frauen und hätte dem Scheißkerl am liebsten vor die Füße gekotzt. Little John rieb sich bereits die Hände vor Vorfreude. Nevin schüttelte den Kopf.

»Ich passe.«

Lanewood hob überrascht seine Augenbrauen.

»Gefallen sie dir etwa nicht? Das hier ist feinste mexikanische Ware, mein Freund, und du siehst mir nicht danach aus, als wärst du ein Rassist.«

Lanewood packte das Kinn eines der Mädchen, drehte ihr Gesicht. Doch erneut lehnte Nevin ab.

»Sie sind hübsch, aber nicht mein Geschmack.«

»Tz, tz, tz. Logan, Logan, du machst es mir nicht leicht, dir eine Freude zu bereiten. Aber ich bestehe darauf, dass du dir wenigstens eine Hure wählst, die heute Nacht dein Bett teilt. Was du mit ihr anstellst, überlasse ich dir. Fick sie, quäl sie, aber lass sie am Leben. Sie sind sehr gut trainiert, die Bedürfnisse eines Mannes zu befriedigen, selbst wenn diese außergewöhnlich sind – wenn es das ist, was dich zögern lässt. Du kannst mit ihnen machen, was du willst. Nach dir wähle ich, und der Rest, der übrig bleibt … darum wird sich Little John kümmern.«

Mit diesen Aussichten und dem gierigen, fiesen Blick des Hünen im Rücken schritt Nevin die Reihe der Frauen ab und sah jeder von ihnen in die Augen. Gebrochene Seelen, vergewaltigte Körper, misshandelt, gequält und missbraucht. Die Wahl war wie der Gang zur Schlachtbank. Welche sollte er davor bewahren, eine Nacht in Schmerz und Leid zu verbringen? Welche? Nevin blieb plötzlich stehen und starrte in die funkelnden Augen einer Frau, die nicht älter als neunzehn sein konnte. Er sah Zorn und Hass darin, was ihn tatsächlich freute. Dieses Mädchen hatte noch nicht aufgegeben. Sie hatte ihren Lebenswillen noch ungebrochen bewahrt.

»Wie ist dein Name, Mädchen?«

Er sah ihr an, dass sie ihm am liebsten ins Gesicht gespuckt und ihm noch lieber die Augen ausgekratzt hätte.

»Carmen!«

Ihr spanischer Akzent tropfte vor Kälte und Stolz. Lanewood trat neben ihn und nickte anerkennend.

»Du hast einen sehr außergewöhnlichen Geschmack.«

Er beugte sich verschwörerisch zu ihm hinüber und senkte seine Stimme zu einem Flüstern.

»Zähm sie für mich, Logan. Wenn du sie nicht gewählt hättest, hätte ich es getan. Sie ist wie ein wildes Tier.«

Nevin verbarg seinen angewiderten Ausdruck und griff nach Carmens Handgelenk. Sie fauchte leise, doch er zerrte sie hinter sich her. Er wollte nicht noch einmal in die gebrochenen Gesichter der Mädchen sehen, die übrig geblieben waren, sonst hätte er seine Entscheidung bereut. Er schob die Schönheit in eines der Zimmer und knallte die Tür zu.

16

»No toque mí, ano.«

Carmen stand auf der anderen Seite des Bettes und funkelte ihn zornig an. Sein Spanisch benötigte dringend einer Auffrischung, allerdings reichte es noch, um das Wort *Arschloch* zu verstehen und dass er die Finger von ihr lassen sollte.

»Ich weiß, du sprichst meine Sprache.«

»Marcharse.«

Er hob hilflos die Hände. »Ich kann nicht einfach abhauen.«

Ihre hübsche Stirn legte sich in Falten.

»Glaubst du, das macht mir Spaß?«

»Qué?«

Er schüttelte den Kopf, sank auf das Bett und vergrub sein Gesicht in seinen Händen. Blitzschnell rannte Carmen zur Tür, doch Nevin packte ihre dünne Taille und zog sie zurück ins Zimmer. Mit dem Fuß kickte er die Tür wieder zu, drehte den Schlüssel. Sie kämpfte, trat und zappelte schreiend in seinem Arm. Nevin warf sie aufs Bett, und plötzlich sah er Tränen auf ihrem Gesicht. Sie zitterte vor Angst.

»Por favor no haga daño a mí.«

»Fuck!«

Er strich sich mit den Händen durch sein Haar.

»Por favor?«

In ihrem Gesicht war jeglicher Kampfgeist erloschen, und er hasste es zu sehen, dass sie Angst vor ihm hatte. Er kniete sich auf das Bett, doch sie wich verängstigt vor ihm zurück.

»Shhhh.«

»No haga daño a mí.«

»Ich werde dir nicht wehtun.«

Sanft griff er nach dem tränennassen Gesicht und sah ihr in die Augen.

»Ich will dir nicht wehtun. Okay?«

Sie traute ihm nicht, das konnte er in ihren Gesichtszügen lesen. Kein Wunder, wie oft mochte sie in den letzten Wochen diese Worte gehört haben, bevor das Unvorstellbare über sie hereingebrochen war?

»Verstehst du meine Sprache?«

»Sí.«

»Gut!«

Das war sehr gut. Nevin atmete tief durch. Doch noch bevor er ihr etwas erklären konnte, begann sie erneut in ihrer Sprache um Gnade zu betteln. Es brach ihm das Herz.

»Shhh, beruhig dich. Ich will dir nichts tun, okay? Hör mir zu.«

Carmen sah ihn an wie ein verängstigter Hase, der vor dem Wolf erstarrt war. Nevin hielt seine Hände empor und stieg vom Bett, was sie ein wenig zu beruhigen schien.

»Ich will, dass du dich ganz ruhig verhältst. Kein Geschrei, kein Kampf, nichts. Ich werde dich nicht anrühren. Es wird dir nichts passieren.«

Er schnaubte über seinen letzten Satz. Sobald die Nacht vorüber war, würde Schlimmeres passieren. Ihre mandelförmigen braunen Augen starrten ihn an. Nevin setzte sich behutsam auf die Bettkante, und als er merkte, dass sie nicht mehr vor ihm zurückwich, wagte er sich wieder näher zu ihr. Sie zuckte nur zurück, als er seine Hände hob, um ihr Gesicht sanft zu umfassen. Eine Mischung aus Furcht, Neugier und Unverständnis war darin zu lesen.

»Wie alt bist du?«

»Qué?«

»Wie alt du bist?«

»Siebzehn.«

»Shit …«

Nevin hielt noch immer ihr Gesicht in seinen Händen und senkte seinen Kopf. Siebzehn! Das überstieg seinen Verstand.

»Woher kommst du?«

»Ich kommen her vor zwei Monaten. Papa wollte besseres Leben für mich in Amerika. Bezahlen viel Geld an Señor …doch Señor sagen, nicht genug, muss arbeiten.«

Die bekannte Geschichte, ein Trick, ein mieser Trick, der häufig verwendet wurde, um Frischfleisch für die Bordelle ranzuschaffen oder wie in Lanewoods Fall neue Drogenkuriere zu rekrutieren.

»Carmen, hör mir jetzt gut zu.«

Er bewegte sich wie so oft in den letzten Tagen auf dünnem Eis, doch er musste es riskieren.

»Weißt du, wo du zuerst warst?«

Sie nickte, und die Skepsis in ihrer Mimik wich immer mehr. Sie fasste Vertrauen zu ihm, was ihn selbst überraschte.

»Da ist ein Lagerhaus bei Docks, grün mit rotem Zeichen. War leer, als man uns brachte dorthin.«

»Hast du ein Schild gesehen, irgendwas?«

»Monros, oder so?«

»Mon Roses?«

»Sí, sí, haben ich gelesen.«

Er ließ sie los und nickte.

»Señor? Warum Sie stellen mir all die Fragen?«

Für den Bruchteil eines Augenblickes war Nevin tatsächlich versucht, das arme Geschöpf einzuweihen, ihr zu erklären, wer er wirklich war. Allein der Gedanke daran war alles andere als professionell.

»Ich kann dir nichts sagen. Aber ich bitte dich, mir zu vertrauen. Ich weiß, ich bin ein Fremder, und du hast viel durchgemacht.«

Kaum hatte er die Worte ausgesprochen, sah er erneut Tränen in ihren Augen schimmern. Würde er es übers Herz bringen, sie am Morgen zurück in diesen versifften Keller zu schicken? Siebzehn! Die Zahl schwirrte wie eine dunkle Wolke in seinem Gehirn. Dieses Mädchen hatte noch ihr ganzes Leben vor sich, doch als Drogenkurier würde es rasch verkürzt. Nevin erhob sich, zog seine Lederjacke und sein Hemd aus. Abermals weiteten sich ihre Augen angstvoll.

»Sie haben versprochen, Señor …«

Ihr spanischer Akzent klang süß, aber ihre Stimme zitterte dünn und panisch, als er mit nacktem Oberkörper dastand. Sie unterdrückte einen Schrei, nachdem er seinen Fuß auf das Bett gestellt hatte und aus der Gelenkmanschette ein Messer zog. Ein spanisches Gebet flüsternd, schloss Carmen zitternd die Augen. Ihm war bewusst, wie das auf sie wirken musste, und ihm wurde klar, dass er sie nicht einfach diesen Scheißkerlen überlassen wollte.

»Carmen? Hör auf zu beten, und sieh mich an.«

Er war müde und rieb sich die Stirn. Er hoffte, dass der Sender an seiner Lederjacke alles aufgezeichnet hatte, sodass niemand zu diesem Zeitpunkt hier eingreifen würde. Die Informationen waren zu wertvoll. Nevin schüttelte den Kopf. Er würde sie nicht wieder zurückschicken können. Als Carmen zu ihm emporsah, schniefte sie.

»Wenn du durch die Tür gehst, führt rechts ein Flur zum Ausgang. Er ist unverschlossen. Du wirst dich nicht umdrehen, und du wirst nicht stehen bleiben. Renn so schnell du kannst, und such das nächste Polizeirevier auf. Frag nach Jason Wong, und erzähl ihm alles, was du weißt. Du hast nur eine Chance.«

Sie starrte ihn ungläubig an, als könne sie nicht fassen, was er gerade gesagt hatte. Ein entsetzter Laut drang aus ihrer Kehle, und ihre Augen weiteten sich, während Nevin sich die Klinge an die Brust setzte und sie über seine Haut zog. Er blutete, verzog jedoch keine Miene und schloss die Tür des Zimmers auf.

»Nur diese eine Chance.«

Er öffnete leise die Tür.

»Ich gebe dir einen guten Vorsprung. Lass die Haustür offen stehen, und renn um dein Leben.«

Sie glitt vom Bett. Nevin schnitt das Band der elektrischen Hundeerziehung durch und drückte ihr das Messer in die Hand.

»Lauf!«

Sie fragte nicht, warum. Sie sah sich nicht einmal um. Schlaues Mädchen! Er sah auf die Armbanduhr an seinem Gelenk, setzte sich auf die Bettkante und drückte das weiße Bettlaken gegen seine blutende Wunde. Er hörte das leise Klicken der Tür und wartete. Nevin starrte minutenlang auf das Band in seiner Hand und ließ es dann zu Boden fallen. Die Wunde auf seiner Brust brannte wie die Hölle, doch es tat gut, etwas anderes zu fühlen als den Ekel vor dem, was er gesehen und gehört hatte. Nach einer Weile trat Nevin auf den Flur hinaus, warf einen Blick zu der offenen Strandhaustür und lächelte. Dann brach er vermeintlich zusammen, ging in die Knie und brüllte so laut, dass es wahrscheinlich die ganze Nachbarschaft hören würde.

Little John war als Erster bei ihm, dann auch Lanewood.

»Dieses kleine Miststück hat sich mein Messer gegriffen und ist abgehauen.«

Nevin klang so angepisst, wie es ihm möglich war. Lanewood wirkte zuerst wütend, doch dann lachte er aus voller Kehle und betrachtete die Wunde auf der Brust seines Leibwächters.

»Du wirst es überleben, Junge. Sie ist ein kleiner Verlust, aber mach dir keine Sorgen. Die traut sich nicht zu den Bullen, schließlich ist sie illegal hier. Da wo die herkommt, gibt es noch viele andere.«

Lanewood stand auf und legte die Hände in die nackten Hüften. Er hob die zerschnittene Fußfessel vom Boden auf und lächelte.

»Es ist aber gut zu wissen, dass auch du Schwächen besitzt, Logan. Frauen! Man unterschätzt sie leider viel zu schnell.«

Er wandte sich an Little John.

»Schaff die Weiber nach unten. Wir sollten von hier verschwinden.«

Ganz traute er dem Braten nicht, dass die Kleine wirklich nicht zu den Bullen gehen würde. Nevin hatte damit gerechnet und hoffte inständig, dass die Kollegen, bei denen Carmen landete, sofort reagierten, sobald Jasons Name fiel. Für einen Augenblick fiel er aus der Rolle und grinste. Er hatte seine Tarnung gewahrt und dabei ein Leben gerettet. Es fühlte sich gut an, dass er überhaupt noch etwas Derartiges empfinden konnte. Ganz hatte der Job ihn doch nicht verdorben. Er ließ sich auf den Boden sinken und keuchte. Scheiße, das tat höllisch weh, aber das war es wert gewesen. Es war nun abzuwarten, ob Carmen ihren Teil des Deals auch einhielt.

Nachdem Nevin sich selbst verarztet und fertig angezogen an der Tür postiert hatte und auf die anderen wartete, nutzte er die Gelegenheit und tippte eine Nachricht in sein Handy.

Carmen kommt! Illegal, aber wissend! Kümmere dich!

Er schickte den Text an Jasons Nummer, bevor er mit Lanewood und John das Strandhaus verließ. Er zögerte, als er in die Limousine stieg, und betrachtete ein letztes Mal das Haus. Abermals berührte er den Patch auf seiner Lederjacke und hoffte inständig, seine Kollegen würden rechtzeitig dieses Nest ausheben, ehe man die Mädchen zu ihrer eigentlichen Aufgabe wegschaffte. Der Boss hatte die Order bereits an seine Leute weitergegeben.

17

Jason Wong saß im Büro des *Tristans*, trank in aller Seelenruhe seinen Kaffee, und Kaylin fragte sich in diesem unpassenden Moment, ob dieser Mann jemals lächelte. Sein Angebot würde dadurch auch nicht besser klingen. Sie räusperte sich, spürte Ärger in sich aufsteigen und bemühte sich, die Fassung zu bewahren.

»Sie verlangen von mir allen Ernstes, dass ich Sie beim Wort nehme?«

»Ja.«

»Mr. …«

»Nennen Sie mich Jason.«

Kaylin schüttelte den Kopf und seufzte genervt.

»Mr. Wong! Ich kann nicht tatenlos zusehen, wie mein Club als Drogenumschlagsplatz missbraucht wird. Meine Angestellten sind heute zu mir gekommen und haben mir berichtet, dass sie gesehen haben, dass Koks und Ice verkauft wurden, während Ihre Leute dort waren. Wenn das überhaupt die Wahrheit war. Ihre Leute haben nichts dagegen unternommen, Mr. Wong, rein gar nichts, und jetzt verlangen Sie von mir, dass ich das einfach so zulasse?«

Er blieb ruhig, stellte die Tasse auf den Unterteller, und seine Mimik verriet nichts von dem, was in ihm vorging. Am liebsten wäre Kaylin ihm an den Hals gesprungen und hätte ihn durchgeschüttelt. Seine Ruhe machte sie fertig.

»Ms. Delany, wir befinden uns mitten in der Ermittlung.«

»Das meine ich ja. Wenn selbst meine Angestellten mitbekommen haben, dass im Club mit Drogen gedealt wird, warum haben sich Ihre Leute dann nicht eingeschaltet?«

»Es geht hier um größere Fische und nicht darum, ein paar kleine Ganoven in den Knast zu bringen, Ms. Delany. Ich habe Verständnis, dass die Situation Sie nervös macht …«

»Nervös? Da mischen sich Kriminelle unter meine Clubgäste und verkaufen harte Drogen! Wir hatten noch nie zuvor Probleme damit. Meine Security ist gut darin, die Pudernasen am Eingang auszusieben, und wenn es Leute an ihnen vorbeischaffen, entgehen sie innen nicht der Aufmerksamkeit meiner Mitarbeiter und erhalten danach Hausverbot. Es geht hier um meinen Club, Sergeant Wong! Um meine Gäste! Ich kann meinen guten Ruf nicht riskieren für eine Ermittlung, über die ich noch nicht einmal einen Funken erfahre.«

»Ms. Delany, wie ich Ihnen bereits gesagt habe, kann ich Ihnen nicht mehr darüber erzählen.«

»Ach, gehen Sie doch zum Teufel.«

Keuchend ließ sie ihren Kopf sinken und bereute den letzten Satz.

»Es tut mir leid, Mr. … Jason. Das habe ich nicht so gemeint.«

Nevins Partner saß ganz ruhig und gelassen in dem Stuhl am Schreibtisch und schien es ihr keineswegs übel zu nehmen. Wahrscheinlich hatte er Übung darin, mit hysterischen Frauen umzugehen, und genauso führte sie sich gerade auf. Kaylin setzte sich in den Sessel und faltete die Hände auf der Tischplatte ineinander.

»Haben Sie eine Nachricht von Nevin?«

»Er hat sich gemeldet, ja.«

Er lebte! Erleichtert atmete sie tief durch. In der Hoffnung, mehr zu erfahren, hob sie ihr Gesicht, doch die Mimik des Halbjapaners machte ihr klar, dass er nicht dazu bereit war, das

Thema zu vertiefen. Sie dachte an den erschossenen Jungen, und noch bevor ihr klar wurde, was sie da tat, suchte sie Wongs Blick.

»Haben Sie Trevors Leiche schon gefunden und seine Mutter benachrichtigt?«

Die Überraschung war ihm anzusehen, und Kaylin öffnete die Lippen, doch sie konnte die Worte nicht mehr zurücknehmen. Nevin hätte ihr gar nicht davon erzählen dürfen. *Verdammt!* Sie biss sich auf die Unterlippe.

»Das … ich …«

»Wir haben seinen Körper gefunden und zur Pathologie gebracht.«

Er klang unterkühlt, und sein Gesicht wirkte nun noch undurchdringlicher als zuvor. War er wütend, dass Nevin sie diesbezüglich eingeweiht hatte? Kaylin erwiderte Jasons Blick und wurde ganz ruhig.

»Nevin war völlig durch den Wind, und er brauchte jemanden zum Reden. Er hat sicherlich nicht …«

»Ms. Delany, darüber hätten Sie gar keine Kenntnis haben dürfen. Er hat die Dienstvorschriften missachtet und wird sich zu einem späteren Zeitpunkt dafür verantworten müssen.«

Fassungslos schüttelte sie ihren Kopf.

»Ist das alles, was Sie interessiert? Vorschriften? Dieser Mann riskiert seinen Arsch da draußen und tanzt mit Gevatter Tod Samba, und das jeden verdammten Tag. Sie sitzen doch nur in einem hübschen Büro und drehen Däumchen, während er die Kerle festzunageln versucht.«

Diesmal bereute sie ihre Worte nicht. Seine Kälte machte sie zornig, doch viel schlimmer traf sie die Gleichgültigkeit in seiner Stimme, als sei Nevin jederzeit austauschbar. Ihre Aussage schien zu wirken. Wongs Gesicht kam in Bewegung, und sie konnte nicht aufhören zu bohren.

»Was sind Sie für ein Vorgesetzter, Sie sollten sich Sorgen um ihn machen, statt über Vorschriften nachzudenken, die er in einem schwachen Moment gebeugt hat.«

»Er beugt jeden Tag das Gesetz, Ms. Delany, und ich bin mir durchaus bewusst, was für ein großes Risiko er eingeht. Nevin ist seit Jahren mein Partner, und es würde mich …«

»Was?«

Sie wollte etwas von ihm hören, etwas, das nichts mit Vorschriften, Gesetzen oder Professionalität zu tun hatte.

»Es würde mich umbringen, wenn er sein Leben verlieren würde. Kaylin, er ist nicht nur mein Partner, er ist der engste Freund, den ich jemals hatte. Mehr als einmal hat er meinen Arsch gerettet, und er ist der beste Undercoverbulle, den ich kenne. Wagen Sie es nie wieder, mir vorzuwerfen, dass ich nur an die Vorschriften denke.«

Kaylin hatte es geschafft, diesen ausgeglichen und gelassen wirkenden Cop aus der Reserve zu locken, was ihm sichtlich zu schaffen machte. Sie war erleichtert zu hören, wie viel Wertschätzung Wong für Nevin hatte. Er nannte ihn seinen besten Freund, und das sollte ihr reichen. Sie hob dennoch stolz ihr Kinn.

»Ich werde die Aussage verweigern, wenn Sie vorhaben, ihn der Dienstaufsichtsbehörde zu melden.«

Jason Wong stand auf und ging zur Tür.

»Kaylin, Bullen reden eben so, weil die Öffentlichkeit verlangt, dass man sich an die Vorschriften hält. Wenn ich vorhätte, ihn zu melden, hätte ich es längst getan.«

Bevor er ihr Büro verließ, wandte er sich ein letztes Mal um.

»Ich wusste nicht, wie nah er Ihnen wirklich steht, Kaylin. Übrigens, Sie könnten die Aussage nicht verweigern. Ich wünsche Ihnen einen schönen Tag, Ms. Delany.«

Kaylin wollte ihn zurückhalten. Was zum Teufel hatte er damit gemeint, wie nah er ihr stand? Was war denn nun mit den Drogen in ihrem Club? Was würde er dagegen tun? *Verflucht!*

Kaylin knallte die Tür zu und trat gegen den Mülleimer. Der Eisenkorb war härter als gedacht, und sie rieb sich ihre schmerzenden Zehen. *Mist, verfluchter!* Ihr Handy piepte, und Kaylin hüpfte auf einem Bein zum Schreibtisch und hielt die Luft an. Nevin hatte ihr eine Nachricht hinterlassen. Sie öffnete den SMS-Ordner und starrte verwirrt auf den einen Satz.

Halt dich von dem Mann fern!

Hitze stieg ihr in die Wangen, und sie dachte sofort an den Moment, als sie mit Ciarán aus dem Lager gekommen war und Nevin eindeutig die Situation erfasst hatte. Seine Augen hatten zornig geblitzt. War er wirklich eifersüchtig? Beeindruckt sank sie in den Bürosesel und starrte das Display an. Der Schmerz in ihrem Fuß verschwand, aber sie konnte sich nach wie vor keinen Reim auf seine Nachricht machen. Halt dich von ihm fern? Was bedeutete das? Dass er doch mehr als Freundschaft für sie empfand? Oder dass er Ciarán nicht leiden konnte? Gern hätte sie ihn gefragt, aber irgendetwas sagte ihr, dass ihr die Antwort nicht gefallen würde. Ihr war längst bewusst, dass Ciarán nicht gut für sie war, aber wie sollte sie sich diesem Mann entziehen? Ihn in die Wüste zu schicken klang einfach, war es aber in Ciaráns Fall nicht. Sobald er sich auch nur in ihrer Nähe aufhielt, verpuffte ihr Vorhaben im Nichts. Kaylin hasste es, zugeben zu müssen, dass sie ihm sexuell verfallen war. Das Wort *hörig* strich sie dennoch aus ihrem Wortschatz. So viel Stolz bewahrte sie sich.

»Sweets? Der Getränkefuzzi hat Scheiße bei der Lieferung gebaut. Der Single Malt fehlt, und wir haben nur noch zwei Flaschen in Reserve.«

Tara lächelte und steckte den Kopf durch den Spalt der geöffneten Tür.

»Ich fahr gleich zum Markt und besorg noch einen Vorrat.«

»Ähm, nächstes Problem: Lenny ist mit dem Van unterwegs, um die Schalentiere am Pier zu kaufen.«

»Und wann ist er wieder zurück?«

Tara zuckte mit den Schultern. Kaylin schnaubte genervt.

»Soll ich mir etwa die Kisten unter den Arm klemmen und zu Fuß laufen? Ruf ihn an, und frag, wie lange er noch braucht.«

»Ähm.«

»Was denn jetzt noch?«

Sie hielt Lennys Handy in der Hand und winkte damit.

»Oh bitte, macht mir das Leben zur Hölle! Ich bettle ja gerade darum.«

»Himmel, Sweets, komm wieder runter. Was ist denn los?«

»Nichts, ich bin einfach gereizt. Sorry.«

»PMS?«

Ein kleines Lächeln glitt über Kaylins Lippen. Tara nickte verständnisvoll.

»Ja, die Hormone. Zur Eisprungzeit mutieren wir zu männervertilgenden Vamps, und wenn die Roten kurz davorstehen einzumarschieren, verwandeln wir uns in reißende Bestien.«

»Du hast wirklich einen Schaden.«

»Ich weiß, aber dafür vergötterst du mich.«

Grinsend verschwand sie wieder in ihrer Küche, schrie nach dem Whiskeyfass, wie sie Mel seit Bekanntgabe ihrer Schwangerschaft nannte, und die gewohnten Hackgeräusche drangen in ihr Büro. Das Telefon auf dem Schreibtisch schrillte.

»*Tristans*! Sie sprechen mit Kaylin Delany.«

Lenny brachte die nächste Hiobsbotschaft. Er hatte den Van vor dem Markt am Pier geparkt, während er mit dem Fischhändler feilschte. Als er zum Wagen zurückkehrte, waren alle vier Reifen platt wie eine Flunder. Er vermutete ein paar Jugendliche dahinter, die das wohl witzig fanden. Kaylins Stirn prallte mit einem tiefen Seufzer aus ihrem Mund auf die Tischplatte. Konnte denn nicht einmal alles rundlaufen? Lenny musste den dumpfen Aufprall gehört haben.

»Ich hab schon den Pannendienst gerufen.«

»Und ich muss in den Markt, Whiskey besorgen. Wie lange, glaubst du, dauert es, die Reifen zu wechseln?«

Lenny wusste es nicht. Am Telefon hatte man ihn gewarnt, dass es mindestens eine Stunde dauern würde, bis der nächste Wagen frei wäre.

»Die haben viel zu tun.«

»Wir haben auch viel zu tun, verdammt.«

Sie rieb sich die Stirn und dachte nach. Es half nichts. Sie musste sich irgendwo einen fahrbaren Untersatz besorgen. Einen Club ohne irischen Whiskey würden die Gäste ihr übel nehmen.

»Okay, ich kümmere mich um das Gesöff, und du siehst zu, dass die Garnelen frisch bleiben und vor allem, dass die Hummer überleben. Du willst sicher nicht, dass Taras Blick dich tot umfallen lässt, wenn auch nur eins der edlen Tierchen an einem Hitzeschlag gestorben ist.«

Sie legte auf und vergrub ihren Kopf unter ihren Unterarmen. Manchmal war das Leben einfach scheiße. Mit der Devise stand sie auf und setzte sich gleich wieder, als Ciarán vor ihr auftauchte mit einer tief in sein Gesicht gezogenen Kappe auf dem Kopf.

»Hast du Angst, dich könnte jemand wiedererkennen?«

Er lachte und glitt mit der Hand durch sein Haar, als er die Mütze abnahm.

»Es ist verdammt heiß draußen, und bevor ich einen Sonnenstich riskiere …«

»Ciarán, es tut mir leid, dass ich dich gestern einfach hab stehen lassen. Aber ich habe jetzt keine Zeit für dich. Heute läuft überhaupt nichts richtig, und die Probleme reißen einfach nicht ab. Sorry, aber ich habe alle Hände voll zu tun.«

»Lass mich dir helfen! Als Barkeeper hab ich mich schon bewährt. Sag mir einfach, was ich sein soll, und ich werde meine Fee bitten, den Zauberstab zu schwingen.«

Sein Lächeln ließ sie dahinschmelzen. Bei dem Wort Zauberstab allerdings glitt ihr Blick an seinem Körper entlang und heftete sich fast gegen ihren Willen auf seinen Schoß. Mit verschämtem Blick hielt er die Hände davor und schüttelte seinen Kopf.

»Du ungezogenes kleines Luder.«

Um sich wieder einigermaßen in den Griff zu bekommen, stemmte Kaylin ihre Handflächen fest auf den Tisch.

»Ich brauche einen Wagen.«

»Mit Chauffeur? Stets zu Ihren Diensten, Mylady.«

Sie gab auf, ihm den Laufpass geben zu wollen, zu rätseln oder ihn auf Distanz zu halten. Es funktionierte ja doch nicht. Nevins SMS rückte in ihrem Gedächtnis weit nach hinten. Fernhalten! Was immer er ihr damit mitteilen wollte, sollte er ihr ins Gesicht sagen und es auch so meinen.

»James? Ich muss zum Markt.«

»Ich tu alles, was Sie wünschen, Mylady!«

Der Unterton in seiner Stimme kribbelte an Körperstellen unter ihrer Haut, die sie krampfhaft versuchte zu kontrollieren, seit er den Raum betreten hatte.

Reiß dich zusammen!

Bevor er nach ihr die Bar verließ, setzte er seine Kappe wieder auf. Eine Polizeistreife fuhr langsam am *Tristans* vorbei. Ciarán zog die Schirmmütze tiefer in die Stirn. Für einen kurzen Moment glaubte Kaylin, Nervosität an ihm erkennen zu können, doch dann strahlte er sie wieder mit seinem hinreißenden Lächeln an, und die Bedenken verpufften. Sie gab ihm die Richtung vor, und Ciarán brachte sie zum Getränkehändler.

»Was soll das heißen, keinen Rabatt?«

Das irische Blut in ihren Adern kochte vor Wut. Sie war extra zu dem Getränkelieferanten gefahren, um den Fehler seines Fahrers zu revidieren, weil sie den Whiskey brauchte.

»Ma'am, das stand nicht auf der Bestellung. Tut mir leid, aber wenn Sie außerhalb der Bestellung etwas kaufen wollen ...«

Der Kautabak in seinem Atem roch widerlich, dennoch stand sie nah vor ihm. Natürlich war die Bestellliste vollständig gewesen, und er suchte nur nach Ausreden.

»Wenn Sie wollen, dass ich auch weiterhin von Ihnen die Getränke für mein Unternehmen beziehe, sollten Sie gut nachdenken und zwar schnell, denn ich hab es eilig.«

Der ältere Mann musterte sie grinsend, was deutlich zeigte, dass er sie nie ernst nehmen würde. Solche Dinge hatte Eric geregelt; er hatte bereits erzählt, dass der Kerl ein Problem mit Frauen in Führungspositionen hatte.

Sanft schob Ciarán sie beiseite, und zuerst wehrte sie sich dagegen.

»Geh schon mal zum Wagen, ich möchte mich mit dem guten Mann unter vier Augen unterhalten.«

Er legte dem wesentlich älteren Marktbesitzer den Arm um die Schulter und senkte seine Stimme, bis sie kein Wort mehr verstand. Kurze Zeit später waren sie mit dem Rücksitz voller Whiskeykisten auf dem Rückweg zur Bar.

»Was hast du ihm gesagt?«

Ciarán grinste und konzentrierte sich auf die Straße.

»Ich hab ihm angedroht, ihn heute Nacht zu Hause zu besuchen, seinem Sohn das Gesicht in Fetzen zu zerschneiden, seine Frau zu ficken, während er zusieht, und ihm danach die Kehle durchzuschneiden.«

»Ciarán!«

Erschrocken starrte sie sein Profil an. Sanft kraulten seine Fingerspitzen ihr nacktes Knie.

»Kaylin, was denkst du von mir? Das war ein Scherz. Ich habe ihm gesagt, dass du eine gute Kundin bist und er sich schämen sollte, mit einer Lady wie dir so umzuspringen. Geschäft sei

Geschäft, und seine persönliche Meinung über Frauen solle er runterschlucken.«

Der alte Mann hatte gehetzt gelächelt und freiwillig dabei geholfen, die Kisten in den Porsche zu laden, und er schien erleichtert, als sie vom Hof fuhren.

»So hast du ihm das gesagt?«

»Ah, komm schon, Kaylin. Du hast die Getränke, und er hat meine Worte verstanden. Ich hab ihm vielleicht ein bisschen gedroht.«

»Ciarán, schon sein Vater hat meinen Großvater beliefert.«

Er warf ihr einen langen Blick zu.

»Das gibt ihm keinen Freischein, dich wie Dreck zu behandeln. Das nächste Mal werde ich nicht dabei sein, aber er wird dich mit dem nötigen Respekt behandeln.«

Seine Augen richteten sich wieder auf die Straße, und Kaylin sank in ihrem Sitz tiefer. Ein mulmiges Gefühl beschlich sie, und das Rätsel, welche von den beiden Antworten ihr die Wahrheit erzählte, ließ sie frösteln. Seine Hand fand wieder zurück zu ihrem Knie, glitt höher, unter ihren Rock. Das hinreißende Schmunzeln auf seinen Lippen ließ sie mal wieder alles vergessen.

»Wann musst du zurück sein?«

»Vor einer Stunde?«

»Hm, klingt nach viel Stress, Kaylin. Du brauchst eine Pause, eine ganz spezielle Pause.«

Kopfschüttelnd schob sie seine Hand von ihrem Schenkel.

»Ich muss arbeiten, Ciarán.«

»Das muss ich auch.«

Statt den Wagen in die Innenstadt zu lenken, fuhr er bei der nächsten Ausfahrt ab Richtung Strand.

»Ciarán, bitte, ich muss mich um den Club kümmern.«

Er parkte und drehte sich im Sitz zu ihr.

»Machst du auch mal Urlaub?«

Sie lachte, konnte sich nicht mehr an einen freien Tag in den letzten Jahren erinnern. Ihr Leben drehte sich um das *Tristans* und um die Angestellten. Ihr Schweigen war ihm Antwort genug.

»Hab ich mir gedacht. Aussteigen.«

Er verließ den Wagen. Als sie zögerte, öffnete er die Beifahrertür, griff nach ihrer Hand und zog sie aus dem Auto. Der Sand verfing sich in ihren Sandalen, als er sie zum Wasser zog. In der Ferne sah sie die Segel von Booten, und einige Surfer ritten die riesigen Wellen, die sich durch den Wind auf dem Meer auftürmten. Der Strand war fast leer, denn die Hitze am Mittag lockte außer Touristen kaum Einheimische um diese Uhrzeit her.

»Wir gehen schwimmen.«

Kaylin schüttelte den Kopf, wehrte sich aber nicht, als er ihre Bluse aufknöpfte und über ihre Schultern strich. Der Rock fiel als Nächstes. In Unterwäsche stand sie da und weigerte sich strikt, ihm ins Wasser zu folgen. Ciarán umschloss mit einer Hand ihr Kinn und sah ihr tief in die Augen.

»Du wirst jetzt gehorchen, Schätzchen. Sonst werfe ich dich über meine Schulter und schmeiß dich in die Fluten.«

In purer Provokation funkelte Kaylin ihn an, und das war ihm Antwort genug, um seinen Worten Taten folgen zu lassen. Er warf sie über seine rechte Schulter, ließ seine flache Hand auf ihr Gesäß niedersausen und trug sie ins Meer. Kreischend vor Übermut zappelte und zierte sich, doch er kannte kein Mitleid.

»Ich wüsste es, wenn du aus Zuckerwatte bestündest. Also rein mit dir.«

Im tieferen Teil warf er sie rücksichtslos ins kühle Nass und presste ihren Kopf unter die Oberfläche. Kaylin glaubte zu ertrinken, doch Ciarán zog sie rechtzeitig wieder hoch und hielt sie in seinen Armen. Hustend und keuchend wehrte sie sich gegen ihn, wollte zurück ans Ufer, doch er ließ sie nicht. Stattdessen glitt eine seiner Hände unter Wasser zwischen ihre Beine.

»Hör auf damit, ich meine es ernst.«

Wieder tauchte er ihren Kopf unter Wasser, während seine Fingerkuppen unter ihr Höschen glitten und ihre Scham streichelten. Die Atemlosigkeit machte sie panisch, doch sein Fingerspiel in ihrem Schoß rührte eine Form von Erregung in ihr an, die sie kaum glauben konnte. Abermals ließ er sie an die Oberfläche kommen. Tiefe hastige Atemzüge füllten ihre Lungen. Er küsste ihre Wange, hielt ihren Nacken und lächelte.

»Bist du schon mal gekommen, während dir dein Lover die Luft zum Atmen genommen hat?«

In seinen Armen fühlte sie sich hilflos, unsicher, und seine Art, sie immer wieder neu zu verführen, war unberechenbar.

»Man sagt, das sei zum Sterben schön.«

Die Lust floss heiß durch ihren Körper, und seine Fingerspitzen umkreisten ihre Klitoris. Das Flüstern an ihrem Ohr flößte ihr Angst und Gier ein, eine gefährliche Mischung. Erneut tauchte er sie unter Wasser, beschleunigte das Spiel seiner Finger in ihrer Scham. Der Atem stieg in Luftblasen aus ihrem Mund empor, und je länger sie unten blieb, desto weniger Panik griff nach ihr. Sie sah seinen Körper, spürte die Hitzewellen in ihrem Unterleib und öffnete zum Stöhnen den Mund. Ciarán hielt sie lang unter Wasser. Kaylin schwebte, verlor den Instinkt, nach Luft zu gieren, denn das Verlangen in ihrem Körper war mächtiger. Er drang mit einem Finger in sie ein, schob ihn ein und aus, berührte Punkte in ihr, die sie nach mehr gieren ließ. Kaylin spürte das herannahende Finale, glaubte, in tausend Einzelteile zerspringen zu müssen. Sie schloss die Augen, ließ sich treiben und von ihm führen. Jegliche Bedenken, alle Ängste und Panik, die sie empfunden hatte, verschwanden, und sie steuerte dem

Höhepunkt entgegen, von dem sie sicher war, er würde sie innerlich zerfetzen. Ciaráns Finger drangen wieder und wieder tief in sie ein, und als der Orgasmus sie überrollte, fiel sie, immer tiefer, schrie unter Wasser und stürzte in diese lockende, schöne Finsternis.

Hustend spuckte Kaylin Wasser aus, als sie wieder zu sich kam und in Ciaráns besorgtes Gesicht blickte.

»Als ich sagte, es sei zum Sterben schön, hatte ich damit nicht gemeint, dass du es wörtlich nehmen sollst.«

Er zog sie am Strand an seine Brust und atmete erleichtert aus.

»Ich hab fast einen Herzinfarkt bekommen, als du dich nicht mehr bewegt hast. Verdammt, Kaylin, du hättest mich schlagen sollen, dich bemerkbar machen können.«

Sie lächelte, als ihr klar wurde, was eben passiert war. Wie in einem Strudel war sie immer tiefer getaumelt, während die Multiorgasmen durch ihren Körper zuckten. Selbst jetzt noch spürte sie das nachträgliche Kribbeln unter ihrer Haut.

»Das war unglaublich.«

»Ja, unglaublich dumm.«

Sie konnte ihm nicht widersprechen. Wenn er doch nur ahnen könnte, wie schön es gewesen war, doch ihr fehlten die Worte, um es für ihn zu beschreiben.

»Kannst du aufstehen?«

Ciarán half ihr auf die Beine.

»Ich glaube, ich bring dich besser in ein Krankenhaus.«

»Wozu? Mir geht es gut.«

»Kaylin, du bist eben fast ertrunken.«

»Mir geht es gut.«

Lächelnd streichelte sie sein Gesicht und sah ihn fasziniert an. Kaylin hatte nie an den Mythos multipler Orgasmen geglaubt, ebenso hatte sie bis heute ihren G-Punkt noch nicht entdeckt und hielt das alles für die Erfindung eines Neunmalklugen. Dass dieser Mann es schaffte, ihr das Gegenteil zu beweisen, machte sie schlicht sprachlos. Ihre nasse Unterwäsche durchtränkte den Stoff ihrer Kleidung, aber sie schmunzelte völlig neben sich stehend auf dem ganzen Rückweg zum *Tristans*.

Dort angekommen, half Ciarán, die Kisten ins Lager zu tragen, und vergewisserte sich noch einmal, ob es ihr wirklich gut ging.

»Ich sehe später noch mal nach dir. Wenn du Probleme hast, fahr ins Krankhaus. Ich habe gehört, man kann auch nachträglich noch ertrinken.«

Kaylin lachte über ihn und versicherte ihm zum hundertsten Mal, dass es ihr blendend ging. Es war entzückend, ihn so besorgt zu erleben. Sie schloss die Wagentür und beugte sich in den Innenraum, um ihn zu küssen.

»Bis später.«

Ciarán zögerte, schien einfach nicht fahren zu wollen, doch nicht aus Besorgnis. Er schmunzelte auf schmutzige Weise.

»Behalt diesen Blick bei, ich wette, den kann ich heute Nacht noch steigern.«

Sie winkte ihm nach und schwebte förmlich zurück ins Büro. Tara blieb in der Tür stehen und legte die Stirn in Falten.

»Ähm, wir öffnen in einer halben Stunde. Willst du etwa einen neuen Trend setzen? Sexy durchsichtiger Wetlook?«

Kaylin sah an sich hinunter und lachte. Unter der weißen Bluse zeichnete sich deutlich sichtbar ihr Spitzen-BH ab, und die nassen Stellen an ihrem Rock zeigten genau, wo ihr Höschen entlanglief. Sie griff sich in das nasse Haar.

»Ich geh dann mal nach Hause und zieh mich besser um.«

»Gutes Kind! Beeil dich.«

18

Der Schwebezustand und das gute Gefühl aus dem Wassererlebnis schwanden mit jeder fortschreitenden Stunde seit Eröffnung des Nachtclubs. Auf der Empore stehend, glaubte Kaylin mittlerweile in jedem zweiten Gast einen potenziellen Drogenbaron zu erkennen. Die Paranoia machte sie übersensibel, und ihre Augen zuckten über die Clubbesucher, visierten an, beäugten, musterten kritisch, bis sie glaubte, verrückt zu werden.

Nach einer Weile erkannte sie in der feiernden Menge ein Gesicht. Tyger tanzte geschmeidig mit nacktem Oberkörper an den anderen Menschen vorbei, zog wie immer die Blicke auf sich, und sein strahlendes Lächeln öffnete ihm die Herzen der Frauen. Mit Lexys Beobachtungen im Hinterkopf verfolgte Kaylin ihn mit den Augen. Sie blinzelte, sah genauer hin, und eine Gänsehaut bildete sich auf ihren Armen. Waren das Tütchen in seiner Hand? Per Handschlag wechselten die Drogenpäckchen gegen Geldscheine den Besitzer. Es sah aus, als würden sich Tyger und seine Kunden kennen, begrüßen und dann wieder separieren. Alles ging so schnell, dass es fast wie eine Halluzination wirkte. Lexys Beobachtungen entpuppten sich also als richtig. Dieser hübsche afroamerikanische Gigolo vertickte tatsächlich in ihrem Club Stoff. Wo waren die Cops, wenn man sie brauchte?

Verdammter Mist! Kaylin konnte das nicht hinnehmen. Sie verließ die Empore, stieg die Metalltreppe hinunter und drängte sich an den Gästen vorbei. Der Club war rappelvoll, und es war nicht leicht, Tyger wiederzufinden. Als sie ihn schließlich vor sich ausmachte, griff sie nach seinem Handgelenk, das sich gerade in Richtung eines Kunden bewegte. Reflexartig entriss Tyger ihr die Hand und drehte sich wütend zu ihr um. Als er sie jedoch erkannte, lächelte er anzüglich und vergrub die Faust in der Hosentasche. Kaylin wusste, dass er die Drogentütchen gerade wieder eingesteckt hatte, doch sie wollte keine Szene mitten im Club riskieren.

»Wir müssen reden!«

Tyger musterte sie mit einem lüsternen Blick und nickte. Sie zog ihn hinter sich her, in Richtung Ausgang. Im Eingangsflur drehte sie sich schwungvoll zu ihm um, presste ihren Handballen gegen seine Brust, bis er mit dem Rücken zur Wand stand. Er lachte leise auf, doch ihr zorniger Blick schien ihn zu irritieren. Kaylin wollte an seine Hosentasche, doch er wehrte sie ab. Sie benötigte keinen weiteren Beweis mehr.

»Du verkaufst Drogen in meinem Club. Ich dachte, Ciarán hätte mir dir darüber gesprochen.«

Der hübsche Mann zog seine Stirn kraus und wirkte überrascht. Kaylin rammte ihm die Faust fest gegen die Brust.

»Leugne es nicht, ich habe es eben mit eigenen Augen gesehen. Ich will, dass du hier verschwindest.«

Er bewegte sich nicht, starrte sie nur ungläubig an, als hätte er keine Ahnung, wovon sie redete. Sie war wütend, zog ihn am Oberarm gepackt zur Tür und schubste ihn auf die Straße. Tyger taumelte, breitete seine Arme aus und schien sich für unschuldig zu halten.

»Ich weiß nicht, was dein Problem ist, ma chère.«

Mit funkelnden Augen kam sie ihm entgegen. Die Gäste, die noch auf Einlass warteten, sahen dem Schauspiel neugierig zu. Wenige Meter weiter schob sie Tyger in die Seitengasse und senkte ihre Stimme.

»Schluss mit *ma chère*! Ich dulde keine Dealer in meinem Club, hast du mich verstanden?«

»Aber Ciarán …«

»Ciarán hat keine Ahnung, was du hier treibst, und er wollte nicht glauben, dass sein Freund so etwas tut. Selbst ich hab gezweifelt.«

»Kaylin?«

Ciarán trat in die Seitengasse und betrachtete die beiden fragend.

»Dein Freund ist ein Dealer, Ciarán. Ich weiß, du wolltest das nicht sehen, aber ich hab ihn beobachtet. In meinem Club!«

Seine Augenbrauen zogen sich zusammen, und er sah zornig aus.

»Was hast du getan?«

Kaylin wollte ihn aufhalten, doch Ciarán schob sie zur Seite und packte Tygers Kehle. Knurrend schob er ihn vor sich her und schimpfte auf ihn ein. Kaylin hatte Mühe, die Worte zu verstehen, denn sie entfernten sich immer weiter von ihr. Es sah aus, als würden sie sich gleich prügeln. Wild gestikulierend diskutierten die beiden miteinander, und Kaylin befürchtete, dass es nicht gut enden würde. Sie trat näher.

»Verdammter Narr … was hab ich dir gesagt?«

Tyger nickte schuldbewusst.

»Ciarán, lass uns die Polizei rufen.«

Er fuhr wütend herum und starrte sie an.

»Halt dich da raus, Kaylin.«

Sie prallte zurück und erstarrte. Erneut schloss sich Ciaráns Hand um Tygers Hals. Er schob ihn wieder ein Stück weiter von ihr fort und redete auf ihn ein. Mit einem nicht ernst gemeinten Schlag auf den Hinterkopf des Gigolos streckte Ciarán die Hand aus und schien die Drogen von ihm zu fordern. Tyger leerte seine Hosentaschen und legte die Tütchen mit dem weißen Pulver auf die Handfläche. Ciarán zermalmte sie vor Tygers Augen in der Faust und schickte ihn fort.

»Für die Zukunft weißt du, was los ist.«

Verwirrt starrte Kaylin dem jungen Mann hinterher, der ihrem Blick auswich. Als er die Hauptstraße erreichte, rannte er los.

»Du lässt ihn gehen?«

»Kaylin, er hat eine Menge Dreck am Stecken, aber er ist mein Freund. Wenn ich ihn der Polizei ausliefere, buchten sie ihn für lange Zeit ein, und das bringe ich nicht übers Herz.«

Einerseits rührte sie diese Sorge, andererseits verstand sie es nicht.

»Er ist ein Drogendealer! Er verkauft Dreck, an dem Menschen verrecken!«

Ciarán rieb sich das restliche Pulver von seinen Handflächen.

»Kaylin, die Nachfrage bestimmt das Angebot, wie in jedem Geschäft. Du wirst nichts daran ändern, dass es Menschen gibt, die sich betäuben wollen. Dein Club ist da keine Ausnahme. Ich habe dich nicht für so naiv gehalten zu glauben, dass in deinem Club alles blütenrein und sauber läuft. Die Hälfte der Menschen, die sich gerade da drin die Seele aus dem Leib tanzen, stand bereits vor ihrer Ankunft unter Strom.«

Seine Handfläche schmiegte sich an ihre Wange.

»Du wirst dich damit abfinden müssen, dass die Dinge so laufen. Ganz Miami ist ein Drogensumpf, und dein Club ist mittendrin. Entweder du schließt ihn, oder du akzeptierst es.«

Sein Lächeln wirkte seltsam.

»Das lass ich nicht zu. Die …«

Diesmal hielt sie ihren aufkeimenden Redeschwall zurück. Sie hatte kurz davorgestanden, ihm von dem Drogenbaron zu erzählen, von der Polizeiermittlung, von allem, was sie wusste. Kaylin schloss ihren Mund wieder und betrachtete sein Gesicht.

Er kam ihr verändert vor, doch sie konnte nicht den Finger drauf legen, was es war. Sie trat einen Schritt zurück, musterte ihn und schüttelte den Kopf.

»Kaylin, ich weiß …«

Sie hob ihre Hände, als wolle sie ihn abwehren, und ihm schien die Skepsis in ihrem Blick nicht zu gefallen.

»Was ist los mit dir?«

»Ich muss zurück in den Club.«

Seine Hand schloss sich fest um ihren Oberarm.

»Du musst gar nichts, du kommst mit mir.«

Sie wollte ihn abschütteln, doch seine Finger schraubten sich nur fester um ihren Arm, bis es schmerzte. Verwirrt starrte sie ihn an. Er sah wütend aus.

»Lass mich los, Ciarán.«

Er lächelte bedrohlich. Der Schreck fuhr ihr in die Knochen.

»Du tust mir weh.«

Er packte sie und drückte sie mit dem Rücken an die Wand.

»Ich bin es leid, dass du ständig deine Launen an mir auslässt.«

Seine Stimme klang rau, und in seinen Augen loderte ein gefährliches Feuer. Schwungvoll drückte er sich von ihrem Körper weg und glitt mit beiden Händen fahrig durch sein dunkelblondes Haar.

»Was soll ich noch tun? Hu? Sag es mir, Kaylin.«

Verständnislos erwiderte sie seinen Blick, als er sich wieder zu ihr umdrehte. Kaylin rieb sich den Oberarm, der noch immer wehtat, und langsam kroch Furcht durch ihre Adern.

»War ich nicht geduldig? Hab ich mich nicht auf dich eingelassen? Hab ich nicht alles getan, damit du happy bist?«

Ihr blieben die Worte im Mund kleben wie alter Kaugummi. Zitternd schob sie sich an der Wand entlang in Richtung Hauptstraße, hoffte, es würde ihm nicht auffallen. Die Situation war nicht mehr nur unangenehm, sie machte ihr Angst. Mit dem Finger zeigte er auf sie, ballte seine Hand zur Faust und holte aus. Angstvoll schloss sie die Augen, unfähig, sich zu bewegen, zu ducken oder irgendwie zu reagieren. Doch statt sie zu schlagen, rammten sich seine Knöchel neben ihrem Gesicht in die Wand. Blut mischte sich mit abgebröckeltem Putz auf seinem Handrücken.

»Ich kann das nicht länger, Kaylin. Einen Tag bist du anschmiegsam wie eine Katze, und im nächsten Moment siehst du mich an, als wäre ich ein Fremder. Ich weiß, dass du mich begehrst, und ich weiß, dass du mich willst. Aber dieses Hin und Her ertrage ich nicht.«

Seine Finger schlossen sich um ihr Kinn, und der Kuss schmeckte nach kalter Wut.

»Sag mir, was ich tun soll, Kaylin.«

Er flüsterte an ihren Lippen und hielt sie mit seinem Körper an Ort und Stelle fixiert. Sie zitterte am ganzen Leib.

»Ich weiß es nicht.«

»Warum traust du mir nicht?«

»Weil …«

»Hab ich dir nicht oft genug bewiesen, dass ich bereit bin, alles dafür zu tun? Habe ich mir dein Vertrauen nicht verdient?«

Sie hielt die Augen fest zusammengekniffen, doch er verlangte, dass sie ihn ansah.

»Ich habe zugesehen, wie mein Freund dich bestiegen hat. Und es hat dir gefallen, dass ich zugesehen habe, ohne vor Eifersucht zu platzen. Ich habe still miterlebt, wie eine Frau deine Pussy leckte und du dabei gekommen bist. Ich habe dich gefickt, nachdem du mit deinem Freund im Bett warst. Ich habe in die Tiefen deiner Abgründe gesehen, Kaylin. Ich weiß, dass du niemandem zuvor diesen Einblick gewährt hast. Warum wehrst du dich dagegen? Ich kenne dich, weiß, was du wirklich brauchst.«

Ciarán trat von ihr zurück. Keuchend sank sie ein Stück in sich zusammen. Er breitete seine Arme lächelnd aus.

»Ich bin hier, Kaylin. Mach es dir nicht schwerer, als es ist. Ich weiß, dass du mich brauchst.«

Wie benebelt taumelte sie, presste sich Halt suchend gegen die Wand und schluckte. Seine Stimme hallte in ihrem Kopf nach und drang immer tiefer in sie hinein. *Hörig!* Dieses eine Wort zuckte durch sie hindurch wie ein Messerstich, der sich langsam durch ihre Eingeweide wühlte. Sie grub ihre Nägel in den schmutzigen Wandputz, bis sie splitterten. Alles in ihr drängte sich ihm entgegen, wollte in diese sinnlichen und gefährlichen Arme sinken und Schutz suchen. Doch sie wusste, bei ihm würde sie sich nicht sicher fühlen. Der innerliche Kampf drohte zu kippen, und es würde nur einen Verlierer geben … Kaylin.

»Kämpf nicht dagegen an.«

»Hör auf!«

Ihre Stimme klang schwach und gebrochen.

»Ich weiß, was du brauchst.«

»Hör auf …«

»Ich kann all die dunklen Flecken auf deiner schmutzigen Seele sehen, und ich bin bereit, sie hinzunehmen. Du musst dich davor nicht fürchten.«

Ciarán blieb direkt vor ihr stehen, ohne sie zu berühren. Sie hob ihr Gesicht und fühlte sich so schwach wie nie zuvor.

»Du gehörst mir.«

Sie schüttelte den Kopf, doch der letzte Funke Gegenwehr erlosch, als er sie an sich zog, festhielt und wissend lächelte. Angst mischte sich mit Fassungslosigkeit und Aufgabe. Sie würde niemals von ihm loskommen, davon war sie felsenfest überzeugt.

Ciaráns Lachen in ihren Ohren klang wie pure Demütigung.

Doch er war es nicht, der sie so erniedrigte; sie war es, denn sie ließ es geschehen. Kaylin spürte die aufsteigende Kälte, und seine Nähe wärmte sie nicht im Geringsten. Als sie in seine Augen sah, erkannte sie den eisigen Blick, den er für sie übrig hatte.

»Ich wusste doch, dass du vernünftig wirst. Komm, kleines Luder. Es wird Zeit, dass ich dir eine Lektion erteile.«

Wie betäubt ließ sie sich von ihm fortführen, und alles um sie herum versank wie in einem grauen Nebelschleier. Sie erreichten seinen Wagen, und Kaylin stieg ein, als er ihr die Beifahrertür aufhielt. Ciarán startete den Motor und fuhr mit ihr davon.

19

Geknebelt und gefesselt führte Ciarán sie durch die leeren Hallen eines verlassenen Lagerhauses. Die Fahrt war schweigend verlaufen, und Kaylin war kaum in der Lage auszumachen, wohin er sie gebracht hatte. Ihre Gedanken waren nur um ein Gefühl gekreist; Hörigkeit! Sie hatte sich nicht einmal dagegen gewehrt, nicht einmal mit der Wimper gezuckt, als er sie gefesselt und geknebelt hatte. Kaylin wagte kaum zu atmen, und eingeschüchtert von der Erkenntnis, ihm völlig hörig zu sein, bewegten sich ihre Beine wie ferngesteuert.

»Du wirst tun, was ich dir sage.«

Der Hohn in seiner Stimme war neu und traf sie tief. Er war sich ihrer so sicher, dass sie es ihm abnahm und selbst daran glaubte, alles zu tun, was er wollte. Ciarán schob sie durch den Spalt einer schweren Eisentür, und die plötzliche Helligkeit schmerzte in ihren Augen.

»Ich will dich mit ein paar meiner Freunde bekanntmachen.«

Angst schoss durch ihre Adern, und sie ließ sich von ihm in die Mitte des Raumes führen. Kaylin war nicht mehr in der Lage, bis fünf zu zählen. Die Männer, die sie umrundeten, grinsten dreckig, musterten sie wie ein Stück Fleisch. Die Gier war ihnen ins Gesicht geschrieben. Die Laute aus Kaylins Kehle wurden von dem Knebel gedämpft.

»Shhhh, ganz ruhig, Kaylin. Das sind alles gute Freunde, hab keine Angst. Sie wollen dich bloß kennenlernen.«

Ihr wurde schwindelig. Ihr Fuß stieß gegen eine Art Matratze, die auf dem Boden lag. Ein panisches Geräusch drang aus ihrer Kehle, und Bilder, was mit ihr geschehen könnte, manifestierten sich in ihren Gedanken. Jedem Einzelnen blickte sie verängstigt ins Gesicht, konnte sich nicht abwenden, konnte nicht woanders hinsehen, so gelähmt fühlte sie sich. Ciarán zeigte auf die Männerrunde und lächelte.

»Ich möchte, dass du sie alle kennenlernst.«

Er wusste, was gerade in ihrem Kopf vor sich ging, was seine Worte in ihr anstellten, und genoss dieses machtvolle Gefühl über sie sichtlich. Hinter ihr stehend, zog er ihren bebenden Körper an sich, hob ihr Kinn und drehte sich langsam mit ihr im Kreis.

»Ich will, dass du dir ihre Gesichter gut einprägst. Sie werden dich besuchen, in deinen Club kommen und die Geschäfte ankurbeln.«

Sie schluckte hart gegen seine engen Finger um ihren Hals.

»Sie sind hundertprozentig loyal, vertrauenswürdig und kennen keine Skrupel.«

Seine Wange rieb sich an ihrem Gesicht.

»Sie würden sogar für mich töten.«

Das tatsächliche Ausmaß der Situation, in der Kaylin gelandet war, wurde ihr erst langsam und zögerlich bewusst.

»Sie werden für mich in deinem Club verkaufen, und du wirst nichts dagegen unternehmen.«

Der Griff um ihre Kehle wurde noch enger, und sie rang panisch nach Atemluft.

»Du wirst ein braves Mädchen sein, und du wirst tun, was ich dir sage. Du willst mich doch nicht schon wieder verärgern, nicht wahr? Deine Launen gehen mir ehrlich gesagt auf den Geist. Ab heute ist Schluss damit. Ich bin es leid, den zuckersüßen Loverboy für dich zu spielen. Wir beide wissen, dass du eine Schlampe bist. Ein kleines dreckiges Luder, das eine harte

Hand braucht, damit es spurt, und die kann ich dir garantieren. Es ist zwecklos, ungehorsam zu sein. Ich finde dich überall, weiß, wo du wohnst, kenne all deine kleinen Freunde. Und du willst doch nicht, dass ihnen etwas zustößt, oder?«

Ihr Atem bebte, als sie mit weit aufgerissenen Augen den Kopf schüttelte. Kaylin dachte an Tara, Lenny, Mel und all die anderen, und der Gedanke, dass er ihnen etwas antun könnte, drehte ihr den Magen um. Ciarán schob sie vor sich her und blieb mit ihr vor einem schlaksigen Typen mit braunem ungepflegtem Bart stehen.

»Das ist Elliot!«

Jack! Steven! Larry! Marc! Terry! Vor jedem Einzelnen blieb er mit ihr stehen, zwang Kaylin, in ihre Gesichter zu blicken, und nannte ihre Namen.

»Ich will nur sicherstellen, dass du sie nicht aus Versehen aus deinem Club verweisen wirst. Denn das würde mir nicht gefallen, und bisher war ich wirklich nett zu dir, Kaylin.«

Eine Hand gegen ihr Brustbein gepresst, schob Ciarán sie von sich und lächelte. Dann zerriss er mit einem Ruck ihre Bluse, und sie stieß einen gequälten Laut durch den Knebel aus.

»Aber ich kann auch anders.«

Die Kaltblütigkeit in seinen Augen ließ ihre Knie zittern, und das eisige Lächeln auf seinen Lippen ließ sie erstarren.

»Du wirst dir ihre Gesichter merken, und ich werde dafür garantieren, dass du sie nie wieder vergisst.«

In ihrem Kopf begann ein Szenario, das all diese Männer involvierte. Kaylin versuchte, die Bilder aus ihren Gedanken zu verdrängen, doch Ciaráns Drohung hallte in ihrem Verstand nach.

»Ich werde ihnen zeigen, mit welcher Art von Hure sie in Zukunft arbeiten werden.«

Er wickelte die Bluse um ihre gefesselten Handgelenke, den

Rock schob er einfach nur über ihre Hüften. Kaylin presste die Schenkel fest aneinander, um ihn daran zu hindern, seine Hand in ihren Schoß zu drängen. Sie wehrte sich, wich vor ihm zurück, doch er packte sie am Genick und hielt sie auf Abstand zu den Männern gewandt hin.

»Entweder werde ich es tun, oder sie werden sich davon selbst überzeugen. Deine Wahl!«

Er löste den BH, entblößte vor den Augen der Kerle ihre Brüste und beugte ihren Körper vor. Das Reißen des Spitzenstoffs ihres Höschens schien betäubend laut in ihren Ohren zu dröhnen. Er zog sie mit einer Hand an den Hüften wieder an sich, presste seinen Schoß gegen ihre Hinterbacken und leckte ihr gierig über den Hals. Sie konnte nicht anders, ihr Blick heftete sich auf die erregten Gesichter der Männer vor ihr. Lust, Gier und Verlangen spiegelten sich in den Augen der Zuschauer wider, und Kaylin sah ihnen an, wie gern sie selbst Hand an sie legen würden. Ciarán leckte sich über die eigenen Finger und schob die angefeuchteten Kuppen in ihren Schoß, zwängte sich zwischen ihre Schamlippen und rieb sie. Jeder konnte zusehen, und sie taten es auch, fixierten das Schauspiel mit schmutzigem Grinsen. Er wusste genau, wie er sie zu berühren hatte und wie er sie dazu brachte, auf seine Bemühungen zu reagieren. Er fühlte, was sie nicht zulassen wollte und doch nicht verhindern konnte.

»Das habe ich erwartet.«

Die Demütigung in seinen Worten erschütterte sie, denn die Hitze in ihrem Schoß war für ihn überdeutlich. Die explosive Mischung aus Verderbtheit, Panik und Gefahr rief eine widersprüchliche Erregung in ihr hervor. Selbst die Erniedrigung, die sie empfand, ließ ihr Geschlecht heiß pochen. Die Männer betrachteten sie, und diese Aufmerksamkeit ließ sie innerlich beben.

Ciarán drängte sie zu der fleckigen Matratze und zwang sie in die Knie. Sein Griff in ihren Nacken sorgte dafür, dass ihr Gesicht den Männern zugewandt blieb. Ihre Augen weiteten sich, als er von hinten in sie eindrang, ohne auf Widerstand zu treffen. Ciarán füllte sie aus, glitt tiefer und zog sie eng an seinen Schoß. Er hielt inne, seine Lippen bewegten sich an ihrem rechten Ohr.

»Du gehörst mir, weil ich ganz genau weiß, was du brauchst.«

Er zog sie an sich gepresst mit, bis sie auf ihm saß, und ihre gespreizten Schenkel gewährten den voyeuristischen Blicken der Umstehenden freie Sicht. Hitze färbte ihre Wangen, und sie schloss die Augen, doch das änderte nichts an ihrer Situation. Ciarán dirigierte ihren Körper, wie er wollte, und die Kerle konnten sehen, wie sein Schwanz in ihr Geschlecht glitt – immer und immer wieder. Hitzewellen fluteten ihre Haut.

»Du liebst diese Aufmerksamkeit, genießt es, wie sie dich gierig anstarren. Jeder von ihnen würde dich jetzt gern nehmen, dich ficken und zu seinem Sexspielzeug machen.«

Er steigerte das Tempo, und Kaylin biss fest auf den Knebel in ihrem Mund. Sie wollte nicht zulassen, dass sie laut stöhnte und ihnen damit bewies, dass Ciarán recht behielt. Sie kämpfte gegen die Lust an, unterdrückte die Erregung und die Begierde, sich gehen lassen zu wollen. Sie hielt an der Beschämung fest und ließ ihren Tränen freien Lauf. Sie erntete ein Lachen dafür, verletzend, erniedrigend und gemein. Jeder Muskel in ihr krampfte sich zusammen, hielt dagegen an, ihnen alles zu gewähren.

»Du wirst für mich kommen, kleine Hure. Und sie werden es alle beobachten.«

Sie schüttelte ihren Kopf, soweit es Ciaráns Hand in ihrem Nacken zuließ, und brüllte gegen den Knebel.

»Oh, du wirst schon sehen, denn ich kann dich dazu zwingen.«

Ihre Laute hallten durch den Raum und fanden doch kein Mitleid in den Ohren der Männer, die sich an ihrem Anblick aufheizten, ihre Schöße mit den Händen rieben und sie schmutzig angrinsten. Ciarán löste die Hand aus ihrem Schoß, die bis eben noch ihre Klitoris umspielt hatte, griff hinter sich in seine Anzugjacke. Das Summen kam ihr bekannt vor, und abermals weiteten sich ihre Augen. Das Gerät in seiner Hand war flach, aus schwarzem glänzendem Plastik, und besaß sanfte Formen. Er regulierte mit dem Daumen die Stärke der Vibration und senkte seine Hand. Die Linien des Aufliegevibrators passten sich genau an ihr Geschlecht an. Kaylin keuchte hilflos, als die starken Impulse ihre Lustperle trafen. Ciarán presste das Gerät auf ihre Scham und pumpte seinen Schwanz erneut in sie. Sie brüllte, hoffte, es würde helfen, den immer stärker werdenden Drang zu bezwingen, der sie unaufhaltsam dem erzwungenen Orgasmus entgegentrieb. Alles drehte sich in ihrem Kopf, und Blitze schossen durch ihren Körper. Helle Lichter explodierten vor ihren Augen, und dann geschah, was sie beim besten Willen nicht verhindern konnte: Der Höhepunkt raste über sie hinweg wie eine gewaltige Urmacht, verschlang jegliche Gegenwehr in ihr und zuckte rhythmisch um seinen tief in sie stoßenden Schaft. Trotz des Knebels gellte ihr entsetzter Schrei durch die Lagerhalle, begleitet von dem anzüglichen Lachen der Männer. In diesem entsetzlichen Rausch bekam Kaylin nur noch vage mit, wie Ciarán sich aus ihr löste, sich selbst bis zum Höhepunkt masturbierte und seine Ladung auf ihre Schenkel spritzte. Er stand auf, richtete seine Kleidung und ließ von ihr ab.

Aufgelöst und hilflos lag sie auf der weichen Unterlage. Die Tränen strömten über ihr Gesicht, das sie nicht beschämt verstecken konnte. Ciarán lachte laut, unterhielt sich mit den Freunden.

»Gib mal die Kamera her.«

Ihr Kopf schoss empor, und sie sah den Fotoapparat in seinen Händen. Die hellen Lichter, die sie gesehen hatte, als sie … Gott, steh ihr bei, sie hatten sie fotografiert! Die Gänsehaut ließ sie erschaudern. Einer von ihnen fragte Ciarán, ob er sie nicht teilen wolle. Ciarán lachte rau, klopfte dem Mann auf die Schulter und versprach es ihm das nächste Mal. Es berührte sie nicht mehr. Kaylin lag da und fühlte sich leer. Ciarán verabschiedete sich von den Männern und kehrte zu ihr zurück. Die Zärtlichkeit, mit der er ihr die Haarsträhnen aus dem Gesicht strich, erschütterte sie.

»Ich hoffe, du hast begriffen, wie die Sache von nun an läuft. Du wirst niemandem davon erzählen. Du wirst tun, was ich sage. Und ich werde dafür sorgen, dass du es nicht vergisst. Denn wenn wir wieder hierherkommen müssen, um dir das verständlich zu machen, werde ich sie alle darum bitten, dabei zu helfen. Hast du das verstanden?«

Kaylin nickte kraftlos.

»Die Fotos werden sicher umwerfend. Du bist so schön, wenn du kommst.«

Er lachte spöttisch und beugte sich nah zu ihrem Gesicht.

»Nur als kleine Denkstütze: Wenn du mich noch einmal verärgerst, plakatiere ich mit dem besten Schnappschuss die ganze Stadt. Ich wette, deine kleinen Freunde werden begeistert sein zu sehen, was für ein heißes Luder du doch bist. Ist das klar?«

Wieder blieb ihr nichts anderes übrig, als zu nicken. Er streichelte ihr über den Kopf, wie man es bei Hunden tut, um sie zu loben.

»Braves Mädchen. Ich habe Mittel und Wege, dich unter Kontrolle zu halten. Meine Augen und Ohren sind überall. Wenn ich feststelle, dass du mir ungehorsam bist, werden wir uns hier wiedersehen, und ich hoffe, ich habe mich verständlich ausgedrückt, was dann passiert.«

Die Kaltblütigkeit seines Blickes, die Sanftheit, mit der er ihr beim Aufstehen half, verwirrten sie so sehr, dass sie glaubte, jeden Moment den Verstand zu verlieren. Sie bestätigte ihm, dass sie verstanden hatte.

»Also gut, wir sind uns einig. Ich glaube, es wird Zeit, dich ins Bett zu bringen. Das war ein sehr langer und harter Tag für dich. Ein wenig Ruhe wird dir guttun.«

20

Die Stunden verstrichen, der Morgen brach an, und Kaylin lag mit offenen Augen noch immer so da, wie Ciarán sie ins Bett gelegt hatte. Sie konnte kaum einen klaren Gedanken fassen, alles fühlte sich leer und sinnlos an. Ihr Blick glitt zu dem Digitalwecker auf ihrem Nachttisch. Durch den Tränenschleier konnte sie die Zahlen darauf nicht erkennen.

Sie war zu einer Schlampe geworden und auf einen Mann hereingefallen, der sich als Monster entpuppt hatte. Wie hatte das passieren können? Warum hatte sie das nicht erkannt? Das Grauen über ihre Unfähigkeit und ihre Dummheit griff nach ihren Eingeweiden. Ihr wachsender Selbsthass drehte ihren Magen um. Kaylin sprang auf und erbrach sich in der Toilette. Sie sank auf den kalten Fliesen des Badezimmers in die Knie und wischte sich die Tränen aus dem Gesicht. Es war ihre eigene Schuld, dass sie in dieser Situation gelandet war. Niemand sonst war dafür verantwortlich.

Wann hatte sie aufgehört, die inneren Werte eines Menschen zu betrachten und nicht auf eine schöne Fassade hereinzufallen? Sich so hilflos und schwach zu fühlen widerte sie an. Wie sollte sie sich aus eigener Kraft aus diesem größer werdenden Loch befreien? Seine Drohungen hallten in ihrem Kopf nach. Sie konnte weder Tara noch sonst jemandem davon erzählen, nicht nur, weil sie sich abgrundtief schämte, sondern weil sie Ciaráns Worten glaubte. Er würde es erfahren, und er würde ihnen etwas antun. Das Risiko wollte sie erst gar nicht eingehen. Die Erpressung mit den Fotos war ihr dagegen schon gleichgültig. Und er würde es herausfinden, falls sie versuchte mit Wong in Kontakt zu treten. Er würde alles erfahren, davon war sie absolut überzeugt, was ihre Situation nur noch verzweifelter machte.

Kaylin kletterte wieder in ihr Bett und vergrub ihren Kopf unter dem Kissen. Es half nicht gegen die Bilder aus der Nacht, die gierigen Gesichter, die sich in ihr Hirn gebrannt hatten. Sie war unendlich müde, aber an Schlaf war nicht zu denken. Weitere Stunden vergingen, in denen sie wach lag und jedem Geräusch nachlauschte, das in ihre Ohren drang. Ciarán hatte gesagt, er würde wiederkommen. Der Gedanke daran ließ Panik in ihr aufsteigen. In der Bar würde jeder gleich merken, dass etwas mit ihr nicht stimmte. Tara, Lenny, Jen und Mel; sie kannten sie einfach schon zu lange und zu gut. Heute würde sie nicht zur Arbeit gehen, sie fühlte sich nicht in der Lage dazu.

Das Klingeln an der Tür ließ sie vor Schreck erstarren. Fest umklammerte Kaylin das Kissen und verhielt sich still, in der Hoffnung, Ciarán würde wieder gehen. Klopfen, wieder Klingeln, Rufen. Das war nicht Ciaráns Stimme. Kaylin stand auf und sah durch den Spion. Erleichterung machte sich in ihr breit. Mit vorgelegter Türkette öffnete sie.

»Ms. Delany?«

Ein Bote hielt ihr ein Päckchen entgegen und schob eine Unterschriftenliste durch den Türspalt. Kaylin unterzeichnete mit zitternder Hand und gab ihm das Klemmbrett zurück.

»Schönen Tag noch.«

Sie schob wortlos die Tür zu und schloss ab. Ihre Fantasie spielte ihr einen Streich, und sie vermutete in der schlichten kleinen Schatulle einen Finger von Tara als weiteres Zeichen dafür, wie ernst es Ciarán mit dem war, was er ihr eingebläut hatte. Nervös öffnete sie die kleine Schachtel und erstarrte. Eine Kette mit einem hübschen, schlichten Silberanhänger funkelte ihr entgegen. Kaylin stutzte. War das auch so eine Masche von ihm? Sollte das die Entschuldigung sein für gestern Nacht? Ihre Angst und Skepsis trieben sie in den Wahnsinn. Sie lag völlig falsch, wie sie feststellte, als sie die kleine Karte aus der Schachtel nahm und las.

Zum Jahrestag alles Liebe. Nevin

Sie verstand die Welt nicht mehr, und sein Name unter der Notiz ließ sie hemmungslos in Tränen ausbrechen. Weinend hielt sie das rührende Geschenk in der Hand, strich mit den Fingerspitzen über das glänzende Silber und konnte sich kaum mehr beruhigen.

Der Tag, an dem sie beide sich im Fitnessstudio zum ersten Mal begegnet waren, lag vier Jahre zurück. Es war egal, sie hatte das nicht verdient. Sie hatte gar nichts Nettes verdient. Nicht von ihm. Sie war die Hure eines miesen Gauners, statt die Geliebte eines wunderbaren, tollen Mannes, der jeden Tag im Kampf gegen das Verbrechen seinen Kopf riskierte. Kaylin ertrank förmlich im Selbstmitleid, aber selbst das gönnte sie sich nicht. Nevin würde sie hassen, wenn er wüsste, was sie getan und zugelassen hatte. Er würde sie nie wieder sehen wollen. Er würde nie wieder für sie da sein, nie wieder mit ihr sprechen und sie nie wieder in seinen Armen halten und trösten. Und wie würde sie sich jemals wieder sicher fühlen können? Kaylin kam sich so verloren und einsam vor wie nie zuvor in ihrem Leben.

Sie legte die Kette um, die sich kühl um ihren Hals schmiegte, und lachte höhnisch, denn in Kinofilmen half Silber gegen Werwölfe. In der Realität hingegen konnte es sie nicht mal vor dem Wolf im Schafspelz retten.

»Du hast was getan? Bist du verrückt?«

Nevin tigerte vor Jason hin und her, glitt mit beiden Händen durch sein Haar und schüttelte verständnislos den Kopf.

»Nevin, du hast selbst gesagt, dass Gilroy eventuell gegen seinen Boss arbeitet. Deine Vermutung, mein Freund. Wenn dem so ist, dann werden wir es erfahren.«

»Aber du kannst Kay da nicht mit reinziehen.«

»Sie steckt schon bis zum Hals in der ganzen Scheiße. Glaubst du, nur weil du ihr sagst, sie soll die Finger von ihm lassen, hält sie sich daran? Nevin, sie trifft sich noch immer mit ihm, und das kann in Gilroys Fall nur eins bedeuten: Er will den Club, und sie ist der Schlüssel dazu.«

»Jay, sie ist kein Cop! Du kannst ihr nicht einfach ein Mikro unterjubeln und sie dann sich selbst überlassen. Was, wenn der Scheißkerl das Amulett in die Finger bekommt und spitzkriegt, was da läuft? Du bringst sie damit in Lebensgefahr, verdammt.«

»Beruhig dich, ich hab einen Mann auf sie angesetzt. Er greift ein, wenn die Sache zu heiß wird. Er kann jederzeit hören, was um sie herum passiert.«

Grinsend hielt Jason ihn auf seiner Wanderschaft auf und griff mit beiden Händen nach dem Nacken seines Partners.

»Falls es dich interessiert: Sie klang sehr gerührt über dein Geschenk.«

Nevin schob seine Hände weg und atmete tief durch.

»Jay, mir ist nicht wohl bei der Sache. Ich will nicht, dass sie verletzt wird.«

»Das verstehe ich ja, aber sie ist im Moment der einzige Zugang zu Gilroy. Wenn er plaudert, haben wir ihn im Sack und schlagen damit gleich zwei Fliegen mit einer Klappe.«

»Ich weiß nicht, wie lange ich noch unentdeckt bleiben kann. Ich kann froh sein, dass Lanewood mir die Geschichte mit dem Mädchen locker abgekauft hat. Geht es Carmen gut?«

Wong nickte und klopfte ihm grinsend auf die Brust. Nevin zischte, denn die Wunde brannte noch immer.

»Du bist unverbesserlich. Damit hast du deinen Arsch auf dünnes Eis gesetzt, das hätte schiefgehen können.«

»Sie ist bei dir gelandet, oder etwa nicht?«

»Sie wird eine gute Zeugin abgeben. Die Informationen, die sie uns geliefert hat, sind erstklassig. Wir haben einige Standorte von Drogenlagern und eine Liste von Mädchen, die als Kuriere trainiert werden.«

»Was ist mit dem verdammten Strandhaus?«

»Haben die Kollegen schon gesprengt. Die Mädchen sind in Sicherheit. Verdammt, wusstest du, dass die jüngste von ihnen gerade mal fünfzehn war? Fuck, ich will Lanewood, und dann wünsche ich mir nur fünf einsame Minuten mit diesem Schwein.«

»Wie lange noch?«

»Gib mir noch ein paar Tage. Wir arbeiten an dem Bust, versprochen.«

Als Bust bezeichneten die Undercoverspezialisten den finalen Zugriff inklusive beweislastiger Verhaftung des Zielobjektes. Nevin senkte seinen Blick und atmete tief durch. Er ertrug die Nähe dieses Mistkerls Lanewood kaum noch, und bei dem Gedanken an Kaylin mittendrin hätte er am liebsten seine Eingeweide ausgespuckt. Er hatte gehofft, dass seine Warnung reichte, damit sie sich von Gilroy fernhielt, doch er hatte die irische Sturheit vergessen, mit der Kaylin gesegnet war.

»Hast du was über ihren Bruder rausfinden können?«

»Lanewood hat damit nichts zu tun.«

»Bist du dir sicher?«

Nevin konnte kaum seine Enttäuschung darüber verbergen, denn er hätte dem Dreckskerl den Mord liebend gern nachgewiesen. Es passte perfekt, aber leider zu perfekt, und es war zu einfach.

»Ja, er bedauert den Tod sogar. Eric hat ihm tatsächlich diese fünfzigtausend geschuldet, allerdings will er selbst gern wissen, wer ihn über die Klinge hat springen lassen.«

»Verdammt! Ich hätte fast meinen Arsch drauf verwettet.«

»Nein, das wäre auch nicht sein Stil. Er hätte Eric wahrscheinlich so lange unter Druck gesetzt, bis er ihm den Club gegeben hätte.«

»Ja, das macht Sinn, aber wie willst du das beweisen?«

»Das spielt jetzt keine Rolle mehr. Das *Tristans* ist der einzige Nachtclub in Miami, den Lanewood noch nicht unter seiner Fuchtel hat. Und der Scheißkerl ist verdammt misstrauisch.«

Jason betrachtete seinen Partner nachdenklich.

»Wenn dem so ist, ergibt es doch keinen Sinn, dass Gilroy über Kaylin an den Club will. Lanewood ist oldschool, und Gilroy ist seine Nummer zwei, tut was immer der Boss von ihm will, und mit Eric hatten sie alle Karten um den Club in der Hand? »

»Doch es macht absolut Sinn, wenn Gilroy die Geschäfte an sich reißen will.«

Nevin fiel es wie Schuppen von den Augen, und eine eisige Gänsehaut lief ihm den Rücken hinunter.

»Und mit Kaylin spielt er einen für mich ziemlich beschissenen Trumpf aus. Jay, du musst irgendwie versuchen, sie aus der Schusslinie zu bekommen. Ich kenne Gilroy. Er geht über Leichen, das hat ihn zu dem gemacht, was er ist. Er genießt an Lanewoods Seite fast völlige Narrenfreiheit. Der Bastard ist zu allem fähig.«

Jason zog die Stirn in Falten.

»Was ist mit Erics Schulden. Lanewood hat doch die Zahnlücke, wie hieß er noch? Little John? Er sollte die Kohle von Kaylin holen. Dazu kam es jedoch nicht. Weißt du etwas darüber?

Nevin blickte zu Boden.

»Er weiß, dass Kaylin das Geld nicht hat, die Schulden zu begleichen. Was bleibt also?«

»Der Club! Gilroy kocht also tatsächlich sein eigenes Süppchen. Der scheint wirklich Nerven wie Drahtseile zu besitzen.«

Nevins Handy klingelte.

»Shit, das ist Lanewood.«

»Ich verspreche dir, ich pass auf dein Mädchen auf.«

»Das reicht mir nicht. Schaff sie aus der Schusslinie.«

Er nahm das Gespräch entgegen und sah, wie Jason den Kopf schüttelte. Nevin wusste, was er da verlangte, war unmöglich. Kaylin steckte tatsächlich schon viel zu tief in diesem Morast.

»Okay, bin gleich da.«

Das Handy in der Hand haltend, drehte er sich zu Jason um.

»Ich muss los.«

Die beiden Polizisten umarmten sich brüderlich.

»Denk an das Ziel, Bruder.«

»Dito. Und wenn ihr irgendetwas zustößt, reiß ich dich in Stücke.«

Jason lachte über die Drohung.

»Liebe muss echt schön sein.«

»Ich mein es ernst.«

Jason Wong sah seinem Partner nach und nickte.

»Ich auch, mein Freund, ich auch.«

Er presste die Fingerkuppe gegen sein Ohr.

»Luke, hat sich was getan?«

»Negativ, Master Sergeant, Zielperson ist noch in der Wohnung. Alles ruhig hier.«

»Okay! Wenn sich die Lage ändert, gib Meldung. Auch wenn sich der verdammte Nachbar am Sack kratzt. Klar?«

»Positiv, Master Sergeant!«

21

Einen Tag von der Arbeit fernzubleiben hätte sicherlich niemanden gestört, auch nicht ihre Freundin Tara. Allerdings hatte Kaylin sich die letzten drei Tage bei niemandem gemeldet und sich in ihrer Wohnung vergraben. Kein Wunder also, dass Tara nach ihr sehen würde, denn so ein Verhalten war nicht normal. Sie saß gedanklich abwesend und schweigsam am Küchentisch und umklammerte ihre Kaffeetasse. Tara hob fragend ihre Schultern.

»Du gehst nicht ans Telefon. Deine Handyansage geht mir nach dem gefühlten tausendsten Mal auf den Wecker, und ich höre und sehe gar nichts von dir. Sweets, du siehst krank aus. Hast du was gegessen?«

Kaylin hätte sich beim Gedanken an Essen gleich wieder übergeben können. Tara befühlte die kühle Stirn ihrer Freundin.

»Tja, hohe Temperatur scheint nicht auf deine Stimmbänder zu schlagen. Sag mir, was los ist? Brauchst du einen Arzt? Soll ich dir was aus der Apotheke besorgen?«

Sie konnte Tara einfach nicht sagen, dass sie gehen sollte. Wortlos stand Tara auf, schüttete die volle Kanne Kaffee in den Ausguss und kochte Wasser für Tee auf. Selbst jetzt konnte sie nicht einmal reagieren. Sie fühlte sich so leblos und leer. Obwohl Kaylin notorisch kaffeesüchtig war, saß sie still da und trank nicht mal die lauwarme Brühe in ihrer Tasse. Tara verlor die Geduld.

»Scheiße, ich ruf jetzt die Ambulanz, und die sollen dich im

Krankenhaus durchchecken. Das sehe ich mir nicht länger mit an.«

Kaylins Hand zuckte so schnell zu Taras Arm, dass sie erschrocken zurückprallte.

»Mir geht es gut.«

»Ja, das sehe ich. Du bist das blühende Leben in Person und jubelst mehr innerlich. Sweets, bei aller Freundschaft, aber ich sehe, dass es dir nicht gut geht. Es ist okay, wenn du dir eine Auszeit nimmst. Aber dass du dich nicht meldest, sieht dir nicht ähnlich. Rede mit mir, Kaylin, sag mir, was mit dir passiert.«

Sie sah in Taras Gesichtszügen, dass sie einen erbärmlichen Eindruck auf sie machen musste. Kaylin zwang sich zu einem Lächeln.

»Muss wohl was Falsches gegessen haben.«

Essen? Sofort zuckte Taras rechte Augenbraue in die Höhe.

»Wo warst du essen?«

»Ist doch egal!«

»Sag mir nicht, du warst mit deinem neuen Lover am Pier, bei diesem Laden, den das Gesundheitsamt schon dreimal dichtgemacht hat?«

»Weiß ich nicht mehr.«

»Du solltest wirklich zu einem Arzt. Eine Lebensmittelvergiftung kann echt übel werden.«

»Tara, mir geht es schon besser, ich brauch nur noch ein bisschen.«

»Soll ich dir eine Hühnersuppe kochen?«

Kaylin rollte mit den Augen. Tara sah ihr tief in die Augen und schüttelte den Kopf.

»Ja klar, Lebensmittelvergiftung … Sagst du mir jetzt, was wirklich mit dir los ist? Hältst du mich für eine so miese Freundin, dass ich deine Lüge nicht durchschaue?«

»Du bist keine miese Freundin, und ich bin dankbar, dass du

hier bist, aber ich brauche eine Pause. Das war in letzter Zeit einfach zu viel, und ich kann nicht mehr.«

Tara umarmte sie, streichelte ihren Kopf und küsste ihre Stirn.

»Eric fehlt uns allen, aber du hattest noch keine Zeit, wirklich um ihn zu trauern. Der Stress, die Arbeit … früher oder später musstest du ja zusammenklappen wie ein Gartenstuhl.«

Kaylin schnaubte in Taras Armen.

»Mach dir um den Laden keine Sorgen, wir schaukeln das Schiff schon. Nimm dir die Zeit, die du brauchst, okay? Kann ich denn gar nichts mehr tun?«

Kaylins Kopfschütteln ließ sie nicken. Tara stand auf, berührte die Wange ihrer Freundin und lächelte besorgt.

»Wenn du etwas brauchst, klingel durch, ja?«

»Danke!«

Als Tara gegangen war, wischte Kaylin sich die Tränen von den Wangen. Tara durfte nicht in ihren Sumpf hineingezogen werden, ebenso wenig Lenny und die anderen. Diese Suppe musste sie allein auslöffeln, aber wie? Kaylin starrte in ihre Kaffeetasse und seufzte. Jason Wongs Karte brannte ihr ein Loch in den Bademantel. Ihn anzurufen und um Hilfe zu bitten würde bedeuten, ihm alles erzählen zu müssen. Alles! Sie wäre lieber vor Scham im Erdboden versunken. Und Nevin hatte Wichtigeres zu tun, als sich um ihren Müllberg zu kümmern. Außerdem wollte sie ihm gegenüber das Ausmaß ihres Handelns lieber viel später beichten, sehr viel später, am liebsten überhaupt nicht. Wen sollte sie um Hilfe bitten? Da gab es niemanden.

Kaylin berührte das Silberamulett auf ihrer Brust und schniefte. Sie hatte es satt, in Selbstmitleid zu baden, und sie hatte genug vom Heulen. Ihr Gesicht sah aufgequollen aus, und die roten Augen machten sie in Kombination mit der bleichen Gesichtsfarbe zu einem Zombie.

Sie schüttete den Tee aus, setzte neuen Kaffee auf und stieg unter die Dusche. Der Dreck, den sie versuchte, von sich zu waschen, lag wesentlich tiefer unter ihrer Haut. Egal wie sehr sie schrubbte, sie war schmutzig, dreckig und verdorben. Ciaráns Spuren wollten nicht abgehen, und das Wasser reichte nicht bis in ihre Seele. Sie zog sich an und setzte sich wieder an den Küchentisch. Mit einer frischen Tasse Kaffee saß sie da und wartete. Er würde wiederkommen, so wie er es gesagt hatte. Gleichgültigkeit ersetzte die Furcht vor dem Wiedersehen. Egal was er mit ihr anstellen würde, mehr als das, was er ihr bereits angetan und sie zugelassen hatte, könnte sie nicht mehr verletzen. Sie würde auch nicht zulassen, dass sonst jemand Schaden nahm.

Lanewood versammelte seine engsten Vertrauten um einen kleinen runden Tisch. Nachdem er sich gesetzt hatte, nahmen auch die anderen Platz, und es wirkte wie Artus' Tafelrunde. Nevin stand hinter ihm, ließ seinen Blick über die Runde gleiten, nachdem er das Patch auf seiner Lederjacke berührt hatte. Ciarán Gilroy saß rechts von Lanewood und lauschte ruhig und fast andächtig den Berichten der anderen, die für den Boss arbeiteten. Jeder Nachtclub in der Stadt war in Lanewoods Hand. Miami gehörte damit ihm, und er lehnte sich lächelnd zurück, nachdem er sich zufrieden die guten Verkaufszahlen angehört hatte.

»Ich habe noch etwas mit Ihnen zu besprechen, meine Herren.«

Diejenigen, die bereits aufgestanden waren, setzten sich wieder und wirkten, als würden sie befürchten, dass man ihnen den Schädel vom Hals trennte. Nevin war erstaunt, wie viele bekannte Gesichter sich doch hier versammelt hatten, und alle kuschten sie wie gut dressierte Hunde.

»Nach dem bedauerlichen Tod von Eric Delany …«

Lanewood ließ prüfend seinen Blick über die Gesichter schweifen, bevor er weitersprach.

»… müssen wir nun auf anderem Wege *Tristans Nightclub* unter Kontrolle bringen.«

Nevin widerstand dem Impuls, die Augen zu schließen, als hätte er es geahnt, doch nicht nur er schien mit der Nervosität zu kämpfen. Der eben noch so ruhige Gilroy rutschte unruhig auf seinem Sitz hin und her.

»Der kleine Delany wäre früher oder später unter ein wenig Druck zu der Überzeugung gelangt, dass es besser für ihn wäre, uns den Club zu überlassen. Leider hat man uns einen Strich durch die Rechnung gemacht. Ich wüsste sehr gern, wer den Jungen gekillt hat.«

Abermals wanderten seine Augen über die Gesichter der Anwesenden. Auch Nevin sah ihnen in die Augen, doch niemand schien sich melden zu wollen, und es war ersichtlich, dass keiner von ihnen etwas damit zu tun hatte. Als Lanewood lautstark in die Hände klatschte, zuckten die Anwesenden zusammen.

»Nun, wie dem auch sei, wo gehobelt wird, fallen Späne, und es lässt sich nicht mehr ändern. Der kleine Mistkerl ist verreckt, und ich will den Club.«

Gilroy räusperte sich, und etwas an der Geste wirkte auf Nevin, als wäre er nervös. Lanewood redete weiter.

»Und das bedeutet, ich muss mich mit der Schwester unterhalten.«

Nevin schluckte und nahm einen tiefen Atemzug. Das war nicht gut, gar nicht gut.

»Ciarán!«

Gilroy war so in Gedanken versunken, dass Lanewood ihn dreimal ansprechen musste, bevor er reagierte und den Boss ansah.

»Du wirst mir die Kleine herschaffen, und zwar heute noch. Mal sehen, ob die Schwester einsichtiger ist als der Bruder.«

Die rechte Hand des Bosses stand so hastig von seinem Stuhl

auf, dass dieser nach hinten kippte und krachend auf dem Boden landete. Kaum hatte Gilroy die Tür erreicht, erstarrte er.

»Logan wird dich begleiten.«

Ciaráns Blick wanderte zurück zu Lanewood. Seine Kiefermuskeln arbeiteten.

»Hast du ein Problem damit?«

»Nein.«

Ciarán fletschte die Zähne, als er antwortete, und Nevin musterte ihn eingehend. Hatte die rechte Hand des Bosses Vertrauen eingebüßt? Ahnte Lanewood, dass Gilroys Loyalität nicht mehr ganz ihm gehörte? Nevin konnte sich gegen die aufkeimende Schadenfreude kaum wehren und schenkte Ciarán ein breites Grinsen. Ciarán wandte sich wieder an Lanewood.

»Ich brauche keinen Babysitter!«

»Aber die Kleine vielleicht. Ich will sie unbeschadet hier haben. Und ich weiß, wie sehr dich kleine niedliche Irinnen reizen.«

Lanewood war alles andere als dumm. Nevin verstand die Botschaft deutlich, ebenso wie Gilroy. Der Boss wusste etwas. Das machte Gilroy jedoch brandgefährlich.

»Logan wird dich begleiten. Das ist mein letztes Wort.«

Ciaráns Hand umklammerte so fest den Türgriff, dass seine Knöchel sich weiß färbten. Nevin blieb neben ihm stehen, lächelte abermals, als er den Hass in den Augen des Mannes erkannte. Jetzt war Vorsicht geboten, denn Kay war in Gefahr, und diese Situation benötigte Fingerspitzengefühl.

»Worauf wartest du?«

Gilroy ging voraus und verließ mit eiligen Schritten das Haus des Drogenbosses. Als er sich zu Nevin umdrehte, hob er die Hände und wirkte wieder, als wäre alles in Ordnung. Gilroy hatte seine Fassade erneut im Griff.

»Es ist doch völlig unsinnig, wenn wir beide dahin fahren und sie abholen. Ich hab einen guten Draht zu der kleinen Barmieze. Sie frisst mir sozusagen aus der Hand. Für dich wäre das reine Zeitverschwendung. Du bist hier wichtiger. Jemand muss auf den Boss achten. Du bist sein Bodyguard.«

Sein Lächeln ließ keinen Zweifel daran, dass er Nevin für mental total benachteiligt hielt und für dumm genug, seinen Versuch, ihn loszuwerden, nicht zu durchschauen. Er zuckte mit den Schultern.

»Du hast den Boss gehört.«

Nevin stieg ein und schmunzelte über Ciaráns entgleiste Gesichtszüge. Er sah ihm an, dass er am liebsten ausgeflippt wäre. Vor dem *Tristans* hielt er an.

»Geh, und schau nach, ob sie da ist.«

Nevin schüttelte den Kopf. Der Kerl würde die Gelegenheit nutzen, um abzuhauen.

»Du hast doch den guten Draht zu der Mieze.«

Genervt knurrte Ciarán auf und stieg aus. Zu Nevins Überraschung kam er allein zurück. Für den Bruchteil einer Sekunde hoffte er inständig, sie hätte ihm den Marsch geblasen und die Bar wäre voller Bullen.

»Sie ist nicht da. Die Kartoffelschälerin sagt, sie sei krank.«

Nevin schluckte den Schock herunter. Kaylin lebte, träumte und atmete diese Bar, und in all der Zeit, die er sie kannte, war sie nie krank gewesen, hatte nicht einen Tag freigenommen. Das passte nicht zu ihr. Doch er hielt sich bedeckt und setzte eine gleichgültige Miene auf.

»Und nun?«

»Fahren wir zu ihr nach Hause, was glaubst du?«

Dort angelangt, entdeckten sie eine Streife, die direkt vor dem Apartmenthaus postiert stand. Fluchend fuhr Ciarán an ihr vorbei.

»Scheiße, die sind ja immer noch da.«

Nevin antwortete nicht und war gespannt darauf, was er sich nun einfallen lassen würde. Ein paar Straßen weiter parkte Ciarán den Porsche und tippte Kaylins Nummer ins Handy. Während des Gesprächs stieg Ciarán aus.

Sag ihm, er soll sich zum Teufel scheren, und bleib in der Wohnung.

Innerlich brannte die Hoffnung, doch äußerlich wirkte er unbeteiligt. Nevin nutzte die Gelegenheit, um Jason zu kontaktieren. Angespannt wischte er sich über das Gesicht. Sein Mobiltelefon meldete sich prompt.

Bleib ruhig, wir sind dran!

Er musste seinem Partner blind vertrauen, doch seine Unruhe, die mit Kaylins Beteiligung wuchs, machte die Situation brisant. Ciarán kehrte zurück und stieg ein.

»Sie trifft sich mit uns.«

Fast wäre Nevin ein Fluch über die Lippen gedrungen, und er biss die Zähne zusammen.

Verdammt, Kay!

Ihre Hand blieb ruhig, als Kaylin das Handy in dic Hosentasche ihrer Jeans steckte. Sie hatte erwartet, dass Ciarán herkommen würde. Stattdessen befahl er ihr, ihn an der Lagerhalle zu treffen. Kaylin lachte freudlos auf. War Taras Besuch für ihn schon Anlass genug, seine Drohung wahr werden zu lassen? Ungerührt zog sie sich eine Jacke über und verließ ihre Wohnung. Zu Fuß machte sie sich auf den Weg zum *Tristans*, ging ohne ein Wort des Grußes in das Büro und holte sich die Schlüssel für den Van. Kaylin spürte die Blicke ihrer Mitarbeiter auf sich, doch sie brachte es nicht fertig, auch nur zu lächeln. Das Küchenmesser in ihrer Gesäßtasche hinderte sie daran, sich in den Fahrersitz gleiten zu lassen, also legte sie es neben sich auf den Sitz. Es war lächerlich, aber kampflos wollte sie es nicht über sich ergehen lassen, dass er seine Hunde auf sie hetzte. Die Männer würden sich anstrengen müssen. Wenn es ihr allerdings gelang, Ciarán die Klinge zwischen die Rippen zu stoßen, würde sie mit einem Lachen alles ertragen, was dann mit ihr geschehen würde. Selbst der Tod erschreckte sie nicht.

Sie trat das Gaspedal durch und jagte den Van mitten durch die Stadt zum Zielpunkt. Je schneller sie da war, umso schneller brachte sie es hinter sich. Auf dem Gelände stand nur sein roter Porsche, und Ciarán lehnte an der Fahrertür. Kaylin konnte nicht sehen, ob jemand bei ihm war. Bevor sie ausstieg, steckte sie sich das Messer wieder in die Gesäßtasche, richtete ihre Jacke, damit der Griff verdeckt blieb. Ihr Herz klopfte bis zum Hals hinauf. Kaylin war überrascht, wie viel Hass sie doch empfinden konnte, obwohl sie sich zuvor noch so leer gefühlt hatte. Mit jedem Schritt, den sie sich ihm näherte, kochte der Zorn in ihrem Innern höher.

Ciarán breitete seine Arme aus und kam lächelnd auf sie zu. Sie fixierte sein Gesicht. Der Reiz, ihm dieses Lächeln aus der Visage zu schneiden, wuchs. Sie wollte ihm die Augen ausstechen, ihm die Zunge rausreißen, ihn ausweiden und dann auf ihn spucken, wenn er schon blutend am Boden lag. Kaylin lächelte.

»Braves Mädchen, du hast deine erste Lektion gut gelernt.«

Er griff nach ihren Schultern, und sie packte den Griff des Messers, ohne es zu ziehen. Noch immer strahlte ihr sein falsches Lächeln entgegen.

»Wenn du einen Ton sagst, mach ich dich kalt.«

Sein drohendes Flüstern jagte ihr durch den Körper und nährte den Wunsch, ihm die Klinge in den Bauch zu rammen. Langsam zog sie das Messer aus ihrem Hosenbund.

»Gibt es Probleme?«

Sie hielt in ihrer Bewegung inne, erstarrte, als sie Nevins

Stimme wiedererkannte. Kaylin blickte an Ciarán vorbei zum Wagen, und ihr Herz setzte einen Takt aus. Eine Gänsehaut überzog ihre Arme und ließ ihre Finger zittern. Ciarán grinste seinen Begleiter an, um ihm zu zeigen, dass alles in Ordnung war. Dann wandte er sich wieder Kaylin zu.

»Mein Boss will dich sehen … Kein Wort zu niemandem, oder deine kleine Küchenschlampe ist tot, klar?«

»Wird das heute noch was, Gilroy?«

Die gespielte Ungeduld zerrte tatsächlich an Nevins Nerven, doch er konnte nicht aus der Rolle fallen. Kaylin sah blass und krank aus. Wann zum Teufel hatte sie das letzte Mal geschlafen? Wann etwas gegessen? Es zerriss ihn, sie so zu sehen. Was hatte dieser Scheißkerl mit ihr angestellt? Kaylin starrte ihn an, senkte beschämt ihren Blick und kämpfte sichtlich gegen die Tränen an. Ciarán brachte sie zum Wagen und öffnete die Tür.

»Stopp!«

Nevin sprang behände über die Beifahrertür und umrundete den Wagen.

»Was ist dein verdammtes Problem, Logan?«

Ciarán wirkte plötzlich wieder nervös. Bekam er etwa kalte Füße? Grinsend schob Nevin sich an ihm vorbei, direkt vor Kaylins Körper, und tastete sie ab.

»Mein verdammtes Problem ist …«

Er zog das Messer aus ihrer Gesäßtasche und beendete den Satz nicht, stattdessen sah er Ciarán nur grinsend an. Die Augen des Mistkerls weiteten sich.

»Fuck, du kleine …«

»Na, du wirst doch wohl nicht Gefahr laufen wollen, dass der Boss ein Problem bekommt.«

Ciarán verlor die Nerven. Mit geballter Faust stand er da, im

Begriff, Kaylin zu schlagen. Nevin blieb dicht vor seinem Gesicht stehen, sodass sich ihre Nasenspitzen fast berührten.

»Er sagte unbeschadet.«

Amüsiert zuckten seine Mundwinkel nach oben. Er ließ Ciarán eindeutig wissen, was ihm vorschwebte.

Schlag zu! Liefer mir einen Grund.

Ciarán kapitulierte, zu feige, den Rest des Weges weiterzugehen. Er senkte seinen Blick und trat von Nevin zurück, der sich wieder Kaylin zuwandte.

»Mr. Lanewood möchte sich mit Ihnen unterhalten, Ms. Delany. Das Messer benötigen Sie nicht.«

Er zwinkerte ihr zu, als er sie sanft auf den Rücksitz schob. Sofort senkte sie ihren Blick wieder. Was war los mit ihr? Er wollte sie wissen lassen, dass alles gut werden würde. Warum sah sie so bedrückt aus? In Gedanken ohrfeigte er sich selbst. Natürlich war die Situation bedrückend für sie. Sie musste völlig verängstigt sein, aber zu stolz, um ihre Angst zu zeigen. Gern hätte er sie an seine Brust gezogen, sie getröstet und sie einfach gehalten. Ihm war nach Fluchen, er wollte etwas schlagen und drehte sich wieder zu Gilroy um. Nevin brauchte seine ganze Selbstbeherrschung, um nicht auf ihn einzuprügeln, und stieg auf der Fahrerseite ein.

»Ich fahre.«

Ciarán wollte protestieren, doch Nevins Blick belehrte ihn eines Besseren. Einen Teil seiner Wut konnte er damit rauslassen, den Porsche zu treten und über die Stadtautobahn zu jagen. Er wusste, seine Kollegen hörten mit. Sie waren da, standen bereit und warteten. Nevin konnte sich blind auf Jason verlassen. Es war so weit! Aber Kaylin in der Schusslinie zu wissen bereitete ihm Unbehagen. Immer wieder blickte er in den Rückspiegel, doch Kaylin erwiderte den Blickkontakt nicht. Sie saß stumm auf der Rückbank und rührte sich nicht.

Vertrau mir, es wird alles gut! Nevin wusste, sie konnte keine Gedanken lesen, aber er hoffte, dass sie es einfach wusste. Er schüttelte den Kopf und unterdrückte ein Schmunzeln. Was hatte diese verrückte Irin bloß mit dem Messer vorgehabt?

22

Ciarán und Nevin flankierten Kaylin durch die Flure des nobel eingerichteten Hauses. Zu viel Schnickschnack und Staubfänger, fand sie, alles schien von goldfunkelnden Gegenständen überlagert. Hier hatte jemand es offensichtlich nötig zu beweisen, wie reich er war.

Ciarán öffnete schließlich eine Tür und ließ sie vorgehen. Kaylin erkannte beim Eintreten den grauhaarigen Mann in dem maßgeschneiderten Anzug sofort wieder: Es war der Mann aus ihrer Bar.

»Ms. Delany, wie schön, dass Sie es einrichten konnten.«

Sie schnaubte, blickte auf die ihr angebotene Hand und schüttelte den Kopf.

»Als ob ich eine Wahl gehabt hätte.«

»Oh, Sie halten mich wohl für unhöflich. Setzen Sie sich. Möchten Sie lieber Tee oder Kaffee?«

Während der grauhaarige Mann sich einem kleinen Tisch mit Tablett zuwandte, betrachtete Kaylin die anderen Männer in dem Raum. Männer, deren Gesichter ihr bekannt waren. Ihr Blick glitt zum nervös wirkenden Ciarán. Es waren seine Hunde, die, die in der Lagerhalle gewesen waren.

Nevin stand links vom Drogenbaron, der ihr eine Tasse Kaffee reichte, die sie ablehnte. Er wirkte angespannt, doch sein Gesicht ungerührt, fast schon unnahbar.

»Bitte, Ms. Delany, im Stehen lässt sich schlecht sprechen.«

Das Lächeln des Drogenbosses schien höflich und charmant,

doch Kaylin wusste es besser. Sie nahm Platz, kreuzte abwehrend die Arme vor ihrer Brust und reckte ihr Kinn.

»Wo sind nur meine Manieren.«

Sie hob eine Augenbraue, sah ihn fragend an, doch er schien keine Antwort darauf zu erwarten.

»Mein Name ist Brandon Lanewood. Und ich bin …«

»Ein Krimineller, ich weiß.«

»Wie erfrischend. Sie sind unbeeindruckt und direkt. Das gefällt mir.«

Wenn er wüsste, wie es wirklich in ihr aussah, würde er Kaylins Ausbruch amüsiert belachen. Entweder ignorierte er es, oder es interessierte ihn nicht. Lanewood nahm einen Schluck aus der Kaffeetasse und stellte sie dann beiseite.

»Dann will ich auf den Punkt kommen, der Sie zu mir geführt hat.«

»Sie wollen Geld von mir. Weil Sie meinen Bruder umgebracht haben, wollen Sie das jetzt über mich regeln.«

»Wie kommen Sie darauf, dass ich Ihren Bruder getötet habe?«

»Sie brauchen es nicht zu leugnen. Ihr Gorilla war in meiner Bar und hat mich bedroht.«

Sie hob ihr Kinn in Richtung des breitschultrigen Mannes, dem das Zahnlückengrinsen im Gesicht gefror, als Lanewood ihn mit undurchdringlicher Mimik ansah. Der Mann hob die Hände.

»Boss, du kennst mich, ich habe getan, was du gesagt hast. Wie immer. Aber als du deine Meinung geändert hast …«

Lanewood zog seine Stirn kraus und musterte den Gorilla, der sofort wieder in Schweigen verfiel und geräuschvoll schluckte.

Kaylin hatte keine Ahnung, woher sie den Mut fand, auf diese Weise mit einem Schwerkriminellen zu reden. Doch bei allem, was in der letzten Zeit mit ihr geschehen war, glaubte sie, nichts mehr verlieren zu können.

»Er ist hier, demnach gehe ich wohl recht in der Annahme, dass Sie der Halsabschneider sind, dem mein Bruder fünfzigtausend Dollar schuldete. Ich kann rechnen, Mr. Lanewood. Mein Bruder war nicht in der Lage, Ihnen das Geld zurückzuzahlen, also haben Sie ihn umbringen lassen. Das ist doch Ihre Masche, oder nicht?«

Lanewood wirkte amüsiert, betrachtete ihr Gesicht und lehnte sich zurück. Ciarán stand neben ihm und strich sich mit fahrigen Händen durch das blonde Haar. Je länger sie ihn beobachtete, desto klarer sah sie. Plötzlich drang ein Lachen aus ihrer Kehle, sodass sogar Nevin seine Stirn runzelte und sie verständnislos anstarrte.

»Was ist so amüsant, Ms. Delany?«

Noch immer haftete ihr Blick auf Ciarán, und sie sah Panik in seinen Gesichtszügen. Er arbeitete gegen seinen Boss, auf eigene Faust, und Lanewood sah nicht wie jemand aus, der Verrat duldete. Mit einem Lächeln wandte sie sich wieder dem Drogenbaron zu.

»Was wollen Sie von mir, Mr. Lanewood? Fünfzigtausend? Mehr? Machen Sie von mir aus inklusive Wucherzins eine Million daraus, es spielt keine Rolle. Ich kann Ihnen das Geld nicht geben.«

»Ms. Delany, ich habe mit dem Mord an Ihrem Bruder nicht das Geringste zu tun. Es ist nicht ... wie nannten Sie es, meine Masche, die Dinge auf diese Weise zu regeln.«

Die Ernsthaftigkeit in seinen Augen wirkte glaubwürdig.

»Aber Eric konnte Ihnen die Schulden nicht zurückzahlen.«

»Wir hätten eine andere Lösung für dieses Problem gefunden, aber Mord ... nein, ich halte nichts von unnötiger Gewalt.«

Kaylin unterdrückte den Drang aufzulachen. Unnötige Gewalt! Er hob als Unschuldsbeweis seine Handfläche zu ihr.

»Mein Gewissen ist rein, was den Tod Ihres Bruders betrifft.

Wäre dieser Auftrag von mir gekommen, wäre seine Leiche nie gefunden worden.«

Die Worte wirkten noch erschreckender aus seinem Mund mit diesem sanften Lächeln im Gesicht und der freundlichen Stimme. Aus einer Silberschatulle nahm er eine Zigarette, und der Schlägertyp mit der Zahnlücke sprang sofort ein, um ihm Feuer zu geben.

»Ich bedauere Erics Tod. Er war ein feiner Kerl, spielsüchtig, aber ich mochte ihn. Er war bemüht, seine Schulden bei mir zu begleichen, Ms. Delany. Es würde mich persönlich interessieren, wer ihn getötet hat, und ich gedenke, diese Angelegenheit auf meine Weise zu klären. Ich weiß, dass die Polizei in dem Fall nicht weiterkommt. Ich verspreche Ihnen, ich finde den Mörder.«

Kaylin nickte, und sie glaubte ihm. Lanewood log nicht, was die Tat betraf, aber sie war skeptisch, was sein Bedauern wirklich bedeutete. Er zog an der Zigarette und erhob sich.

»Nun, da wir das geklärt haben, möchte ich nun zu dem geschäftlichen Teil unseres Treffens kommen.«

Lanewood wanderte durch den Raum, während die Umstehenden für ihn sofort eine Gasse bildeten. Er blieb nachdenklich am Fenster stehen. Kaylin wäre am liebsten selbst aufgestanden, blieb jedoch sitzen und bemühte sich Ruhe zu bewahren.

»Ich habe keine fünfzigtausend Dollar, Mr. Lanewood.«

»Aber Sie besitzen einen Nachtclub.«

Sofort zuckte ihr Blick zurück zu Ciarán, der immer mehr mit seinen Nerven zu kämpfen hatte. Der Schweiß rann ihm von den Schläfen, und das bedrohliche Funkeln in seinen Augen warnte sie. Jetzt ergab alles Sinn. Er hinterging seinen Boss nicht nur, er wollte alles für sich. Sie warf einen Blick zu Nevin, doch der blieb ruhig. Sie war sich sicher, Nevin würde sie für verrückt erklären, wenn er könnte.

»Sie wollen meinen Club?«

»Er bleibt natürlich in Ihrem Besitz, aber ich gedenke, meine Geschäfte in der Stadt zu erweitern.«

»Welche Art Geschäfte?«

Lanewood lächelte. Er war nicht dumm.

»Das, meine liebe Ms. Delany, muss Sie nicht kümmern.«

Als Kaylin sich erhob, hielten einige der Umstehenden die Luft an. Sie ignorierte die entsetzten Blicke und folgte dem Drogenboss zum Fenster.

»Ich weiß gern, was in meinem Club vor sich geht. Wenn Sie mir einen Deal vorschlagen, Mr. Lanewood, dann möchte ich auch das Kleingedruckte lesen.«

Er wirkte sichtlich beeindruckt von ihrem Pragmatismus und schmunzelte.

»Sie sind anders als Ihr Bruder.«

»Ich bin auch älter.«

Er wandte sich mit einem nachdenklichen Gesichtsausdruck ab, blieb stehen, drehte sich um und musterte sie. Kaylin lächelte.

»Es ist ganz einfach, Mr. Lanewood: Sie wollen meinen Club als Geschäftsbasis nutzen, und ich muss wissen, was ich nicht sehen soll, damit ich im richtigen Moment meinen Kopf drehen kann.«

Lanewood sah Nevin an und lachte leise.

»Was hältst du von ihr?«

Nevin senkte seinen Kopf und schien darüber nachzudenken.

»Sag schon.«

»Sie ist clever und vorsichtig.«

»Ja, das ist sie durchaus. Vorsicht ist wichtig im Geschäft. Nennen Sie mich Brandon, Kaylin.«

Nevins Beschreibung ließ ihr Herz schneller schlagen. Lanewood musterte sie mit Interesse. Auf eine Geste seiner Hand hin verließen die meisten der Anwesenden wie auf Kommando den Raum. Nur Nevin, Ciarán und der Schlägertyp blieben zurück.

Mit einem Schmunzeln blickte sie abermals in Ciaráns schwitzendes Gesicht. Es tat so gut zu wissen, was er dachte, und ihn in der Hand zu haben.

»Ich schätze einen persönlicheren Rahmen für diese Art von Unterhaltung, Kaylin.«

»Ist mir recht, Brandon.«

Sie setzten sich wieder, und diesmal nahm Kaylin die angebotene Tasse Kaffee entgegen. Das wissende Lächeln konnte sie nicht abstellen, und die Verführung war zu groß, um nicht auszusprechen, was sie sich selbst in den wenigen Minuten seit ihrer Ankunft hier zusammengereimt hatte.

»Offen gesprochen sind Sie nicht der einzige Geschäftsmann, der an meinem Club interessiert ist, Brandon. Und ich würde liebend gern hören, was Sie anbieten.«

Lanewood betrachtete sie überrascht, doch sie konnte sehen, dass die Gefühlsregung nur gespielt war. Ahnte er, dass sein Mitarbeiter ihn betrog? Ciarán hustete so laut, dass sie fast in schallendes Gelächter ausgebrochen wäre. Doch Nevins durchdringender Blick machte ihr die Gefahr wieder bewusst, in der sie beide sich befanden. Lanewood glättete seine Stirn und nickte.

»Werden Sie mir den Namen meines Konkurrenten verraten?«

Ein tiefer Atemzug füllte ihre Lungen, und sie richtete ihre Augen stur auf Lanewoods Gesicht.

»Wenn Sie mir verraten, welchen Geschäften Sie nachgehen. Das würde die Entscheidung für mich bedeutend einfacher gestalten.«

»Das klingt fair, was denkst du, Ciarán?«

Ciarán krächzte eine Bestätigung.

»Also gut, spielen wir mit offenen Karten. Ich gebe den Menschen, was sie begehren. Etwas, das sie ihren Alltag, den Stress, ihr Leben für den Augenblick vergessen lässt.«

Kaylin hörte ihm zu und nickte, damit er weiterredete.

»Es gibt in der Öffentlichkeit viele, die mich einen Massenmörder nennen, aber sehe ich aus wie Dahmer? Sanchez? Meine Kunden haben immer eine Wahl, und sie entscheiden aus freien Stücken, wie sie leben möchten. Nachfrage bestimmt das Angebot, und wenn sie das Leben im Rausch besser ertragen können, gebe ich ihnen, was sie begehren.«

»Ich verstehe nicht ganz.«

Kaylin stellte sich absichtlich dumm und lächelte freundlich, in der Hoffnung, er würde ins Detail gehen.

»Drogen, Kaylin. Kokain, Speed, Crack, Ice, Heroin, was auch immer sie wollen, ich gebe es ihnen.«

Er musterte sie eingehend, wartete auf eine Reaktion, eine Regung in ihrer Mimik, doch Kaylin saß nur da und sah ihn an.

»Wie ich sehe, schockiert Sie das nicht.«

»Wie Sie schon sagten, die Menschen wählen selbst.«

»Ich habe jeden Club in Miami und diversen anderen Städten unter meiner Kontrolle, bis auf Ihren. Das soll nicht heißen, dass ich mich in Ihre Angelegenheiten mische. Aber ich mag Sie, Kaylin. Sie scheinen mir tough und klug zugleich zu sein, eine, wie ich bemerken darf, interessante Kombination bei einer Frau.«

Er lachte, als sie ihm einen bösen Blick zuwarf.

»Verzeihen Sie meinem Machoherzen die kleine Neckerei. Ich möchte mit Ihnen ins Geschäft kommen. Vergessen wir die Schulden Ihres Bruders, machen wir es richtig. Ich biete Ihnen gut ausgebildete Männer, die Ihre Security sein werden, dafür stellen Sie mir für besondere Gelegenheiten ihre VIP-Räume zur Verfügung. Spezielle Transaktionen benötigen eine spezielle Privatsphäre, wenn Sie verstehen.«

»Was für besondere Gelegenheiten?«

»Die Ware wächst hier nicht an Bäumen, deshalb ist Mexiko unser Beschaffungsland. Meine Geschäftspartner und ich pflegen gute Kontakte zueinander. Ihr Club ist ideal, um die Treffen dort abzuhalten.«

»Warum empfangen Sie Ihre Gäste nicht hier? Es ist privat, Sie sind ungestört, und die Polizei käme nie auf den Verdacht, dass hier etwas Illegales läuft.«

Er lachte aus voller Kehle und lehnte sich entspannt zurück.

»Kaylin, Sie sind wirklich erfrischend unkompliziert. Es gibt an Ihrer Idee nur einen Haken.«

»Und der wäre?«

»Es ist mein Zuhause, und es ist mir unangenehm, das Haus voller krimineller Drogenbarone zu haben, wenn meine Frau und meine Kinder sich hier frei bewegen sollen.«

Kaylin presste fest die Lippen aufeinander, doch es half nichts, sie lachte und hoffte, er würde es nicht missverstehen.

»Wie schön, dass ich Sie so erheitern kann. Also, was sagen Sie, Kaylin? Steht unser Geschäft?«

Sie sah, dass die Nervosität nun auch Nevin ergriffen hatte.

»Nur die VIP-Räume? Keine Kleindeals im Club?«

»Nun, dass hier und da einige meiner Laufmänner Ihre Gäste mit Stoff versorgen, könnte möglich sein, aber ich werde es in kleinem Rahmen halten.«

Kaylin setzte eine nachdenkliche Miene auf und rührte langsam in ihrem Kaffee. Sie ließ kurz ein bisschen Interesse aufblitzen, dann tat sie wieder, als würde sie das Angebot still für sich erwägen. Tatsache war aber, dass sie die Antwort hinauszögerte, weil sie sich fragte, warum Nevin ständig zur Tür schaute. Er sah aus, als warte er auf etwas oder jemanden.

Lanewood schien die Geduld mit ihr zu verlieren.

»Kaylin, ich kann mir denken, dass dies eine schwierige Entscheidung ist, aber da ich nicht weiß, mit wem Sie noch Verhandlungen führen, muss ich Sie bitten, mir noch heute zuzusagen.«

»Was, wenn ich Ihr Angebot ablehne?«

»Dann würden Sie mich in eine sehr schwierige Lage manövrieren. Ich würde ungern mitansehen, wie Ihr Club möglicherweise an einem Wochenende einem tragischen und fürchterlichen Unglück zum Opfer fiele. Es wäre nicht das erste Mal, dass ein Feuer einen beliebten Szenetreffpunkt bis auf die Grundmauern niederbrennen würde.«

»Ich verstehe …«

Lächelnd stand er auf.

»Es wäre für mich sehr unschön, Ihnen diesen Schmerz zu bereiten oder Sie gar zu verlieren.«

»Sie drohen mir also mit einem Brandanschlag und sogar Mord.«

»Ich drohe Ihnen nicht, ich stelle Tatsachen fest …«

Plötzlich ging das Licht aus. Fensterscheiben brachen, die Tür flog aus den Angeln, und Chaos verbreitete sich im Raum.

23

»Miami Dade Police! Runter auf den Boden! Hände über den Kopf!«

»Lassen Sie die Waffe fallen!«

»Ich sagte: Hände über den Kopf!«

Ein Polizist richtete seine Dienstwaffe direkt auf das Genick von Lanewood, der am Boden lag.

»Brandon Lanewood, Sie sind verhaftet.«

Jemand legte ihm Handschellen an, nannte eine Liste von Verbrechen, die ihm zur Last gelegt wurden, und verlas ihm seine Rechte. Der Raum füllte sich mehr und mehr mit Menschen. Nevin wurde ebenfalls offiziell verhaftet. Jason grinste, als er seinen eigenen Partner der Tarnung wegen wie einen Schwerverbrecher aus dem Haus führte. Noch immer waren überall Chaos und Unruhe. Einige von Lanewoods Männern eröffneten das Feuer irgendwo im Haus, wurden niedergeschossen, getötet oder nur verletzt. Andere ergaben sich freiwillig und wurden abgeführt. Die Straße vor dem Haus war gefüllt mit Polizeiwagen, deren Lichter aufflackerten, und neugierige Nachbarn traten aus ihren Wohnungen.

»Wir haben ihn! Das Ding ist wasserfest. Lanewood wird für alle Zeiten in den Knast wandern.«

Jasons Augen funkelten, und sein Grinsen war so breit, dass es an Gesichtslähmung grenzte.

»Okay, würdest du mir jetzt endlich die Eisen abnehmen, Freund?«

Nevin drehte sich um und betrachtete die Szenerie. Er atmete entspannt durch. Es war vorbei! Jason nahm ihm lachend die Handschellen ab, und Nevin ließ sich auf den Beifahrersitz fallen.

»Gute Arbeit, Mann, verflucht gute Arbeit. Die Beweise, die du gesammelt hast, die Aussage der kleinen Mexikanerin und Kaylins mutiger Einsatz – kein verdammter Rechtsverdreher der Welt wird ihn wieder auf freien Fuß bekommen. Scheiße, ich bin echt stolz auf dich.«

Nevin winkte ab und schloss die Augen.

»Ich bin nur froh, dass es endlich vorbei ist.«

»Deine Kleine ist verdammt clever. Das war unglaublich. Sie hat ihm wirklich alles abgeluchst.«

Endlich lächelte Nevin.

»Meine Kleine … Ich dachte, Kay übertreibt es. Ein falsches Wort, und die Sache wäre schiefgelaufen.«

»Ja, aber sie hat den richtigen Ton getroffen.«

»Du hättest sein Gesicht sehen sollen, als sie ihn als Halsabschneider betitelt hat. Und Ciarán erst, sein Anblick war ein Bild für die Götter. Der Drecksack hat so geschwitzt, dass er einen Swimmingpool hätte füllen können. Er stand kurz davor, die Nerven zu verlieren.«

Jason grunzte amüsiert.

»Allerdings, Kaylin hat ihn ganz schön in der Luft hängen lassen. Hätte sie dem Boss gesteckt, wer der andere Anbieter war, hätte ihm das ein paar Betonschuhe eingebracht.«

Nevin lachte laut bei dem Gedanken.

»Betonschuhe sind nicht mehr in, Jay.«

»Aber mundgerechte Haihappen à la carte schon.«

»Selbst die Tigerhaie würden Gilroy wieder auskotzen, glaub mir.«

Der Wagen seines Partners stand absichtlich abseits des Geschehens. Noch immer fielen Schüsse, und die Kollegen waren bemüht, das Chaos unter ihre Kontrolle zu bekommen. Dass Nevin vor den Augen der Kriminellen verhaftet worden war, hatte einen anderen Grund. Die Tarnung, die er sich ein Jahr lang angeeignet hatte, würde für spätere Fälle gute Dienste leisten. Ein Punkt mehr in der gefälschten Strafakte von Logan Moore. Andere Drogenbosse würden die zerschlagene Gruppe ersetzen und das Gebiet nach einer Weile übernehmen. Und gute Leute wie Logan waren hoch im Kurs und wurden mit Handkuss aufgenommen.

»Was passiert jetzt?«

Jason klopfte ihm auf die Schulter und kniff sein rechtes Auge zu.

»Das Übliche: Papierkram, Aussage, Unterschrift, untertauchen. Du kannst dich erst mal entspannt zurücklehnen und dir ein wenig Urlaub können. Die Zelle mit deinem Namen ist bereits gebucht.«

Nevin lachte auf und schüttelte den Kopf.

»Du meinst wohl Logans Namen. Was ist mit Kay?«

»Hm, ich bin sicher, einer unserer Jungs hat sie in Gewahrsam genommen und wird sie aufs Revier bringen. Sobald wir ihre Aussage protokolliert haben, kannst du sie sehen.«

Nevin stieg wieder aus dem Wagen und beobachtete das Geschehen. Das Chaos lichtete sich langsam, und die Schüsse hörten auf. Immer mehr Verhaftete füllten die Einsatzwagen, und er versuchte den Wagen ausfindig zu machen, in dem Kaylin saß. In dem Durcheinander hatte er sie aus den Augen verloren. Aber als Jason ihn abgeführt und rausgebracht hatte, schien der Raum unter Kontrolle gewesen zu sein. Plötzlich drehte sich Jason um und brüllte laut auf.

»FUCK! Wie konnte das passieren?«

»Was ist los?«

Jason hielt ihm einen zweiten Ohrstöpsel entgegen, damit Nevin mithören konnte.

»Keine Ahnung, Master Sergeant, er muss in dem Chaos entwischt sein.«

»Welcher Officer hat die Zeugin in Gewahrsam?«

»Negativ, Master Sergeant. Ms. Delany ist ebenfalls verschwunden.«

Jason ließ wütend seine Faust auf das Dach des Wagens krachen.

»Verdammte Scheiße, wie konnte das passieren? Sie war im selben Raum wie Lanewood! Verfickte Amateure!«

Nevin schloss entsetzt die Augen und rieb sich die Gänsehaut von den Unterarmen.

»Jay?«

»Wir finden sie! Bleib hier beim Wagen.«

»Keine Chance, ich will helfen. Was hast du vor?«

»Nevin, du kannst nicht helfen. Denk an deine Tarnung. Wir finden sie.«

»Scheiß auf die Tarnung. Kay ist in Gefahr, und Gilroy ist euch entwischt. Das war *ein* verdammter Raum, Jay! Habt ihr denn nicht alle Türen gesichert? Scheiße. Ich will, dass du ihr Handysignal verfolgst. Sie lässt ihr Handy immer an.«

»Gute Idee!«

Jason rannte zum Funkwagen und gab die Information an den Techniker weiter. Nevin kletterte auf das Dach des Wagens und überblickte die gesamte nähere Umgebung. Ciarán konnte nicht weit sein. Doch er ahnte, dass Kaylin bei ihm war.

»Mach schon, Jay, sag mir, wo sie ist.«

»Bin dran.«

Die Funkverbindung war klar und deutlich, und er hörte das Klappern der Tastatur.

»Jay, jede Minute zählt.«

»Bleib ruhig.«

»Verdammt! Jetzt sag schon.«

Seine Augen musterten jedes Gebäude im Umkreis, und er fragte sich, wohin dieser Bastard mit einer Geisel fliehen würde, wenn die ganze Straße voller Bullen war. *Wo steckst du, du Ratte?*

Plötzlich ging alles sehr schnell. Jay nannte ihm den genauen Aufenthaltsort des Funksignals, gab die Adresse durch.

»Nevin, bleib hier!«

»Fick dich, Jay. Wenn ihr etwas passiert, reiß ich dir persönlich den Arsch auf.«

»Junge, du kannst nicht ohne Rückendeckung losziehen und den Märtyrer spielen. Die Jungs sind unterwegs, lass sie das regeln.«

Nevin rutschte vom Dach, setzte sich in Jasons Wagen und schloss ihn in Sekunden kurz. Mit Bleifuß fuhr er in die Richtung der Adresse, die sein Partner eben im Funk durchgegeben hatte. Es war nur eine Straße weiter. Ratten waren flink und wendig. Dennoch, wie hatte dieser Scheißkerl es geschafft, unbemerkt aus einem Wohnhaus voller Polizisten zu entkommen? *Ich dreh dir mit bloßen Händen den Hals um, wenn du ihr was antust, Bastard.* Kopfschüttelnd hielt er den Wagen vor dem Gebäude an und sah an der Fassade entlang empor.

Kaylin wollte sich panisch schreiend auf den Boden schmeißen, als jemand nach ihr griff und sie mit sich zerrte. Durch eine versteckte Tür in der Wand schleifte er sie mit sich. Auf einer Stahltreppe, die nach unten zu einem Tunnel führte, wäre sie fast gestürzt, doch Ciarán fing sie ab und schob sie weiter. Angst kroch durch ihre Adern, und seine stille Hetze ließ sie immer weiterlaufen. Der Tunnel endete an einer Biegung und führte mit eingelassenen Stufen nach oben zu einem Gullydeckel. Ciarán zog seine Waffe und hielt sie ihr vor das Gesicht.

»Versuch keinen Scheiß, sonst mach ich dich kalt.«

Er schob sie zu den Eisenstufen.

»Rauf da und keine Faxen.«

Sie zitterte, verfehlte die erste Stufe und rutschte ab.

»Na mach schon, du bist doch sonst so clever.«

Seine Ungeduld ließ einen eiskalten Schauer ihren Rücken hinabrieseln. Als sie den gusseisernen Deckel erreichte, hielt sie inne.

»Aufmachen!«

Er war schwer, aber die Mündung der Waffe in ihrem Rücken verstärkte ihre Bemühungen. In einer Seitenstraße, nicht weit von dem Haus des Drogenbosses entfernt, kamen sie ans Tageslicht, und Ciarán sah sich hektisch um. Mit einem Arm umschlang er ihren Hals und schob sie vorwärts, auf ein Gebäude zu. Der Rohbau würde einmal ein Hotel ergeben. Die Steintreppen waren teilweise bereits mit edlem Marmor gefliest. Ciarán trieb Kaylin vor sich her, schubste sie immer weiter, Etage für Etage, bis hinauf zum Flachdach. Oben angekommen, knallte er die Eisentür hinter sich zu und wanderte nervös vor ihr auf und ab. Die Hand, in der er die Waffe hielt, klopfte gegen seine Stirn.

»Ciarán, ich …«

»Halt die Fresse, ich denke, du hast für heute genug gelabert, Baby.«

»Aber …«

Er entsicherte die Pistole und richtete die Mündung direkt auf ihr Gesicht.

»Noch einen Ton, und du bereust es.«

Wieder wanderte er los, auf und ab, die Waffe wieder gesichert, und Kaylin atmete auf. Sie ließ ihn keinen Moment aus den Augen und wusste, eine falsche Bewegung, ein falscher Schritt, ein falsches Wort, und sie wäre tot. Ciarán war in diesem Zustand noch gefährlicher, als sie ihn bereits erlebt hatte. Er würde nicht zögern, nicht einmal mit der Wimper zucken und ihr eine Kugel in den Kopf jagen.

»Verdammte Scheiße.«

»Sie werden dich hier nicht vermuten.«

Er sprang auf sie zu, riss sie an ihrer Jacke ein wenig zu sich empor und hielt ihr die Mündung direkt an die Wange.

»Hab ich dir nicht gesagt, dass du die Fresse halten sollst, verdammte Hure?«

Sein Speichel traf ihr Gesicht, als er sie anbrüllte. Mit der Waffe in der Hand schlug er ihr ins Gesicht. Kaylin taumelte, doch er hielt sie immer noch dicht an sich gepresst.

»FUCK!«

Er schubste sie zu Boden und ließ eine Hand durch sein Haar gleiten. Wie ein wildes Tier in einer Falle wirkte er, ruhelos und bis in die Haarspitzen angespannt. Im nächsten Augenblick schien er die Verzweiflung selbst zu sein. Kaylins Gedanken rasten. Sie musste einen Weg finden, sich bemerkbar zu machen. Irgendeine Möglichkeit, dass die Polizei auf sie aufmerksam werden könnte. Es musste auffallen, dass er verschwunden war und sie mit ihm. Mit tiefen Atemzügen versuchte sie, sich zur Ruhe zu zwingen. Kaylin durfte nicht die Kontrolle verlieren, durfte nicht zulassen, dass die Angst sie zu einer Handlung zwang, die sie bereuen würde. Er lachte auf, doch es klang nicht amüsiert, oder vielleicht doch? Die Hysterie darin war jedenfalls deutlich wahrnehmbar.

»Ich hatte alles so gut geplant. Ich wusste, dass die Bullen es auf Lanewood abgesehen hatten.«

Ciarán breitete die Arme aus und legte den Kopf in den Nacken.

»Es war nur noch eine Frage der Zeit, bis alles mir gehören würde.«

Reden! Reden war gut, das war sehr gut. *Halt ihn bei der Stange! Das machen die doch auch immer so bei der Polizei!* Kaylin dachte angespannt nach, versuchte in Gedanken, die richtigen Worte zu finden, ihn zum Reden zu bewegen.

»Du bist hier, Ciarán, die Bullen haben dich nicht bekommen. Es ist noch nicht vorbei. Oder? Erzähl mir von deinem Plan, vielleicht fällt uns gemeinsam etwas ein.«

Zuerst überlagerte Überraschung sein Gesicht, dann Zorn und dann Skepsis. Für einen Augenblick dachte sie, er würde abdrücken. Mit der Waffe in seiner Hand kniete er sich zu ihr, packte ihr Kinn und zog ihr Gesicht dann ganz nah zu sich. Seine Augen fixierten ihren Blick, und er lächelte kalt.

»Du willst wissen, was mein Plan war?«

Am Kopf riss er sie empor, und Kaylin schrie verängstigt auf. Ciarán drehte sie mit dem Rücken zu sich und schob seine Wange gegen ihr Gesicht. Die Pistole berührte kalt und steif ihren Hals, die Mündung schob sich in den Ausschnitt ihrer Bluse.

»Ich sag dir, was mein Plan war.«

Die Waffenmündung drückte an dem Knopf nach unten und öffnete ihre Bluse noch weiter. Ciarán berührte mit der Waffe ihre Brüste. Ihr stockte der Atem.

»Ich wusste, dass Lanewoods Tage gezählt sind, und ich war lange genug seine rechte Hand, wusste, wie die Sache läuft. Jemand würde den Alten ersetzen müssen, und ich hab meine Chance gesehen. Er wollte deinen Club und ich auch. Dein Club war die Basis zu meinem Plan. Hätte ich deinen Club in der Hand, würden mir die anderen aus Lanewoods Truppe garantiert folgen. Aber dein kleiner Bruder war schwach und hätte ihm alles freiwillig überlassen. Er musste weg.«

Die Kälte seines Flüsterns machte sie schwindelig, und Übelkeit stieg in ihr empor.

»Er musste sterben, das war Teil meines Plans.«

Er lacht eisig in ihr Ohr.

»Soll ich dir sagen, wie er gestorben ist? Er hat gewimmert und auf Knien gebettelt. Ich habe die Tränen in seinem Gesicht gesehen, als er sagte, ich soll dich da raushalten. Weil ich ihm erzählt habe, dass du mir gefällst und ich garantiert einen Weg finde, dich zu meiner Hure zu machen. Ich hab ihm gesagt, dass du dich bestimmt gut ficken lässt und ich bisher immer bekommen habe, was ich wollte. Einschließlich braver Fickstuten wie dich.«

Wieder griente er breit und genoss das Ganze auf seine sadistische und ekelerregende Art.

»Es ging ganz schnell. Die Sauerei in seiner Fresse tut mir leid. Aber der Bums dieser Kanone hier ist echt nicht zu unterschätzen. Dann kam der Alte auf die Idee, bei dir kassieren zu wollen. Scheiße! Aber Little John ist dumm wie Brot. Ich musste dem Trottel nur erzählen, das Lanewood seine Meinung geändert hat und dass er einen anderen Plan mit dir verfolgt. Der Kerl kann nicht einmal bis drei zählen. Oh Mann, es war so einfach. Und du, Baby, bist mir so leicht auf den Leim gegangen. Das war ja schon fast zu leicht!«

Kaylins Knie gaben nach, und die Tränen brannten in ihren Augen. Ciarán hielt sie in seiner Umklammerung aufrecht und leckte ihr widerwärtig über die Wange.

»Ich hatte viel Spaß mit dir. Mehr als ich gedacht habe. Ich hatte ja nicht ahnen können, was für eine kleine schmutzige Fotze du wirklich bist.«

Sie schloss die Augen, nahm die Demütigung schweigend hin.

»Weißt du was? Ich hab mich gefragt, ob es ebenso leicht gewesen wäre, dich rumzukriegen, wenn du nicht um deinen Bruder geheult hättest. Das war ein echt schwacher Moment, den ich da ausgenutzt habe, aber ich wollte es mir so leicht wie möglich machen.«

Er umfasste ihren Hals und zog sie dicht an sich.

»Wie wäre es, hu? Ein kleiner Fick, bevor du deinem Bruder

folgst? Den hab ich ihm auch gegönnt. Deine kleine Freundin Tara ist ziemlich gelenkig und hat den armen kleinen Eric fast in Grund und Boden gestampft. Erst dachte ich, scheiß drauf, niete ich sie beide um, doch den beiden beim Ficken zuzusehen war wirklich eine Augenweide. Aber du bist auch eine Granate, wenn man weiß, welche Knöpfe man bei dir drücken muss.«

Sie war fassungslos, als sie seine Härte in ihrem Rücken spürte. Er presste ihr den geschwollenen Schoß fest entgegen, obwohl die Situation unmöglich erregend sein konnte. Ciarán rieb sich an ihr und stöhnte in ihr Ohr.

»Hm, du hättest alles für mich getan, nicht wahr? Mein Schwanz hat dich süchtig gemacht, und du konntest gar nicht genug davon bekommen.«

Wie hatte sie sich bloß auf dieses widerwärtige Schwein einlassen können? Kaylin keuchte leise und spürte die heißen Tränen auf ihren Wangen.

»Buhu, du bereust doch nicht all die schönen Stunden, die wir beide zusammen hatten? Geiler, feuchter, heißer Sex! Ich hab dein hemmungsloses Stöhnen noch im Kopf. Du warst wirklich etwas Besonderes. Ich bereue es ein wenig, dass sich unsere Wege bald trennen werden.«

»Lass die Waffe fallen, Gilroy!«

Schwungvoll drehte Ciarán sich mit Kaylin zu der Stimme um. Nevin stand mit einer Waffe da und fixierte die beiden.

»Oh, was für eine Überraschung. Logan?«

»Nevin, bitte …«

Ciarán stockte, sah von Kaylin zu Nevin und grinste breit. Er war intelligent genug, eins und eins zusammenzuzählen. Sie nannte ihn Nevin, damit war auch für Ciarán klar, dass sie sich kannten.

»Aber hallo! Das ist ja mal wirklich interessant. Nevin! Ist das etwa dein Fickfreund, der dich damals vor mir hatte und den ich an deiner Pussy gerochen habe, als ich dich erst geleckt und dann gefickt habe?«

Er lachte amüsiert auf und schüttelte den Kopf.

»Oh, wie schön das Leben doch sein kann. Ich hatte Logans … entschuldige, ich hatte Nevins Pussy. Ist sie nicht niedlich? So süß und gierig, geil und schmutzig. War sie etwa auch bei dir so, Nevin?«

Nevin reagierte nicht, er fixierte Ciarán, visierte ihn mit der Waffe an und atmete ruhig durch.

»Ich sagte, lass die Waffe fallen!«

»Aber jetzt wird es doch erst interessant. Du bist ein Scheißcop, nicht wahr? Komm schon, mir kannst du es doch verraten.«

»Nimm die Waffe runter, Gilroy.«

»Hm, was meinst du, Süße, ist er ein Bulle, dein Freund? Ja, ich rieche den Bullen an ihm. Was willst du tun, Nevin?«

»Nimm die Knarre runter, und dann reden wir.«

»Worüber? Über diese kleine Muschi hier, die jeden ranlässt und nicht mal ein Problem damit hat, uns beide in derselben Nacht zu nageln? Ja, die Wahrheit ist hart, oder? Ich frage mich, wer von uns beiden den besseren Schwanz hat. Wollen wir sie fragen? Kaylin, sag schon, wer hat es dir besser besorgt? Oh, oh, eine Fangfrage! Mit einer Knarre am Kopf kannst du natürlich schlecht objektiv sein, nicht wahr?«

Er hielt die Mündung an ihre Schläfe, und Kaylin fühlte die Todesangst noch stärker als zuvor.

»Lass die Waffe fallen.«

»Oh Alter, du enttäuschst mich, leg mal eine andere Platte auf. Ich sag dir was, warum legst du deine Waffe nicht aus der Hand, ansonsten verteile ich das Hirn der kleinen Hure hier in alle Richtungen.«

Ein panischer Laut drang aus ihrer Kehle, als er die Pistole entsicherte und die Mündung erneut gegen ihre Schläfe stieß.

»Wenn du sie erschießt, hast du kein Druckmittel mehr.«

»Das ist richtig, aber ich weiß, wie viel sie dir bedeutet. Außerdem, was willst du dagegen tun? Du bist einer von den Guten, deshalb wirst du mich nicht über den Haufen schießen, wenn ich mich ergebe. Gute Cops tun so was nicht. Nein, du wirst mich brav verhaften und dich brav an die Dienstvorschriften halten.«

Nevin umklammerte seine Dienstwaffe so fest, dass sich die Knöchel weiß färbten, und konzentrierte sich darauf, tief durchzuatmen. Ciarán hob die Schultern.

»Aber selbst wenn du ein Badcop wärst, ich bin sowieso schon tot. Erschieße ich sie, erschießt du mich. Ich habe Kaylin eben erzählt, wie ich ihren Bruder getötet habe. Und auf Mord steht in Miami die Spritze. Nenn mich altmodisch, aber da sterbe ich lieber als Krieger im Kampf.«

Er lächelte an Kaylins Wange und küsste sie.

»Mach dich bereit, Schätzchen. Ich werde dir deinen letzten Wunsch leider nicht mehr erfüllen können. Schade um den Abschiedsfick. Bedank dich dafür bei deinem Kumpel.«

Sie schrie vor Angst und klammerte sich mit den Fingern an seinem Arm fest.

»Bitte … nicht. Nevin, es tut mir so leid. Es tut mir leid … ich liebe dich.«

»Oh wie süß, im Augenblick des Todes gesteht sie ihrem Helden die ewige Liebe … herzzerreißend, nicht wahr? Hast du auch noch ein paar letzte Worte an die Kleine, Bulle?«

Nevin lächelte sanft in ihre Richtung und zwinkerte ihr zu.

»Kay, erinnerst du dich daran, was ich dir über die Scharfschützen erzählt habe?«

Bevor sie antworten konnte, krachte ein Schuss durch die Stille. Sie fiel auf die Knie, sackte zur Seite und blieb regungslos liegen.

24

Ciarán fiel hinter Kaylins bewusstlosem Körper um und sackte tot zu Boden. Durch die Eisentür drängten die Kollegen an Nevin vorbei zu den beiden. Jemand kickte Gilroys Waffe von seiner Leiche fort und drehte ihn auf den Bauch. Die Kugel aus Nevins Dienstwaffe hatte den Kopf durch das linke Auge durchschlagen. Dennoch überprüfte der Polizist Ciaráns Puls und schüttelte den Kopf.

Nevin blieb neben Kaylin stehen, hob ihren kraftlosen Körper auf seine Arme und trug sie aus dem Gebäude. Nachdem er sie einem Sanitäter übergeben hatte, küsste er ihre Stirn.

»Welches Krankenhaus?«

Der Mann nannte ihm den Namen und beeilte sich, sie auf die Trage zu heben und festzuschnallen. Nevin sah zu, wie man sie oberflächlich nach Verletzungen untersuchte und sich dann die Türen schlossen. Jason legte einen Arm um die Schultern seines Partners.

»Ich weiß nicht, was ich sagen soll, Nevin. Es tut mir leid, das hätte nicht passieren dürfen.«

»Du wirst lückenlos aufklären, was schiefgelaufen ist, und ich will die Verantwortlichen vor der Behörde sehen.«

Seine Kiefermuskeln arbeiteten, zeigten deutlich, wie wütend er war.

»Positiv, Sergeant. Das will ich auch. Sie ist am Leben, das hat sie dir zu verdanken.«

Nevin fixierte Jasons Gesicht, presste dem Einsatzleiter seine

Dienstwaffe gegen die Brust und wandte sich dann kopfschüttelnd ab.

»Ich werde jetzt nach ihr sehen.«

»Nevin, du musst deine Aussage noch machen.«

»Negativ, Master Sergeant. Später.«

Gilroys Leiche wurde auf einer Bahre aus dem Hotelgebäude gebracht und mit einem Laken vor den Blicken der sensationsgierigen Menschen verborgen. Nevin ließ die beiden Sanitäter vorbeiziehen und unterdrückte den Impuls, Gilroy noch einen letzten Tritt zu verpassen. Stattdessen stieg er in den Wagen und fuhr zum Krankenhaus.

Kaylins Augen öffneten sich langsam. Sie blinzelte, bis sich ihr Blick endlich klärte. Es war bereits dunkel draußen. Ihr Gesicht lag zum Fenster gewandt, und sie benötigte ein paar Augenblicke, um die Orientierung wiederzufinden. Erschrocken nahm sie wahr, dass sie in einem Krankenzimmer lag und das Piepsen von einem Monitor herrührte, der ihre Vitalfunktionen überwachte. Jemand fummelte an ihr herum, und sie sah die Uniform und das Gesicht einer Polizistin.

»Lassen Sie das.«

»Ms. Delany, willkommen zurück.«

Ihre Hände griffen nach dem Anhänger um ihren Hals, doch Kaylin wehrte ihre Finger ab.

»Das gehört mir.«

»Nein, Miss, das ist Eigentum der Polizei von Miami.«

»Aber Nevin hat mir das geschenkt.«

»Das ist ein Mikro, Ms. Delany, und ein Beweisstück. Ich brauche es zurück. Also lassen Sie mich bitte meine Arbeit machen.«

Ihr Verstand arbeitete noch nicht einwandfrei, und sie hielt den Anhänger fest und weigerte sich, ihn herzugeben. Beweisstück? Mikro? Erneut blinzelte sie, und dann schien die Erinnerung sie wie ein Schlag ins Gesicht zu treffen. Erschrocken tastete sie ihren Kopf ab, befühlte ihren Körper und suchte nach einem Schmerz, einer Wunde, irgendwas.

»Alles in Ordnung?«

»Was ist passiert? Warum bin ich nicht tot?«

»Sergeant Seymoore ist eben ein verdammt guter Schütze. Alle reden davon, dass er Ihnen das Leben gerettet hat, Ms. Delany. Er ist ein Held.«

Nevin! Er war auch auf dem Dach gewesen. Krampfhaft versuchte sie sich daran zu erinnern, was er gesagt hatte. Es fiel ihr nicht mehr ein, stattdessen hörte sie in ihrem Kopf wieder den lauten Krach, als der Schuss gefallen war. In dem Moment hatte sie abgeschlossen, für immer, mit allem. Kaylins Magen rebellierte. Die Polizistin reagierte schnell und hielt ihr eine Spuckschale entgegen. Nachdem sie sich übergeben hatte, sank sie kraftlos zurück auf das Bett.

»Entschuldigung!«

»Kein Problem, nach dem, was sie durchgemacht haben, würde mir auch übel werden.«

Kaylin lächelte dünn und sah zu, wie die Beamtin ihren Anhänger in eine Beweismitteltüte packte.

»Ein Mikro?«

Sie nickte.

»Ja, damit hat man sie überwacht und alles aufgenommen, was um sie herum geredet wurde und geschehen ist.«

»Aber wieso sollte Nevin mir so …«

Sie hielt inne und rollte mit den Augen. Er hatte sie zum Köder gemacht für Ciarán? Angespannt starrte sie zur Decke empor.

»Kay?«

Sie hatte Nevin nicht hereinkommen hören. Er beugte sich über das Bett und zuckte zurück, als sie sich abwandte.

»Du schenkst mir ein Amulett mit einem Mikro?«

»Jason hat es dir geschickt. Kaylin, es tut mir leid, was passiert ist. Das alles hätte …«

»Nevin, geh.«

»Kay, lass mich bitte erklären.«

Ungläubig schüttelte sie den Kopf. Immer mehr Erinnerungen kehrten zurück, und sie schloss die Augen.

»Kay, bitte sieh mich an.«

Nevin griff nach ihrer Hand, doch sie entzog sie ihm wieder. *Er wird mich hassen und bereuen, dass er mir das Leben gerettet hat. Er hat etwas Besseres als mich verdient.*

»Schatz, bitte … Ich bin so ein Idiot. Ich hätte dir schon längst etwas sagen sollen. Dich auf dem Dach zu sehen, mit ihm … das hat mir einiges klargemacht.«

Gott, steh ihr bei. Das durfte sie nicht zulassen. Das war so falsch.

»Geh, Nevin. Ich will, dass du gehst.«

»Das werde ich nicht, bevor du nicht hörst, was ich zu sagen habe.«

Zornig funkelte sie ihn an.

»Ich will das nicht hören. Verschwinde.«

Kaylin sah ihm an, wie verwirrt er war, und es zerriss sie innerlich. Aber sie war sich sicher, dass sie das Richtige tat. Sie war zu einer Hure geworden, und er war ein guter Mensch. Sie konnte ihm nicht einmal mehr in die Augen sehen, so sehr schämte sie sich.

»Ich komme morgen wieder. Du stehst unter Schock, das verstehe ich.«

Sie schüttelte den Kopf.

»Ich will dich nie wieder sehen.«

Es fühlte sich an, als würde ihr Herz in tausend Stücke zersplittern. Sogar die Polizistin starrte sie geschockt an.

»Hau ab!«

Sie schrie ihn an und zeigte auf die Tür. Als er ohne ein weiteres Wort gegangen war, brach sie in Tränen aus und vergrub ihr Gesicht in dem Kissen.

»Ms. Delany, warum …«

Sie brüllte so laut, dass sofort eine Schwester ins Zimmer stürmte, die ebenfalls Mühe hatte, sie unter Kontrolle zu bekommen. Kaylin griff nach allem, was sie in die Finger bekam, um die Beamtin zu bewerfen. Die Krankenschwester schickte die Polizistin aus dem Raum. Sie beruhigte sich erst wieder, nachdem ein Arzt ihr etwas gespritzt hatte. Der Schmerz in ihr war so übermächtig, dass sie ihn kaum ertragen konnte, und sie weinte sich in einen traumlosen Schlaf.

Erst eine Woche später wurde Kaylin in die Obhut von Tara übergeben. Sie hatte sich strikt geweigert, mit der Krankenhauspsychologin zu sprechen, und man musste sie schließlich gehen lassen.

»Ich will nach Hause.«

Tara schüttelte den Kopf.

»Nein, Sweets, du hattest einen herrschaftlichen Nervenzusammenbruch, und der Arzt hat mir klar gesagt, dass du jemanden in der Nähe brauchst.«

»Mir geht es gut.«

»Vergiss es, du kommst mit zu mir.«

Kaylin wollte allein sein, wollte nicht einmal ihre beste Freundin um sich haben.

»Du hast viel durchgemacht, und du brauchst jemanden, der sich um dich kümmert. Ich lass dich jetzt garantiert nicht allein in deiner Wohnung zurück. Du musst mit jemandem reden, Liebes. Wenn nicht mit einem Psychoheini, dann wenigstens mit mir.«

»Ich habe keine Lust zu reden.«

Sie sank in dem Beifahrersitz tiefer und zog die Knie an ihren Körper.

»Dann eben, wenn du so weit bist. Ich hab das Gästezimmer für dich hergerichtet, und es ist doch nur vorübergehend, bis du wieder auf den Beinen bist. Lenny lässt dich herzlich grüßen, Mel und Jenny auch, du hast uns gefehlt. Und das *Tristans* ist echt richtig langweilig ohne dich. Die Stammgäste sagen, dass der Bar die Seele fehlt, wenn du nicht da bist.«

»Die Bar ist mir egal.«

Tara trat so hart auf die Bremse, dass es Kaylin regelrecht aus dem Sitz hob.

»Egal? Schätzchen, jetzt weiß ich wirklich, dass du nicht mehr ganz du selbst bist.«

»Menschen ändern sich.«

Stöhnend lehnte Tara sich zurück und ließ den Wagen mitten auf der Straße stehen.

»Menschen ändern sich nicht einfach und schon gar nicht die Dinge, die ihnen wichtig sind. Ich liebe dich, Sweets, aber das bist nicht du. Ich weiß, dass in letzter Zeit vieles scheiße gelaufen ist in deinem Leben. Aber irgendwann wird es besser, leichter ...«

»Was weißt du schon davon?«

Kaylin fühlte sich leer, hatte nicht mal mehr Tränen, und alles fühlte sich falsch und unecht an. Hinter ihnen startete ein Hupkonzert, doch Tara schrie ein paar gemeine Wörter aus dem Fahrerfenster, winkte die Autofahrer vorbei und sah Kaylin erneut kopfschüttelnd an.

»Ja, mag sein, dass ich keine Ahnung habe. Nevin hat sich nach dir erkundigt.«

»Ich will nicht über Nevin reden.«

»Aber wie mir scheint, solltest du das. Was ist zwischen ihm und dir passiert? Er sah mitgenommen aus, und jetzt sag mir nicht, das ist dir auch egal. Kaylin, ich weiß schon längst, dass zwischen euch beiden mehr läuft als Freundschaft, und ich habe langsam die Nase voll davon, dass du es immer wieder abstreitest. »

»Egal was das zwischen uns war, es ist vorbei.«

»Langsam nerven mich deine knappen Antworten.«

Kaylin fuhr mit dem Kopf herum und knurrte sie wütend an.

»Was willst du von mir hören? Ich hab es versaut, ich bin schuld daran, dass er sich schlecht fühlt, aber das ist um Längen besser als … es ist egal. Er wird sich wieder erholen, und dann wird er nach vorn schauen. Er wird schnell jemanden Neues finden und hoffentlich glücklich werden.«

Ein Mann wie Nevin würde nicht lange allein bleiben, davon war sie überzeugt. Es tat weh, der Gedanke riss die Wunde in ihrem Herzen immer wieder aufs Neue auf, aber sie sagte nichts davon.

»Würdest du jetzt bitte weiterfahren? Du hältst den ganzen Verkehr auf.«

Tara schwieg auf der restlichen Strecke zu ihrer Wohnung. Dort angekommen, ging Kaylin ins Gästezimmer und knallte die Tür hinter sich zu.

»Na wunderbar. Das kann ja heiter werden. Happy Girlscamp.«

Taras Stimme drang durch die geschlossene Zimmertür, doch sie lachte nicht, blieb für eine Weile dort stehen. Kaylin hörte, wie ihre Freundin sanft über das Holz strich.

»Kaylin, wenn du etwas braucht, ich bin hier.«

Kaylin konnte ihr nicht antworten und hörte, wie Tara verzweifelt aufseufzte und sie dann in Ruhe ließ.

25

»Hey, Nevin!«

»Gratulation!«

»Gut gemacht!«

Jeder Kollege, der ihm auf den Fluren des Miami Dade Police Departments begegnete, schüttelte Nevin die Hand, klopfte ihm anerkennend auf die Schulter oder nickte bewundernd. Jason kam ihm entgegen und klatschte euphorisch in seine Hände.

»Zehn Kilo feinstes lupenreines Heroin.«

Er packte Nevins Kopf und küsste ihn vor der versammelten Mannschaft direkt auf die Lippen. Lachender Beifall wallte von den umstehenden Kollegen auf.

»Du bist ein verdammter Hurenbock, und ich liebe dich.«

Nevin schob ihn von sich und wischte sich über den Mund, während Jason weiter sein Loblied sang.

»Lanewood hat den Stoff in seinem gottverdammten Haus gebunkert, weil er abends noch ein wenig Kohle machen wollte. Bei der Durchsuchung haben sie obendrein noch ein ganzes Waffenarsenal ausgehoben. Das ist der glücklichste Tag meines Lebens. Ich weiß jetzt auch, wie Gilroy geflüchtet ist. Lanewood hat einen geheimen Tunnel einbauen lassen, der durch die Kanalisation führt. Der Architekt hatte keine Ahnung davon, muss wohl später gemacht worden sein.«

Jason schob mit dem Fuß einen Stuhl in Nevins Richtung und schloss die Tür seines Büros.

»Hast du was Neues für mich?«

Master Sergeant Wong starrte ihn stirnrunzelnd an.

»Genieß deinen Urlaub, mein Freund, du hast ihn dir verdient. Ein Jahr Arbeit und ein solcher Erfolg. Das macht dir so schnell keiner nach. Übrigens, das hast du nicht von mir gehört, aber der Chef hat dich für eine Beförderung vorgeschlagen, und der Bürgermeister hat zugestimmt. Ein Orden mehr auf deiner breiten Brust und Master Sergeant … Augenhöhe, mein Alter, Augenhöhe.«

Sein Lachen verstummte.

»Was ist los mit dir? Du solltest eigentlich auf dem Tisch Samba tanzen und dich als Held feiern lassen.«

Nevin senkte seinen Kopf und beugte sich im Stuhl vor.

»Immer noch Kaylin? Ich hab dir gesagt, ich rede mit ihr. Lass mich ihr die Sache erklären.«

»Sie hasst mich.«

»Nein, das tut sie nicht. Sie ist … sie hat bis zum Hals in der Scheiße gesteckt, und das ist auch meine Schuld. Nevin, niemand hat sie dazu gezwungen, sich mit diesem Bastard einzulassen.«

»Ich hätte sie warnen sollen. Nicht nur einen dämlichen SMS-Text schicken. Ich hätte ihr sagen müssen, was das für ein Typ ist.«

»Und die Ermittlungen gefährden?«

»Jay, sie ist auf dem Dach fast gestorben! Was, glaubst du, soll sie denken? Ich hätte das verhindern können.«

»Du hättest gar nichts verhindern können. Niemand wusste von dieser Geheimtür.«

Nevin sprang wieder auf die Füße.

»Es geht nicht um die beschissene Geheimtür, Jay. Es geht um mich. Ich habe versagt. Ich hab die Ermittlungen über sie gestellt und sie damit in Gefahr gebracht. Sie glaubt sicher, dass mir der Job wichtiger ist als sie.«

Mit beiden Händen strich er sein Haar zurück und schnaubte. »Überleg doch mal. Was würdest du denken, wenn dein Freund dein Leben riskiert, um einen Typen wie Lanewood dingfest zu machen?«

»Rede noch einmal mit ihr.«

»Kapierst du es nicht, Jay? Sie will mich nicht sehen, und ich kann es ihr nicht verdenken. Kay hat mir vertraut, sie hat sich auf mich verlassen, und ich hab Scheiße gebaut.«

»Du hast ihr das Leben gerettet.«

»Ja und? Ich hab sie in diese Situation gebracht. Also hör auf, mich wie einen Helden hinzustellen.«

Nevin riss die Tür auf und verließ mit wütenden Schritten das Büro. Es war ihm egal, was die Kollegen dachten.

Er blieb im Wagen sitzen und beobachtete den Eingang des *Tristans*. Erst vor zwei Tagen hatte Tara die Bar wieder geöffnet, und von Kaylin war weit und breit nichts zu erkennen. Sie wollte ihn nie wiedersehen, also ging er nicht hinein. Er blieb, bis die Sonne unterging, die Lichter in der Bar eingeschaltet wurden und die letzten Gäste unter Taras Beschimpfungen lachend hinausflüchteten. Tara war eine Nervensäge, aber liebenswert, doch er würde sich lieber die Zunge abbeißen, als dem irischen Kochteufel so etwas ins Gesicht zu sagen. Eine Stunde später verließen die Angestellten mit Tara das *Tristans* und splitteten sich auf dem Weg nach Hause in alle Richtungen. Kaylin fehlte.

Nevin startete den Motor und fuhr zu seinem Haus am Strand. Er hatte keine Ahnung, wie er all das wieder geradebiegen sollte. Er wusste nicht einmal, wie er sich für einen solchen Fehler, ein solches Versagen entschuldigen konnte. Gab es dafür überhaupt Worte? Aus dem Kühlschrank nahm er eine Flasche Bier, setzte sich auf die Veranda und blickte hinaus aufs Meer.

Tara hatte sein Auto wiedererkannt, bevor sie vom Parkplatz gefahren war, und war ihm gefolgt. Bei seinem Strandhaus angekommen, stieg sie aus und schlich leise auf den Holzdielen um das Haus herum.

»Wenn du Küchenschabe denkst, dich unbemerkt anschleichen zu können, liegst du falsch! Ich bin ein Cop, Tara, und deine Sohlen quietschen, wenn du gehst.«

Sie grinste und blieb vor Nevin stehen. Er hob seinen Blick zu ihr empor, nippte an seinem Bier und lehnte sich auf dem Sonnenstuhl zurück.

»Also?«

»Du bist ein Heuchler, Nevin Seymoore. Ich hab keine Ahnung, was zwischen euch passiert ist, aber ich schau mir das nicht länger an. Es ist egal, was du getan hast, aber mach, dass es aufhört. Kay starrt seit Tagen die Wände meines Gästezimmers an, heult oder schweigt, aber sie redet nicht mit mir. Nachts schreit sie sich die Seele aus dem Leib, dass einem das Blut in den Adern gefriert, und nicht selten ruft sie deinen Namen.«

Er musterte sie und schnaubte.

»Was soll ich deiner Meinung nach tun? Sie will mich nicht sehen. Wenn sie nicht mit dir redet, wird sie garantiert auch nicht mit mir sprechen wollen.«

»Tu verdammt noch mal etwas. Berührt dich das überhaupt nicht? Sie geht vor die Hunde, und das ist deine Schuld und die deines Cop-Kumpels. Kaylin hätte gar nicht da sein dürfen. Ihr hättet etwas tun können und habt sie ins offene Messer laufen lassen. Ich hab verdammte Angst um sie. Ich trau mich nicht einmal, für fünf Minuten meine Wohnung zu verlassen, ohne dass mich jemand ablöst. Nevin, ich habe wirklich Angst, dass sie sich etwas antut.«

Nevin nickte, aber er fühlte sich ebenso hilflos, wie Tara aussah.

»Sie braucht dich, und du sitzt hier rum und tust gar nichts.«

»Tara, ich liebe sie, aber es ist vorbei. Sie hasst mich, und sie hat allen Grund dazu. Du hast recht, es ist meine Schuld, dass sie in Gefahr geraten ist. Ich hab es versaut.«

»Dann mach es wieder gut.«

»Wie?«

»Zum Beispiel könntest du endlich damit aufhören zu kommen und zu gehen, wann immer dir danach ist. Beende diese Fick-mich-Freundschaft und mach was Ordentliches draus. Kauf ihr einen Scheißrosenstrauß, und von mir aus stell dich vor das Fenster und sing ihr einen schnulzigen Liebessong. Aber tu etwas! Solange du hier in Selbstmitleid zerfließt, ändert sich gar nichts. Sie liebt dich! Wusstest du das?«

Er erinnerte sich daran, was sie auf dem Dach gesagt hatte, als sie glaubte, ihr Leben sei vorbei. Nevin nickte.

»Das ändert nichts. Sie wird mir nie verzeihen können, und ich würde es nicht ertragen, den Vorwurf in ihren Augen zu sehen. Ich kann mir selbst nicht verzeihen. Der Job ist … er macht mich kaputt. Sie braucht einen Mann, der an ihrer Seite sein kann, der einen soliden Beruf hat, ohne die Aussicht, jeden Tag in einem Leichensack zu landen.«

Tara schüttelte fassungslos den Kopf.

»Scheiße, ihr habt beide nicht mehr alle Tassen im Schrank. Ihr seid euch so ähnlich, dass es schon Furcht einflößend ist. Sie sagt das Gleiche über dich. Du hättest etwas Besseres verdient, und du würdest schnell wieder jemanden finden … Fick dich, Nevin Seymoore. Etwas Besseres als Kaylin findest du nicht, sie ist die Beste, die ich kenne.«

»Ich bin nicht auf der Suche. Sie ist das Beste, das mir je begegnet ist.«

Tara packte wütend den Kragen seiner Lederjacke und schüttelte ihn durch.

»Kapierst du nicht? Ihr seid so mit euch selbst beschäftigt, dass ihr beide glaubt, füreinander nicht gut genug zu sein. Mach die Augen auf, Seymoore. Gerade läuft das Leben an dir vorbei. Wenn du jetzt nicht Nägel mit Köpfen machst und zu ihr gehst, dann ist es tatsächlich vorbei. Und ihr beide werdet euch für den Rest eures Lebens fragen, wie es hätte sein können. Du liebst sie, sie liebt dich, was ist daran so schwer?«

»Es ist komplizierter als das.«

»Scheiße, kompliziert kann ich werden, wenn du deinen Arsch jetzt nicht hebst.«

Enttäuscht ließ sie Nevin los und drehte sich um.

»Du bist wirklich ein Idiot.«

Als ihr Wagen sich viel zu schnell entfernte, lehnte Nevin sich zurück und blickte wieder hinaus aufs Meer. Blind tastete er in die Innentasche seiner Lederjacke und zog eine kleine Schachtel hervor. Er öffnete sie nicht, kannte er doch den Inhalt so gut. Seine Faust schloss sich fest darum, und ein Lächeln glitt über sein Gesicht.

26

Am nächsten Morgen blickte Nevin an Taras Apartmentgebäude empor und atmete tief ein und aus. Er ignorierte den Lift und nahm gleich zwei Stufen auf einmal, bis er die richtige Etage erreichte, und klopfte an.

»Oh Gott, ist dir überhaupt klar, dass es mitten in der Nacht ist?«

Lächelnd schob er die Tür ein Stück weiter auf und trat ein.

»Dir auch einen wunderbaren guten Morgen, Tara. Es ist acht Uhr, um genau zu sein.«

»Ich sagte doch, mitten in der Nacht.«

Sie stand in einer weit geschnittenen lilafarbenen Pyjamahose und einem engen grünen Top verschlafen vor ihm.

»Wo ist sie?«

Tara rieb sich mit einer Faust den Schlaf aus den Augen und hob den Finger in Richtung Gästezimmer. Nevin wuschelte ihr gut gelaunt durch das sowieso zerzauste Haar.

»Leg dich wieder hin, den Rest übernehme ich.«

Plötzlich schien sie hellwach und sah ihm nach, als er zur Zimmertür ging. Nevin klopfte nicht einmal an, sondern betrat einfach den Raum, setzte sich neben Kaylin auf das Bett und strich ihr sanft über den Kopf. Ihre Augen blickten verträumt, als sie sie öffnete, und sie lächelte, doch dann war sie schlagartig wach, und die Härte kehrte zurück.

»Was willst du hier?«

»Dich abholen.«

»Ich habe gesagt, dass ich dich nicht wieder sehen will.«

Seine Hände packten ihr Gesicht. Sie wehrte sich, doch er ließ nicht locker.

»Sieh mir in die Augen, und sag es noch mal.«

Kaylin wich seinem Blick aus.

»Dachte ich mir doch.«

Mit einem Ruck zog er das Laken vom Bett.

»Steh auf, und geh duschen.«

»Ich meine es ernst, verschwinde, Nevin.«

»Wenn du nicht bei drei unter der Dusche stehst, stell ich dich drunter. Eins! Zwei!«

»Du spinnst doch. Geh weg, und lass mich in Ruhe.«

»Drei! Okay, wie du willst. Dann eben sanfte Gewalt.«

Sie schrie ohrenbetäubend laut auf, als er sie aus dem Bett hob und ins Bad trug, nachdem Tara ihm mit geweiteten Augen wortlos die Richtung gewiesen hatte. Nevin setzte Kaylin in der Wanne ab und stellte die Brause auf kalt.

»Du hast die Wahl, Kay. Kaltes Wasser, und ich schrubbe dich ab, oder du wäschst dich freiwillig.«

Sie schmollte und überkreuzte die Arme vor ihrer Brust. Er stellte die Brause an, und sie quietschte vor Entsetzen. Schockiert blickte sie ihm nach, als er das Badezimmer verließ.

»Du hast zehn Minuten.«

»Was hast du vor?«

Er gab Kaylin keine Antwort, küsste Tara im Vorbeigehen auf die Schläfe und ging zur Küche, um Kaffee aufzusetzen. Sie folgte ihm fassungslos.

»Für was war der denn?«

»Fürs Kopfzurechtrücken. Danke!«

»Gern geschehen.«

Die beiden saßen mit Tassen am Küchentisch, als Kaylin mit einem Badetuch umwickelt aus der Dusche kam und Nevin noch immer nicht ansah.

»Was soll das?«

»Bevor du heute die Bar aufmachst, wirst du mit mir spazieren gehen.«

Sie lachte freudlos und schüttelte den Kopf.

»Bist du von Natur aus Masochist, oder verstehst du das Wort Nein nur nicht?«

Er betrachtete sie, und es gefiel ihm nicht, wie mager sie wirkte. Das Gesicht bleich und eingefallen, spiegelte sich die Schlaflosigkeit der letzten Tage in ihrem müden Blick wider.

»Ich werde heute nicht arbeiten und schon gar nicht mit dir spazieren gehen. Du kannst mich nicht zwingen.«

Sogar ihre Stimme hatte jegliche Farbe verloren, und die Gleichgültigkeit darin schmerzte.

»Zieh dich an.«

»Vergiss es.«

Sie ging mit einer Tasse Kaffee in den Händen zurück in ihr Zimmer und trat die Tür zu. Nevin senkte den Kopf und seufzte. Tara tätschelte seinen Unterarm und grinste.

»Ich habe nicht gesagt, dass es leicht wird.«

»Danke für den Hinweis.«

Tara glitt von dem Stuhl, zog sich ihre Jacke über und griff nach ihren Wagenschlüsseln.

»Ich glaube, ihr solltet das unter euch klären. Sorg dafür, dass meine Einrichtung heil bleibt. Wenn sie mit Geschirr nach dir werfen will, das alte steht unten in den Schränken.«

Bevor Tara ging, drehte sie sich noch einmal um, hob beide Daumen in die Höhe.

»Viel Glück.«

Er grinste schief und nickte. Das Türenschlagen und die darauffolgende Stille lockten Kaylin wieder aus dem Raum. Als sie Nevin in der Küche sah, zuckte sie zusammen.

»Du bist ja immer noch da.«

»Und ich werde nicht eher gehen, bis wir das geklärt haben. Setz dich.«

Mit dem Fuß schob er ihr einen der Stühle hin.

»Ich sagte, setz dich.«

»Deinen Bullenton kannst du dir sparen, der zieht ...«

Als er aufstand, sie bei den Schultern packte und auf den Stuhl drückte, verstummte sie.

»Du wirst mir jetzt zuhören. Damit ist jetzt Schluss. Wir beide kennen uns seit vier Jahren, und ich werde es nicht hinnehmen, dass diese Sache uns kaputtmacht. Ich habe viel zu lange gezögert, weil ich glaubte, dass du etwas Besseres verdient hast als das Leben, das ich dir bieten kann. Jeden Tag könnte Jay vor deiner Tür auftauchen, um dir mitzuteilen, dass ich ins Gras gebissen habe oder schwer verletzt bin oder verschollen als Haifutter im Meer schwimme. So ein Leben will ich nicht für dich.«

Sie blickte stur auf den Boden, als wäre das Muster der Kacheln interessanter als seine Worte. Nevin setzte sich erneut ihr gegenüber an den Tisch, umfasste die Tasse vor sich und nickte.

»Ich kenne kaum eine Ehe in meinem Kollegenkreis, die das verkraftet, die mit dieser Art von Job umgehen kann. Meine Entscheidung ist gefällt.«

Er sah, wie sich ihre Stirn in Falten legte, doch sie wehrte sich dagegen, ihren Blick zu heben.

»Das war mein letzter Undercovereinsatz. Ich höre auf.«

Ihr Kopf zuckte empor, und endlich erwiderte sie seinen Blick.

»Warum?«

»Für dich.«

Sofort schüttelte sie ihren Kopf, und ihre Augen füllten sich mit Tränen.

»Nicht für mich. Tu das nicht.«

»Du hast recht, ich tu das für uns.«

Ihr Kopfschütteln verstärkte sich, und die ersten heißen Tränen rollten über ihre Wangen.

»Nein, mach das nicht, Nevin. Das … hab ich nicht verdient. Das ist falsch, das … ist verrückt.«

Nevins Hand hob sich, wollte ihre Tränen trocknen, doch sie wich der zärtlichen Geste aus. Ihre Schultern bebten, und sie schluchzte leise.

»Ich habe Fehler gemacht, das weiß ich, und ich hab keine Ahnung, was ich tun muss, damit du mir verzeihst, Kaylin. Aber ich verspreche dir, dass ich mich für den Rest meines Lebens jeden Tag bemühen werde, es wiedergutzumachen. Kay, sieh mich bitte an.«

Sie stand stattdessen auf und drehte sich um, als wollte sie flüchten. Nevin hielt sie zurück und umschloss sanft ihr Handgelenk.

»Ich liebe dich, Kay.«

Für einen Moment wurde es ganz still, und er wartete auf eine Reaktion. Er rechnete nicht damit, dass sie ihm gleich um den Hals fiel, doch dass sie in Tränen ausbrechen und zitternd in die Knie sinken würde, war auch nicht das, worauf er gefasst gewesen war. Nevin hockte sich neben sie, wollte sie an sich ziehen, doch sie wehrte seine Hände ab.

»Fass mich nicht an.«

»Sag mir, was los ist.«

»Ich habe das nicht verdient, dich nicht und auch nicht, dass du deinen Job aufgeben willst. Ich hab gar nichts verdient. Du hättest lieber mich erschießen sollen.«

»Kay, was redest du da?«

Sie setzte sich und sah ihn traurig an.

»Ich habe Fehler gemacht, nicht du. Du bist der Gute … und ich … ich habe Dinge getan, für die du mich hassen wirst.«

»Shhh. Nein … nein. …«

Abermals wollte sie ihn abwehren, doch sie besaß nicht mehr die Kraft dazu. Nevin umschloss sie fest mit seinen Armen und zog sie an sich. Mit weiteren Tränen kamen die Worte wie selbstverständlich über ihre Lippen. Es war schwer, sie unter dem herzzerreißenden Schluchzen zu verstehen, doch er hörte zu und schwieg. Manches von ihren Erzählungen bohrte sich wie ein Messer in sein Herz, doch er hielt es aus. Wenn Gilroys Name aus ihrem Mund kam, steckte purer Hass dahinter, und er fühlte das Gleiche. Wenn der Mistkerl nicht schon tot wäre, hätte er ihn liebend gern ganz langsam und elendig verrecken lassen. Kaylin waren die Worte ausgegangen, und sie vergrub ihr Gesicht an seiner Brust. Sanft hob er mit beiden Händen ihren Kopf an, zwang sie, ihm in die Augen zu sehen.

»Er hat dich benutzt, und es gibt nichts, was etwas an meinen Gefühlen für dich ändern kann. Ich liebe dich, Kay, das wird uns nicht zerstören, das wird uns nur stärker machen.«

»Wie kannst du das sagen? Ich bin eine Hure … er hat mich zu einer Schlampe gemacht, und ich habe nichts dagegen getan.«

»Kay … du bist ein wunderbarer Mensch, und dieser Scheißkerl wird dich nicht zerstören, das lass ich nicht zu.«

Er zog ihren Kopf zu sich empor und küsste sie, so wie er sie noch nie zuvor geküsst hatte. Stöhnend schlang sie ihre Arme um seinen Nacken und erwiderte den Kuss mit einer Verzweiflung und Hitze, dass es ihm durch und durch ging. Er schmeckte den Schmerz, die Trauer und Angst der vergangenen Tage auf ihren Lippen, und als sich ihre Zungen berührten, stand er gänzlich unter Strom. Kaylin löste sich nach Atem ringend von ihm.

»Meinst du das ernst?«

Nevin nickte und sah ihr tief in die Augen.

»Dann mach, dass ich ihn vergesse.«

»Das kann ich nicht.«

»Doch … das kannst du. Du kannst alles … Lass mich vergessen, Nevin.«

Ein tiefer Atemzug füllte seine Lungen, und sie sah ihn so hilflos an, dass er es kaum ertragen konnte. Mit Schwung zog er ihren Körper mit sich, hob sie hoch, bis ihre Beine sich um seine Hüften klammerten. Ihre Stirn lehnte gegen seine, ihre Hände umfassten seinen Nacken, und ihr Leib presste sich fest an seinen. Nevin trug sie durch die Wohnung ins Gästezimmer zurück. Sanft legte er sie auf das Bett und wickelte ihren Körper aus dem Badetuch. Kaylin musterte ihn erwartungsvoll und streckte die Hände nach ihm aus. Er wusste nicht, ob er wirklich dazu in der Lage war, und ließ seinen Blick über ihre nackte Haut streifen. Obwohl sie dünner wirkte, verfehlte ihr Anblick seine Wirkung nicht. Er begehrte sie mit jeder Faser seines Körpers.

Nevin beugte sich über sie, berührte mit den Lippen ihre Stirn, die Lider, ihre Nasenspitze, ihren Mund, verweilte dort und lockte ihre Zunge zu einem heißen Tanz. Sein Mund wanderte weiter, obwohl Kaylin ihn gern in dem Kuss gehalten hätte. Ihre Hände vergruben sich in seinem Haar, und seine Zunge leckte eine feuchte Spur über ihren Hals bis zu ihrer rechten Brust. Nasse Kreise glänzten auf der erregten Brustwarze, als er sanft hineinbiss. Sie keuchte leise und bog ihren Rücken durch. Die Rippenbögen traten noch deutlicher hervor, und er folgte diesen Linien. Ihr Körper zitterte, als er zarte Küsse auf ihre Beckenknochen tupfte und seinen heißen Atem auf ihren Bauch hauchte.

Ihre Hände zogen sein Gesicht näher. Er züngelte den kurzen Weg bis hinab zu ihrem Venushügel. Ihre Haut duftete nach ihr, nach ihrem Duschgel, und er konnte bereits ihre Lust wahrnehmen. Sein Mund streichelte den Ansatz ihres rechten Schenkels, folgte der sensiblen Linie der Beinbeuge bis hinunter zur Innenseite. Nah an ihrem Schoß und doch zu weit davon entfernt, setzte er einen quälend süßen Kuss. Kaylin seufzte auf und öffnete ihre Beine ein wenig mehr für ihn. Der Griff in seinem Haar wurde fester, doch er gab ihr nicht, wonach sie gierte. Hauchzart strichen seine Fingerkuppen die Konturen ihres Geschlechts nach, kaum spürbar und doch da. Nevin konnte den Glanz auf ihren Schamlippen erkennen und lächelte. Der herrliche Duft ihrer Erregung stieg ihm in die Nase und erfüllte seinen Kopf mit Verlangen. Er fühlte das energische Zucken in seinem Schoß, die Spannung seiner Jeans und das lustvolle Pochen in seinem Schwanz. Nevin hielt es selbst kaum mehr aus, wollte sie jedoch noch ein wenig quälen, auch wenn es ihn selbst fast um den Verstand bringen würde. Mit seinen Lippen bedeckte er ihr Geschlecht, drang mit der Zunge zwischen ihre Schamlippen und begann, ihren feuchten köstlichen Spalt zu lecken. Kaylin bäumte sich auf, biss sich auf ihren Handrücken und stöhnte unter seinem Zungenspiel. Jede seidige, zarte Falte ihres Geschlechts wurde von ihm erkundet. Nichts blieb ihm verborgen, kein Tropfen ihrer Lust vergeudet.

Die Hitze in ihrem Schoß stieg an, und er schob ein Fingerpaar vorsichtig in sie. Nevin fühlte, wie das heiße Fleisch sich eng um seine Kuppen schloss, und drängte tiefer. Seine Zungenspitze umspielte ihre Klitoris, die unter seinen Bemühungen härter wurde und anschwoll. Die zarten Schamlippen füllten sich mit Blut und färbten sich rot. Immer wieder hielt er inne und betrachtete sie voller Hingabe. Die Reizung seiner Fingerspitzen in ihrem Schoß schien das Verlangen nach Erlösung in ihr zu schüren. Sie sah so schön aus in ihrer Begierde. Nevin hob den Kopf und betrachtete ihren lüsternen Gesichtsausdruck. Ihre Wangen waren rosig geworden, und ihre Lippen glänzten halb geöffnet, wenn sie stöhnte. Ihre Finger gruben sich in den Kragen seines Hemdes und zogen ihn über ihren Körper. Hastig öffnete sie ein paar der Knöpfe, verlor anscheinend die Geduld und zog ihm das Oberteil über den Kopf aus. Ihre Fingernägel kratzten sinnlich über seine nackte Haut und hielten inne, wenn sie auf eine Narbe trafen. Dabei sah ihm Kaylin tief in die Augen.

»Ich liebe dich.«

Sie erwiderte nichts, lächelte nur und nestelte an seinem Gürtel, bis sich die Schnalle öffnete. Der Reißverschluss folgte, und mit den Händen in seinem Hosenbund schob sie die Jeans über seinen Hintern. Sein Schwanz wippte hart gegen ihren Bauch. Sie griff nach dem Schaft und streichelte sanft über die prallgefüllten Adern. Nevin berührte ihr Gesicht, sah sie an und konnte kaum fassen, wie dunkel ihre Augen wurden, wenn sie gierig war. Stöhnend stützte er sich auf, entlastete sie damit von seinem Gewicht und fühlte die zarte Faust, die sich eng um sein Geschlecht legte und ihn rieb. Sein heißer erregter Atem streichelte über ihre Haut, und sie zog die Knie an. Mit der Hand an seinem Schwanz dirigierte sie seine Eichel zu ihrem Schoß, erwiderte seinen lustvollen Blick und öffnete ihre Lippen zu einem leisen Stöhnen.

Er glitt langsam in sie, füllte sie immer tiefer, immer mehr, und ihre Augen hielten seine gefangen. Er keuchte in ihren Mund, lauschte ihrem erleichterten Seufzen, als er sie ganz in Besitz nahm.

»Oh Gott, ich bin verrückt nach dir, Nevin.«

Er schloss die Augen und fühlte sich ihr so nah wie nie zuvor. Sein Kuss saugte ein weiteres Stöhnen von ihren Lippen, als er sich in ihr bewegte. Sie schlang ihre Arme um seinen Nacken und beteuerte mit jedem Stoß seines Schwanzes ihre Liebe zu ihm, bis er sie abermals zum Schweigen brachte. Sein Mund presste sich auf ihren, und das Tempo ihrer Körper steigerte sich mit dem Verlangen nach Erlösung. Sein Schweiß mischte sich mit der Hitze auf ihrer Haut. Ihre Muskeln zogen sich rhythmisch und erregend um seinen pumpenden Schaft zusammen. Ihr ganzer Leib wurde von zuckenden Spasmen erschüttert, als sie unter ihm zum Höhepunkt kam. Er steigerte den Rhythmus seiner Stöße und lauschte ihren spitzen Schreien. Jede weitere Bewegung in ihr schien eine neue Welle auszulösen, die über sie hinwegrauschte.

Ihre Fingernägel gruben sich in seinen Rücken, und er stöhnte schmerzverzerrt auf, und es reichte aus, ihm den letzten Kick über die Klippe zu geben. Er knurrte heiser auf, als er sich seinem Orgasmus hingab und sich mit einem letzten tiefen Zustoßen in ihrem Schoß entlud. Nevin sank nach Atem ringend über ihr zusammen, und das Gewicht seines Körpers begrub sie unter sich. Kaylin umarmte ihn fest und innig. Noch gefangen in dem Nachbeben des Finales, dauerte es eine Weile, bis er ihr Schluchzen bemerkte.

»Hey!«

Nevin zwang sie sanft dazu, ihn anzusehen, und wischte mit den Fingerspitzen die Tränen von ihren Wangen. Er sah sie lächeln, und ihr zärtlicher Blick beruhigte ihn.

»Ich hab dich gar nicht verdient.«

»Stimmt. Du hast viel mehr als das verdient.«

Sie lachte leise und schniefte. Ihre Hände strichen sein Haar hinter die Ohren und kraulten seinen Dreitagebart.

»Sag mir, dass alles wieder gut wird.«

Er bedeckte ihren Mund mit seinen Lippen und löste sich nur minimal, um zu antworten.

»Es wird besser. Mit dir an meiner Seite wird alles besser.«

Sie fühlte sich bei ihm so sicher und geborgen. Dieses Gefühl hatte ihr so gefehlt. Erst jetzt hatte Kaylin begriffen, wie sehr sie ihn tatsächlich liebte. Nevin war ihre große Liebe, und sie wusste, er würde es für den Rest ihres Lebens sein. Sie legte ihre Fingerspitzen an seine Wangen und blickte ihm tief in die Augen.

»Ich bin wie ein zerbrochener Teller, Nevin. Egal wie geschickt man ihn wieder zusammensetzt, man wird die Bruchstelle für immer sehen können.«

Er verstand ihre Metapher und nickte. Es würde viel Zeit vergehen, bis sie sich selbst für ihre Dummheit und Schwäche vergeben würde, aber zu wissen, dass Nevin zu ihr gehörte, besänftigte ihren Schmerz. Er lächelte sanft.

»Jeder trägt Narben, Kay, und niemand kommt unbeschadet aus dem heraus, was du durchgemacht hast. Dieser Job war nicht leicht für mich, und ich bin zu der Erkenntnis gekommen, dass ich so nicht weiterleben kann. In mir drin ist in den Jahren viel abgestumpft und verroht. Du warst und bist das Einzige, das mich im Hier und Jetzt gehalten hat. Du hast mich am Leben gehalten. Du bist meine Realität, Liebling, und für mich wirst du immer perfekt sein. Ich sehe keinen einzigen Makel an dir.«

Er zog sie an sich, küsste sie erneut, und dieses Mal summte es in ihrem Innern, als würden winzig kleine elektrisch geladene Impulse durch ihre Adern zucken. Für einen Moment schloss Kaylin die Augen, und als sie ihre Lippen von ihm löste, wusste sie, dass sie nie wieder ohne ihn sein wollte.

»Ich will dich heiraten.«

»Moment, sollte ich dich nicht vorher fragen?«

»Bis du in die Gänge kommst, bin ich eine alte Frau.«

Er lachte laut auf.

»Warte hier.«

Sie wollte ihn nicht gehen lassen, fühlte sich so leer ohne ihn.

Als er zurückkehrte, hielt er eine Schachtel in seiner Hand, und Nevin legte sich neben sie auf das Bett.

»Ich wollte eigentlich zum Strand, um dir das hier zu geben.«

Sie griff nach der Schatulle, doch er zog sie ihr rechtzeitig weg. Streng hob er seine rechte Augenbraue und musterte sie.

»Ich kann es nicht leiden, wenn du mir vorgreifst.«

»Sag mir, was da drin ist.«

»Gedulde dich.«

Er zupfte an der Schleife auf dem Deckel und schmunzelte amüsiert über ihre Ungeduld.

»Schließ deine Augen.«

»Nein.«

»Du wirst mir nicht widersprechen, du irischer Sturkopf. Schließ die Augen, sonst fliegt das Ding hier aus dem Fenster.«

Augenblicklich gehorchte sie und presste die Lippen fest aufeinander, um nicht über seine gespielte Strenge zu lachen. Sie hörte Seidenpapier rascheln und fühlte etwas Kühles an ihrer Nasenspitze, ihrem Kinn und langsam über ihren Hals streichen. Was immer es war, es fühlte sich angenehm auf ihrer erhitzten Haut an. Nevin griff nach ihrer Hand und küsste die Innenfläche, dann spürte sie die Kühle an ihrem Mittelfinger hinunterrutschen. Der Ring passte perfekt.

»Mach die Augen auf.«

Sie starrte auf ihre Hand, und eine Gänsehaut breitete sich auf ihr aus. Der Claddagh-Ring ihrer Großmutter war wieder da, wo er die letzten Jahre gesessen hatte.

»Das muss dich ein ganzes Vermögen gekostet haben.«

»Nicht alles, aber dieser Verkäufer wusste, wie wertvoll er ist.«

Er lächelte verlegen.

»Ich konnte nicht beide zurückkaufen, das hätte meinen Rahmen gesprengt, aber der gehört nur an deine Hand.«

So wie der Ring nun auf ihrem Finger saß, zeigte das Herz

nach außen. Kaylin nahm ihn wieder ab und betrachtete die Inschrift. Ihr Blick wanderte zu seinen Augen.

»Du bist kein Ire.«

Sie seufzte in einem vorwurfsvollen Ton.

»Hm, nicht dass ich wüsste.«

»Das Herz gehört nach innen, nicht nach außen.«

»Und das bedeutet was?«

»Ich bin nicht mehr auf der Suche.«

Nevin zog ihr den Ring fort, drehte ihn und hielt einen Moment inne.

»Heirate mich.«

»Das muss ich mir noch mal überdenken.«

Seine Stirn legte sich in Falten.

»Du bist jetzt bettelarm.«

Er lachte und schob den Silberreif auf ihren Finger.

»Damit wirst du leben müssen.«

Sie seufzte und sah an ihm vorbei. Das Grinsen versteckte sie hinter einem arroganten Blick.

Nevin packte sie und zog sie über seine Beine. Kichernd streckte sie ihm ihr Hinterteil entgegen. Er stöhnte theatralisch.

»Ich glaube, das wird eine harte Lektion für uns beide. In guten wie in schlechten Zeiten.«

Seine flache Hand landete klatschend auf ihrem Po, und sie schrie halb lachend und halb entsetzt auf. Ihre festen Rundungen färbten sich mit jedem verspielten Hieb langsam rosig, und als er die Züchtigung beendete hatte, hob er ihren Unterleib mit Leichtigkeit zu sich empor und küsste die beiden Pobacken zur Versöhnung.

»Das soll dir eine Lehre sein, Frau.«

»Machobulle.«

Er schmunzelte und zog sie wieder in seine Arme.

»Es wird Zeit, dass du dich fertig machst. Das *Tristans* sollte pünktlich geöffnet werden. Ich komme später mit ein paar Kollegen vorbei, schließlich haben wir etwas zu feiern.«

Sie betrachtete den Ring an ihrem Finger und rutschte an seinem Körper hinunter.

»Du hast recht.«

»Freut mich, dass du wenigstens in diesem Fall auf mich hörst. Der Laden ist ohne dich nicht derselbe.«

»In guten wie in schlechten Zeiten. Du wirst mich nie wieder los, und das mit deinem Jobwechsel … bereden wir später.«

Sie gab ihm nicht mehr die Gelegenheit zu widersprechen. Lächelnd hob Kaylin ihren Blick zu seinem Gesicht und nahm sein Geschlecht zwischen ihre Lippen. Nevin hielt den Atem an und vergrub die Fingerkuppen rechts und links in das Bettlaken. Heute würden sie keinen Fuß mehr in die Bar setzen.